TEA

BOOKS

Naslov originala
T. A. Williams
Murder on the Italian Riviera

Za izdavača
Tea Jovanović
Nenad Mladenović

Glavni i odgovorni urednik
Tea Jovanović

Lektura / Korektura
Agencija Tekstogradnja / Agencija TEA BOOKS

Prelom
Agencija TEA BOOKS

Dizajn korica / Crteži za korice
Nick Castle / Shutterstock

Izdavač
TEA BOOKS d.o.o.
Por. Spasića i Mašere 94
11134 Beograd
Tel. 069 4001965
info@teabooks.rs
www.teabooks.rs

ISBN 978-86-6142-220-1

T. A. Vilijams

UBISTVO NA ITALIJANSKOJ RIVIJERI

Armstrong i Oskar 7

Sa engleskog preveo
Danko Ješić

Marianđeli i Kristini, koje čitaju sve što napišem, i maloj Ajris, koja bi jednog dana mogla da uživa u mojim knjigama.

1.

Ponedeljak popodne

– Sinjora Moreti je došla na sastanak, Dene. – Lina je otvorila vrata novoj klijentkinji.

Ustao sam od stola i krenuo da pozdravim gošću. Imala je oko trideset pet godina, bila je malo starija od moje ćerke, i imala je kratku tamnu kosu. Imala je bore oko očiju, ali je i pored toga u njima bilo sjaja kad mi se obratila.

– Da li me prepoznajete, glavni inspektore? – Uprkos italijanskom prezimenu, govorila je engleski s londonskim naglaskom.

Zagledao sam se pomno u sinjoru Moreti i nešto mi je definitivno bilo poznato u vezi s njenim licem, ali mom uskoro pedesetsedmogodišnjem sećanju bilo je potrebno nekoliko trenutaka da se prisetim imena. Da bih dao sebi malo vremena, odlučio sam da rizikujem.

– Promenili ste frizuru otkad sam vas poslednji put video.

Klimnula je glavom. – Uradila sam to nakon nekoliko nedelja unutra. Pošto je ovako jednostavnije, odlučila sam da zadržim frizuru.

Bivšem panduru kao što sam ja, reč „unutra" mogla je da znači samo jedno. Moj mozak je, sa zakašnjenjem, isporučio sve pojedinosti.

– Bjanka, Bjanka Moreti, zar ne? Devet meseci zbog saučesništva, ako se dobro sećam. – Sad sam se prisetio svega. To je bio jedan od mojih poslednjih slučajeva, pre nekoliko godina, dok sam još bio u londonskoj policiji i nedugo pre nego što sam se penzionisao. Moretijeva je bila umešana u posebno surovo ubistvo jednog posebno surovog šefa bande odgovornog za većinu prodaje droge u južnom Londonu. Zvao se Piter Hasani, sin albanskih imigranata, i živeo je u Pekamu. Oružje ubistva, kratež, pronađeno je u njenom stanu sa otiscima troje ljudi, nijedni nisu bili njeni. Na njenim rukama ili odeći nije bilo tragova baruta, a ona je poricala da zna išta o oružju ili žrtvi ubistva, ali sudija ju je proglasio krivom za ometanje istrage ubistva i osudio ju je na zatvorsku kaznu, kao saučesnicu.

Srećom po nju, dva svedoka su identifikovala ubicu, šefa još jedne podjednako surove bande iz susednog Brikstona. Bio je to gadan tip italijanskog porekla, Lodoviko „Viko" Karnevale. U to vreme je njegovo ime bilo povezano s Bjankom Moreti – mada je ona uporno poricala da je u bilo kakvoj vezi s njim – i uhapsili smo ga na aerodromu dok je pokušavao da odleti na Bahame. Njegovi otisci su se poklopili sa onima pronađenim na sačmari, a njegov DNK je bio na telu. Osuđen je i pretpostavljao sam da je i dalje bezbedno zaključan u zatvoru Njegovog veličanstva, i da će ostati tamo još dugo.

– Drago mi je što vas sećanje i dalje služi, glavni inspektore.

– Sada samo Den Armstrong, Bjanka. Penzionisao sam se pre dve godine. Baš kao što piše na vratima, sad sam privatni istražitelj. – Pokazao sam rukom na dve stolice kraj prozora, koji je gledao na malo srednjovekovno dvorište ove drevne firentinske zgrade. – Sedite i recite mi šta vas je dovelo ovamo. Pretpostavljam da ne želite samo da se prisećate prošlosti.

Sela je na jednu od stolica, pruće je zapucketalo pod njom, i Oskar – koji je shvatio da imamo gošću – probudio se iz snova o vevericama i hrani i izašao iz svoje korpe da pozdravi pridošlicu. Bjanki Moreti je bilo drago što ga je upoznala i sagnula se da počeška labradorove uši.

– A ovo mora da je čuveni Oskar.

Pokušao sam da prikrijem iznenađenje. – Siguran sam da mu je drago što je poznat, ali kako znate njegovo ime? A kad smo kod toga, kako ste znali da sam ovde?

Uspela je da se osmehne, ali video sam da je nešto muči. – Čitam novine. Bio je članak o vama i vašim krimićima u *Sandej tajmsu* pre nekoliko meseci. – Na moje iznenađenje, iz torbe je izvadila primerak *Smrti u vinogradu*, moje prve knjige, koja je izašla u martu i imala dosta koristi od članka preko cele strane u kolor-dodatku, koji je napisala moja prijateljica novinarka. – Kupila sam je na aerodromu pre dve nedelje i veoma sam uživala čitajući je.

– Ne govorite mi valjda da ste došli u Firencu samo da mi to kažete? Ne kažem da nisam polaskan, znate.

Spustila je knjigu u krilo i lice joj se uozbiljilo. – Ne, to nije jedini razlog što sam ovde. Potrebna mi je vaša pomoć. – Pre nego što sam išta rekao, podigla je ruku. – Ne tražim milostinju. Novac nije problem. Platiću vam koliko god da tražite.

Nisam se iznenadio kad sam čuo da ima novca. Tokom istrage Hasanijevog ubistva, naišli smo na kofere pune gotovine, u njegovoj i Karnevaleovoj kući, uz zamršen spisak povezanih kompanija i ofšor bankarskih računa, na kojima, bez sumnje, i dalje ima nepošteno stečenog novca.

– Ostavimo to za kasnije. Sad mi recite šta vas je dovelo ovamo.

Izgledalo je da se usredsredila na Oskara, koji se veselo ispružio na hladnim, keramičkim pločicama. Bio je tek kraj maja, ali Firenca je već bila pogođena toplotnim talasom, s temperaturama od tridesetak stepeni.

– Neko je ubijen. – Zaćutala je i ispravila se. – Makar tako mislim, a i moj otac je saglasan.

– Ali ostali ne misle tako? Zar se policija ne bavi time?

– U tome je stvar... kažu da je to bila nesreća.

– A vi i vaš otac ne mislite tako.

– Ne, ne mislimo.

– Ispričajte mi sve o tome. Gde se to dogodilo? U Italiji, pretpostavljam, ili ne biste došli kod mene.

– Da, dogodilo se u kampu mog oca. Pored jednog seoceta nedaleko od obale. Jedan od gostiju je pronađen mrtav jutros... Britanac. Telo mu je plutalo potrbuške, u bazenu. – Mada je govorila smireno, osetio sam neke skrivene emocije... ali ljudi reaguju tako na leševe.

– A zašto vi i vaš tata mislite da je to ubistvo? Ima li znakova da je žrtva napadnuta ili držana pod vodom? Drogirana, možda?

Odmahnula je glavom. – Prema rečima policije, nema. Kažu da je bio veoma pijan. Imao je gadnu modricu na potiljku, i oni kažu da se verovatno okliznuo, udario glavom i upao u bazen. Patolog je rekao kako se utopio, a zaključak je bio da je to nesrećan slučaj, ali mi nismo uvereni u to.

– Da li biste mi rekli zašto mislite drugačije?

– Stvarno ne znam. Zato sam došla kod vas. – Da nisam već imao posla s njom, prihvatio bih ovo bez mnogo razmišljanja, ali deo mene je počeo da se pita koliko ona još zna. Da li sam mogao da joj verujem, ili se nešto kuvalo iza njene nedokučive spoljašnjosti... recimo da pokušava da mi se osveti? Odlučio sam da joj zasad verujem, ali imao sam osećaj da bih mogao zažaliti zbog toga.

– Hoćete da odem i istražim to?

Odgovorila je odmah. – Bez sumnje. Tako ćete sami videti to mesto i obaviti svoj istražiteljski posao.

– A na kom je to delu obale?

– Italijanska rivijera, na pola puta između Đenove i francuske granice.

– Shvatam.

To je bilo dalje nego što sam očekivao i brzo sam se presabrao. Kolima će mi trebati verovatno četiri sata odavde, preko jedne od najgorih deonica auto-puta u Italiji. Ligurska obala je vrlo lepa, ali je vrlo brdovita i stenovita, a put, mada bez sumnje predivno projektovan, vodi vozača kroz naizgled beskrajan niz tunela, oštrih krivina i preko mostova iznad klisura, uz stalnu pratnju konvoja kamiona iz čitave Evrope i dalje. To mi nipošto nije omiljena deonica.

Zavalio sam se u stolicu i zagledao sam se u Bjanku, i počeo sam da se prisećam Hasanijevog slučaja. Setio sam se koliko je bila nepopustljiva tokom ispitivanja i kako je odbijala da odgovara na pitanja iako je postalo jasno da ćutanjem samo dodatno inkriminiše sebe. Rekao sam joj tad da bi priznanjem mogla da izbegne zatvorsku kaznu, ali uzalud. Tvrdoglavo je ćutala sve do tužnog kraja, i bilo mi je žao zbog toga, mada sam delio sudijinu frustraciju. Očigledno je slušala nečija naređenja jer je uporno odbijala da dâ išta više od šturih izjava. To je možda bilo iz velike ljubavi ili odanosti Karnevaleu, ili nečeg zlokobnijeg. A kad kažem „zlokobnijeg", prvo što mi pada na pamet je jedna organizacija koja ne samo što zahteva nego se oslanja na tajnost i surovo nasilje.

Tu organizaciju Sicilijanci zovu Koza Nostra.

Koza Nostra ili, popularno nazvana mafija, pokriva raznovrsne grehe... prilično doslovno. Baš kao što muzika ima žanrove, od opere do džeza, od madrigala do repa, italijanski organizovani kriminal obuhvata sve od napuljske Kamore i sicilijanske mafije, do vrlo gadne Ndrangete iz Kalabrije i brojne izdanke tih glavnih grana, da ne pominjem uvezene grupe, između ostalog iz Kine. Tokom svoje istražiteljske karijere u Toskani, nisam bio u direktnom kontaktu s tim grupama, i nameravao sam da tako i ostane. Pronalaženje konjske glave na jastuku kraj sebe nije moja ideja zabavnog načina zarađivanja za život. Odlučio sam da razjasnim stvari.

– Postoji li mogućnost da je to ubistvo – ako je bilo ubistvo – možda povezano s kriminalnim podzemljem? Mafijom, ili da je nazovem drugačije?

Odlučno je odmahnula glavom... ali ne potpuno uverljivo. Sećam se da mi je bila simpatična uprkos svemu. Imala je diplomu fakulteta i sigurno je bila obrazovana i pametna – za razliku od većine ljubavnica kriminalaca koje sam upoznao – ali očigledno je upala u loše društvo. Bio sam prilično siguran da je znala više nego što govori, ali iz prethodnog iskustva sam znao kako ću čuti samo ono što ona želi da čujem.

– Ne vidim razlog. Moj tata je bogat čovek, i sigurna sam da se nikad nije bavio takvim stvarima, a ja sigurno nisam. A što se tiče žrtve... zašto bi mafija ubila jednog Britanca?

– Smem li da pitam kako se vaš otac obogatio? – I dalje nisam bio uveren.

– Živeo je i radio u Sjedinjenim Državama trideset godina, i tamo je stekao novac.

– Kako?

– Restorani. Imao je lanac restorana u Njujorku, a pre nekoliko godina ih je prodao i vratio se u Italiju.

– Shvatam. On je Amerikanac?

– Sad jeste. Poreklom je Italijan; preselio se u London s dvadesetak godina, venčao se italijanskom iseljenicom, a onda se naša porodica odselila u Sjedinjene Države godinu-dve nakon što sam se rodila. Dobio je američko državljanstvo pre petnaest godina.

– Ali vi niste?

– Kao što sam rekla, rođena sam u Londonu, ali emigrirali smo kad sam imala dve godine. Živela sam u Sjedinjenim Državama do dvanaeste godine, a onda smo se mama i ja vratile u London.

– A tata je ostao u Njujorku?

Klimnula je glavom.

– Jesu li se razveli?

– Nažalost. – Glas joj je bio bezizrazan.

– Žao mi je. Razvodi teško padaju svima, uključujući decu.

– Znam to i te kako dobro!

Potrudio sam se da odagnam uspomene na svoj razvod. – Ali ostali ste u kontaktu sa ocem?

– Da, kao što sam rekla, s njim sam već nekoliko nedelja, malo se odmaram. Dobro se slažemo sad kad ne radi po čitav dan u restoranu.

– Odmarate se? Da li biste mi rekli od čega se odmarate? Čime se sad bavite? Nadam se da ste zauvek napustili prodaju droge.

Odlučno je klimnula glavom. – Jedno je sigurno. Ne vraćam se u zatvor. Ne, danas sve radim po zakonu. Doktorand sam političkih nauka na Kings koledžu i odmaram se pre nego što se bacim na izradu doktorske teze o, nemojte se smejati, *Posledicama hronične prenaseljenosti britanskih zatvora*. – Osmehnula se. – Uostalom, imam iskustvo iz prve ruke o kojem većina studenata može samo da sanja... – osmeh joj je izbledeo – ... ili da ima noćne more.

Bio sam iskreno zadivljen. Pod pretpostavkom da govori istinu, to je bila izuzetna priča o uspehu. – Da li biste želeli da odem u Liguriju i istražim?

– Molim vas, ako imate vremena. – Zvučala je iskreno.

– Dobro, ali dozvolite mi da vas nešto pitam: zašto ja? Ima privatnih istražitelja po čitavoj Italiji. Pretpostavljam da vaš tata govori italijanski kao i vi, tako da nema potrebe da odaberete istražitelja koji govori engleski. U stvari, mogu da vam dam ime vrlo dobre firme u Đenovi ako želite, koja je mnogo bliža prebivalištu vašeg oca. – Pogledao sam je u oči i ponovio: – Zašto ja?

– To je lako. To je zato što ste dobar istražitelj i, pre svega, pošten čovek. Znam da mogu da vam verujem. Niste kao neki od vaših pokvarenih kolega iz londonske policije. – Pre nego što sam uspeo da se pobunim zbog te paušalne osude londonske policije, podigla je ruku. – Ne svi, znam, ali naišla sam na nekoliko pokvarenih kojima nimalo ne verujem. Došla sam kod vas jer znam da mogu očekivati da ćete obaviti pošten, temeljan posao.

Bio sam prilično iznenađen. Budući da sam bio odgovoran za to što je bila lišena slobode, zvučala je neočekivano pragmatično... možda previše pragmatično. Sumnja koja mi se motala po glavi otkako je progovorila odbijala je da ode. Da li je ovo nameštaljka, pokušaj da mi se osveti? Nevoljno sam pristao da upoznam njenog oca za dva dana, i zabeležio sam njegovo ime i adresu. Ime sela, San Klemente, bilo mi je nepoznato, ali rekla mi je da je nedaleko od Alasija, gde će me, sasvim slučajno, moja devojka Ana za dve nedelje voditi na proslavu mog pedeset sedmog rođendana... mada i dalje nisam bio siguran da li je pedeset sedmi rođendan nešto što treba slaviti ili žaliti.

Već sam znao da će putovanje vozom trajati oko pet sati, uz nekoliko presedanja, tako da sam mislio kako je najbolje da krenem kolima i prenoćim u nekom lokalnom hotelu umesto da se vraćam istog dana. Pre nego što sam stigao da joj kažem šta nameravam da uradim, kazala je kako njen otac ima prostranu kuću i insistirala je da ostanem kod njega. Zahvalio sam joj se, ali pokazao sam na svog psećeg prijatelja.

– Šta bi rekao da povedem Oskara? Mogao bih da ga ostavim kod svoje devojke, ako mu je tako draže.

– Nema problema. Već sam mu rekla da vi i Oskar dolazite u paketu i tata kaže da mu ne smeta. Moram da otputujem u sredu, ali vraćam se u petak i ostajem još dve-tri nedelje, tako da ako ostanete duže od dva dana, radujem se što ćemo se ponovo videti.

Insistirala je da mi plati unapred dva dana angažovanja... novim, tek odštampanim evrima. Verovatno je htela da se uveri da se neću predomisliti.

2.

Utorak uveče

Ana se dovezla do moje kuće u pet sati, a kad je izašla iz kola izgledala je predivno, odevena u dugu tamnocrvenu haljinu sličnu onakvima kakve su nosile plemkinje na Broncinovim slikama. Osmehnula se kad je videla mene u kostimu i bila je dovoljno pristojna da se ne nasmeje. Na sebi sam imao jarkožuto-crveni prugasti prsluk, široke pantalone do kolena i crvene hulahopke koje su bile suviše tesne oko intimnih delova tela. Da bih upotpunio sliku, imao sam na glavi mlitavu kapu koja mi je visila preko jednog uveta. U kompletu, nije bilo laskavo. Čak me je i Oskar čudno gledao.

Išli smo na srednjovekovni sajam i Ana je insistirala da se odenemo prikladno. Naši kostimi su bili ostaci od jesenas, kad smo oboje bili umešani u slučaj na setu jednog holivudskog filma, čija se radnja odigravala u renesansnoj Firenci. Moj se otad nalazio na vrhu plakara, i što se mene tiče trebalo je tamo da ostane. Ipak, znao sam da je ona profesorka srednjovekovnih i renesansnih studija, da je to njena omiljena tema i makar sam mogao da je podržim kostimiranjem... ali što je ređe moguće, ako se ja pitam.

Gradić u kojem se sajam održavao nalazio se desetak kilometara od moje kuće u brdima, jugozapadno od Firence. Utovario sam Oskara u zadnji deo svog izlupanog starog kombija, a ne u njena kola – jedno vozilo puno psećih dlaka je dovoljno – i krenuli smo stazom prema glavnom putu. Iako sam vozio tom neravnom stazom gotovo svakog dana, i dalje mi nije dosadio taj pogled. Staza je okružena visokim čempresima, posađenim u nejednakim razmacima, i vijuga nizbrdo između maslinjaka i vinograda, kao na razglednici. Ispred nas se pružao pogled preko doline reke Arno do dalekih Apenina iza. Nije bilo sumnje u to, moja odluka da se nastanim u Toskani pre dve godine bila je jedna od najboljih u mom životu i osećao sam kako se osmehujem... uprkos činjenici da su me hulahopke ubijale.

Osmeh mi je usahnuo nekoliko kilometara dalje, kad mi je žuta trepćuća lampica na instrument-tabli rekla kako mi ponestaje goriva. Benzinska stanica se nalazila kilometar dalje, tako da to nije bio problem. Problem je bio što sam morao da upotrebim samouslužnu pumpu na prometnom putu odeven kao lik s neke srednjovekovne tapiserije. Vozač koji je sipao gorivo u svoj beli kombi pored, uputio mi je širok osmeh.

– Mislio sam da vi koristite konje.

Dao sam sve od sebe da zvučim ravnodušno. – Bilo bi jeftinije hraniti konja nego ovu stvar.

Cena goriva bila je najmanji od mojih problema. Kad sam ušao unutra da platim, iznenada sam se setio da mi je novčanik u šortsu ispod baršunastih pantalona i morao sam da odem do ugla prodavnice i preturam po donjem vešu kako bih pronašao novac. Nadao sam se da niko ne namerava da pregleda snimke nadzornih kamera i objavi ih na društvenim mrežama.

Osetio sam veliko olakšanje kad smo konačno stigli do seoceta San Đorđo Alto i video da mnogi drugi posetioci srednjovekovnog sajma izlaze iz kola odeveni slično nama. Zbog toga sam počeo da se opuštam, i čak sam bio zadovoljan kad je Ana izvadila prilično lepu crveno-žutu upletenu vrpcu koju je koristila da napravi otmen srednjovekovni povodac za Oskara. Samo sam se nadao da neće pokušati da ga pojede... on jede većinu stvari.

Prošli smo kroz lučnu kapiju u oronulim srednjovekovnim zidinama i krenuli uskom kaldrmisanom ulicom okruženom tezgama, na kojima su se prodavali plastični mačevi i štitovi, prigodne majice i svakojaka hrana, od šećerne vune do cele svinje na ražnju. Nema potrebe naglašavati, Oskarov srednjovekovni povodac se dobro pokazao dok sam obeshrabrivao svog uvek gladnog psa da se ne približava previše tezgama s hranom.

Manje od sto metara dalje, ulica se proširila u mali trg s lepom starom crkvom ispred nas. Bale slame su bile postavljene ukrug, nasred trga, a tamo su jedan muškarac i žena, odeveni u srednjovekovne kostime, pokazivali drevnu veštinu sokolarstva. Ana i ja smo gledali neko vreme i onda krenuli da šetamo. Kad smo stigli do crkve, čekao sam ispred sa Oskarom dok je ona otišla da je pogleda.

Bilo je još prilično toplo, mada je bilo šest sati, i ja sam, kao mnogi od posetilaca, otišao u hladovinu. Sasvim slučajno – ili sam tako rekao Ani kasnije – našao sam se pored tezge na kojoj su prodavali vino i, pošto sam mislio kako treba podržati lokalne trgovce, kupio sam dve papirne čaše hladnog rozea. Kad je Ana izašla iz crkve, seli smo na jednu drevnu kamenu klupu i pijuckali vino. Već sam joj rekao da ću morati na sever sutra ujutro, i ona je izrazila žaljenje što ne može da pođe sa mnom, ali morala je da radi, naravno. Iako je kraj polugodišta bio blizu, i dalje je imala mnogo birokratskih obaveza, radova koje treba da oceni i pripremu za jesenji semestar. Ohrabrujuće sam joj se osmehnuo.

– Ne brini, bićemo zajedno na Rivijeri za dve nedelje.

Nagnula se i cmoknula me u obraz. – Biće lepo da otputujemo nekud, samo nas dvoje. – Oskar je podigao glavu na mestu gde je ležao kraj naših nogu, i ona se brzo ispravila. – Kad kažem samo nas dvoje, naravno da mislim na nas troje. Misliš li da će sutrašnje putovanje biti gubljenje vremena ili misliš da se nešto krije iza priče te žene? Deluje mi neobično, u najmanju ruku, da ti se neko koga si smestio u zatvor obrati za pomoć. Samo budi oprezan. Ne želim da to bude nekakva prevara ili nešto gore, kao pokušaj da te optuži za nešto ili čak ubije.

Klimnuo sam glavom. – I ja sam pomislio isto, ali ne vidim kako bi nešto takvo moglo da se organizuje. Tamošnja policija ne može da me optuži za ubistvo jer sam bio u Firenci, trista kilometara dalje, kad se ono navodno odigralo. A ako negativci – ko god da su – pokušavaju da me namame i ubiju, ne vidim zašto bi se toliko mučili. – Video sam zabrinutost na njenom licu i osmehnuo joj se. – Samo treba da me gurnu s mosta Vekjo. Nekoliko gutljaja iz reke Arno bi me najverovatnije ubilo. Jesi li videla njenu boju ovih dana?

– Dobro, samo budi oprezan. – Ponovo me je poljubila. – Ne bih želela da ti se išta dogodi.

Uzvratio sam joj poljubac. – Ne bih ni ja. Ne brini, Oskar će me čuvati.

Otvorio je jedno oko kad je čuo svoje ime, ali nije pokušao da ustane iz komatoznog stanja. Kad je evolucija delila gene psima čuvarima, labradori su dobili najmanju moguću količinu, ali je to nadoknađeno genima za proždrljivost. Ipak, nisam mogao da se žalim. Moj pseći najbolji prijatelj dokazao je svoju vrednost u brojnim situacijama. Možda nije bio na istom nivou kao moj stari vodnik, sada inspektor Pol Vilson iz londonske policije, kad govorimo o policijskim procedurama, ali nadoknađivao je to nepokolebljivom vernošću i već me je spasao iz mnogih opasnih situacija.

Dok je sunce postepeno tonulo prema horizontu, hodali smo gradićem i popeli se stepenicama na gradske zidine. Siguran sam da inspekcija u Velikoj Britaniji ne bi pozdravila činjenicu da nije bilo nikakve ograde na grudobranu visokom desetak metara. Na spoljnoj strani pad je bio viši jer je tlo bilo strmo, i oprezno sam se pomerio unazad. Nikad nisam voleo visinu i tako sam, nakon brzog pogleda po okolini i nekoliko fotografija, brzo krenuo dole za Oskarom, pažljivo vodeći Anu, koja je imala problema zbog dugačke baršunaste suknje koja joj je padala preko stopala.

Umesto da sednemo i večeramo, opredelili smo se za toskansku brzu hranu. Dva sendviča od fokače s prilogom od *porchette*. Gospođa za tezgom je napunila sendviče komadima mekane, rukom sečene, otkoštene urolane svinjetine predivne tamnosmeđe boje. Tekstura je bila mekana, a ukus pojačan dodatkom ruzmarina i, posebno, komorača, koji mu je davao poseban ukus. Uz to smo uzeli kjanti i pojeli smo obrok sedeći na bali sena dok smo gledali oklopljene vitezove kako mlate jedni druge u ringu. Mada sam bio siguran da su čelični oklopi dovoljno jaki da se izbegne krvarenje, nisam sumnjao da će se borci probuditi sutra ujutro prekriveni modricama. Kad govorimo o srednjovekovnoj autentičnosti, Toskanci je shvataju vrlo ozbiljno. Pomislio sam kako je, u poređenju s tim, šetnja u crvenim hulahopkama manja žrtva... koliko god bile neprijatne.

Posle viteške borbe pojavile su se šarene zastave, tri žonglera, a onda plesna trupa, u pratnji malog orkestra koji je svirao srednjovekovne instrumente, autentičnog izgleda. Sve u svemu, bilo je to zanimljivo, zabavno i prijatno veče i oboje smo bili dobro raspoloženi kad smo se konačno vratili u kombi negde posle jedanaest. Kad smo seli u kombi, Ana me je zaprepastila.

Okrenula se prema meni i spustila mi ruku na butinu. Video sam da joj oči blistaju na narandžastoj svetlosti daleke ulične svetiljke. – Mi se baš dobro slažemo, zar ne, Dene? U poslednje vreme smo sve češće zajedno. Pitala sam se misliš li da ima smisla da počnemo da živimo zajedno?

Kad sad razmišljam o tome, znam da je moj odgovor trebalo da bude trenutno i jasno da. Umesto toga, kao pravi idiot, samo sam procedio: – Ovaj...

– Ovaj? Da li bi mogao da prevedeš to? – Sklonila je ruku s moje noge i uspravila se, zureći napred kroz vetrobransko staklo.

U glasu joj se čula neka oštrina i postepeno sam počeo da shvatam kakvu sam glupost napravio. Činjenica je bila, međutim, da sam bio razveden manje od dve godine i, nakon velikog neuspeha te veze, nešto duboko u meni pozivalo me je na oprez. Duboko sam udahnuo i pokušao da joj objasnim.

– Voleo bih to, Ana. U pravu si, provodimo većinu slobodnog vremena zajedno i dobro se slažemo. – Usudio sam se da je pogledam, ali nisam video ništa na njenom licu. – Samo...

Ana je vrlo pametna žena i nakon sedam meseci veze, dobro me je poznavala. – Nisi spreman za dugotrajnu vezu. – Ton joj nije bio neljubazan, ali nisam morao da budem detektiv da bih čuo da je povređena. Požurio sam da joj objasnim, nadajući se očajnički da se ne zakopavam dublje u tu rupu.

– Ne... da, ne znam. Sve je između nas bilo tako dobro; bojim se da ne ureknemo sve. Šta ako počnemo da živimo zajedno i otkriješ neke stvari o meni koje te odbijaju?

Uspeo sam da se zaustavim pre nego što sam rekao da bih možda ja mogao da otkrijem neke stvari o *njoj* koje mi se ne sviđaju, ali šteta je već bila učinjena. Prestao sam da pričam i čekao sam

njen odgovor, ali uzalud. Nije se svađala, nije se bunila, nije poku-
šala da me ubedi. Zaćutala je i nije rekla ni reč sve do kuće, uprkos
nekolikim mojim opreznim pokušajima da je uključim u nekakav
razgovor. Pretpostavljao sam da će prenoćiti kod mene te noći, ali
kad smo se vratili do moje kuće i izašli iz kombija, krenula je pravo
prema svojim kolima. Kad sam otišao pozadi da pustim Oskara,
ona je već bila za volanom.

Otišao sam da joj kažem nešto, bilo šta, ali samo je odmahnula
rukom i krenula stazom. Dok sam bespomoćno stajao tamo, osetio
sam kako me njuška dodiruje po nozi. Pogledao sam i video kako
me pas gleda sa izrazom koji nije bilo potrebno objašnjavati. Znao
sam da sam idiot, i on je znao da sam idiot, i on je znao kako nema
potrebe da me podseća na to.

3.

Sreda rano popodne

Vožnja ka severu u sredu ujutro bila je naporna kako sam i očekivao, i osećao sam se prilično iscrpljeno kad sam stigao na odredište. Uprkos klima-uređaju, bilo mi je vruće i bio sam znojav, iako sam se nakratko zaustavio kod Kjavarija, gde smo Oskar i ja otišli do mora na plivanje. To je, uz sjajan sladoled od breskve i bele čokolade za mene i veliki pseći keks i posudu hladne vode za njega, bilo vrlo osvežavajuće, ali sad sam osećao kako mi se so skoreva na koži i jedva sam čekao da se istuširam. Uporni vonj mokrog labradora u mom starom folksvagenu nije popravio atmosferu. Niti moje raspoloženje.

Nisam dobro spavao sinoć nakon razgovora sa Anom. U šest ujutro sam ustao iz kreveta i ozbiljno razmišljao da je pozovem, ali na kraju sam se uplašio i poslao joj kratku poruku.

Mnogo mi je žao. Kako sam mogao da budem toliko glup? Iznenadila si me. Naravno da želim ozbiljnu vezu s tobom. Volim te mnogo i treba da znaš da ću uraditi sve da te usrećim. x

Dok sam vozio kroz neprekidan niz tunela na prometnom magistralnom putu, stalno sam razmišljao o onome što mi je rekla i šta sam ja rekao njoj i, posebno, šta joj nisam rekao a trebalo je. Bio sam potpuno svestan da je Ana donela radost i ljubav u moj život kad sam bio emotivno skrhan nakon razvoda. Pomisao da bih je mogao izgubiti bila je grozna kao i pomisao da bih mogao da izgubim

Oskara. Na trenutak sam se zapitao da li bi i ova tvrdnja mogla biti pogrešno shvaćena da sam joj je rekao. Oskar je moj najbolji drugar i prošao je sa mnom sito i rešeto, ali naravno da bi ljubav između muškarca i žene trebalo da nadjača ljubav muškarca prema glupavoj životinji. To je, međutim, bilo nešto što joj nikako neću reći, tako da sam dao sve od sebe da zaboravim na svoj problematični lični život i usredsredim se na ono što me čeka na Rivijeri.

Uprkos Aninim sumnjama i mojim zloslutnim predviđanjima o pravom motivu iza poziva u pomoć Bjanke Moreti, posao je posao, a moja urođena radoznalost značila je da sam se radovao što ću upoznati njenog oca i videti šta se dogodilo prošle subote uveče... ako joj je on uistinu rođak, a ne samo neki poznanik. Imao sam samo njenu reč da su u srodstvu, i uzimao sam sve što je rekla s dosta sumnje.

Nakon uobičajenog saobraćajnog haosa oko Đenove i sporog prolaska kroz niz tunela – od kojih su neki bili jasno osvetljeni a drugi u mrklom mraku – put je skrenuo na zapad prema Francuskoj i saobraćaj se ponovo ubrzao. Auto-put je išao uporedo sa obalom i bilo je vidikovaca s divnim pogledom na plavetnilo Sredozemnog mora, gde su se, bez sumnje, odmarališta spremala za glavnu sezonu koja će početi za dve nedelje, kad počne letnji raspust. Bio sam siguran da će u to vreme saobraćaj ovde biti još gori, i bilo mi je drago što ću proslaviti rođendan ovde pre početka masovnih odmora.

Nedugo nakon što sam video tablu da do francuske granice ima šezdeset pet kilometara, stigao sam do isključenja, prošao kroz automatsku rampu za naplatu putarine i tri kilometra pratio putokaze kroz jednu široku dolinu. Sa obe strane su se nalazili plastenici, staklenici i njive ispunjene raznim usevima, od mekanog voća do plavog patlidžana. Prodavnice pored puta i tezge nudile su svakojako lokalno voće i povrće, kao i vino i maslinovo ulje. Podsetio sam sebe da se opskrbim pre nego što se vratim na jug. Kad sam se približio selu San Klemente, video sam plavo-beli znak *Odmaralište La tore* – prva reč je bila napisana na engleskom – i pisalo je da se nalazi još petsto metara napred. *Tore* na italijanskom znači toranj, a visoko iznad mene, s leve strane, video sam nepogrešiv oblik tornja kako se ističe spram svetloplavog neba. Skrenuo sam nakon još jedne plavo-bele strelice, neposredno pre crkve, i počeo ozbiljan uspon.

Sve uži put vodio je uzbrdo prvo između modernih vila, koje su bez sumnje bile uglavnom vikendice ljudi iz velikih gradova poput Torina i Milana, a onda su se kuće proredile i počeli su maslinjaci i vinogradi, a onda žbunovi bambusa i oleandera, a onda retko grmlje i poneki žilav borić na strmoj padini. Kad sam se približio vrhu, asfalt se pretvorio u šljunčanu stazu i truckao sam se poslednjih stotinak metara, trudeći se da izbegavam rupe. Čuo sam neki pokret iza i video Oskarovo lice iznad sedišta. Izgledao je zadovoljno što se bližimo kraju puta.

– U redu je, kuče, stigli smo.

Počeo je da maše repom kad sam skrenuo iza poslednje krivine i obreo se ispred znaka koji je pokazivao na drvenu kolibu i nešto što je ličilo na kontrolni punkt, s crveno-belom rampom prekoputa. Na znaku je pisalo da je to *Odmaralište La tore*. Međutim, kako mi je rekla Bjanka Moreti, zaustavio sam se pedeset metara od čvrste kapije na žičanoj ogradi. Na levom stubu se nalazilo zvono i interfon. Izašao sam da pozvonim i vrućina me je pogodila kao šamar. Očigledno je i na severu bilo vrelo. Pre nego što sam stigao da pružim ruku i pritisne dugme, neki metalni glas se začuo iz rešetke.

– Gospodin Armstrong, pretpostavljam.

Na trenutak sam se setio jednog od filmova o Džejmsu Bondu, gde zli genije dočekuje agenta 007 gotovo istim rečima, i na trenutak sam se zapitao da li vlasnik ovog glasa trenutno mazi persijsku mačku. Govorio je tečno engleski, a naglasak mu je bio nepogrešivo američki i, mada nisam dobro razlikovao delove Sjedinjenih Država, pogledao sam dovoljno epizoda *Njujorških plavaca* da bih prepoznao njujorški.

– Da, to sam ja. Smem li da vozim do kuće ili moram da ostavim kola ovde?

– Dovezite se.

Žuto svetlo na kapiji počelo je da trepće i čuo sam električno zujanje kad je kapija počela da se otvara, vratio sam se u kombi i provezao tuda. Staza se nastavljala još pedesetak metara dok nisam stigao do podnožja tornja, gde se nalazio parking nasut šljunkom. Na njemu se nalazio tojota kamionet i jedan bor koji je, iako visok, bio niži od tornja iza. Gledan izbliza, kameni toranj je bio četvrtast i mnogo veći nego što sam mislio, i izbrojao sam četiri sprata pre kruništa na vrhu. Izgledao je vrlo staro – Ana bi znala tačno, ali meni je izgledao srednjovekovno – i bio je očigledno vrlo čvrst. Bio je i vrlo lep, a pogled prema dolini prema moru bio je predivan ovde u podnožju, a bez sumnje izvrstan s vrha. Međutim, zadovoljstvo mi je odmah pokvarila pomisao na Anu i zbrku koju sam napravio sinoć. Kad bi me samo pozvala, ili mi odgovorila na poruku.

Neuspešno se trudeći da potisnem tu depresivnu temu i usredsredim se na ovde i sad, parkirao sam se u senku drveta i izašao, protežući se. Oskar me je gledao iznutra, pun nade, i pitao sam se smem li da ga pustim kad mi je pažnju privukao neki zvuk iz smera velikih starih drvenih vrata u podnožju tornja. Vrata su se otvorila i pojavio se otac Bjanke Moreti – pod pretpostavkom da je to bio on – Leonardo Moreti.

S mesta na kojem sam stajao, video sam da mi doseže možda do ramena, ali nedostatak visine nadoknađivao je širinom. Imao je ramena kao bik i šake kao lopate. Imao je nekoliko kilograma viška oko struka, ali izgledao je snažno. Imao je prijateljski izraz lica i prišao sam do stepenica da ga pozdravim.

– Gospodin Moreti? Drago mi je što sam vas upoznao. – Okrenuo sam se i pokazao na kombi, gde je Oskarovo crno lice bilo pritisnuto na staklo. – A u kombiju je Oskar. Bjanka je rekla da vam neće smetati ako ga povedem. Jeste li sigurni?

– Da li grize? – Izbliza se videla izrazita sličnost s Bjankom, tako da sam poverovao da joj je to otac. Potrudio sam se da ga umirim kad je reč o mom psu.

– On grize samo hranu.

Izgledao je umireno. – Hranu, shvatam. Dovedite ga. – Stekao sam utisak da je Leonardo Moreti ćutljiv čovek.

Vratio sam se i otvorio zadnja vrata. Oskar je veselo iskočio i, nakon što je obilato zalio bor, došao je do stepenica da pozdravi gospodina Moretija, a njegov izraz lica je smekšao kad se sagnuo da pomazi Oskara po glavi.

– Lep pas. Volim pse. – Kad sam ponovo došao do stepenica, usmerio je pažnju na mene. – Jeste li jeli? Kao što rekoh, imam hranu. – Osmehnuo se. – Ne samo pseću.

– Pojeo sam sladoled pre nekoliko sati, ali ne, nisam jeo.

– Nisam ni ja. Uđite. – Pružio mi je jednu ogromnu šaku i stisnuo sam je, spremajući se za drobljenje kostiju, ali sa olakšanjem sam uvideo da je bio izuzetno nežan.

Oskar i ja smo ga pratili do prilično oskudno opremljenog predvorja i uza stepenice. Blago zakrivljene kamene stepenice vodile su do prvog sprata, gde sam se obreo u neočekivano prijatnoj sobi. Po spoljašnjosti nalik na tvrđavu i svrsishodnom izgledu ulaznog hola i kamenih stepenica, očekivao sam skromnu, srednjovekovno strogu prostoriju namenjenu vojnicima, ali umesto toga, ta velika soba kao da je izašla sa stranica nekog časopisa o uređenju doma iz dvadeset prvog veka. Stare, keramičke podne pločice bile su prekrivene nečim što je mom neiskusnom oku ličilo na skupe persijske tepihe, a dve velike, bele, kožne sofe nalazile su se ispred starog, kamenog ognjišta. Na jednoj strani sobe nalazila se veličanstvena kuhinja, gde sam izbrojao četiri šporeta. Naravno, moj domaćin je bio vlasnik restorana, i verovatno je hteo da ostane u formi. To je, naravno, obećavalo dobar ručak i shvatio sam da sam gladan. A što se tiče Oskara, on je uvek bio gladan.

– Piće?

Klimnuo sam glavom. – Hvala, šta god da imate, i može li Oskar da dobije posudu s vodom, molim vas?

Nije odgovorio već je krenuo prema frižideru veličine plakara i pojavio se s dve limenke badvajzer piva. Onda je napunio posudu vodom i spustio je na pod za Oskara, koji je počeo zahvalno da lapće, prosipajući vodu svuda. Izvinio sam zbog nereda, ali Moreti je samo odmahnuo rukom, dao mi limenku piva, otvorio svoju i nazdravio mi njom.

– Drago mi je što ste došli. Hvala vam.

Dotad sam već shvatio od koga je Bjanka Moreti nasledila ćutljivost. To je verovatno bilo nasledno. Popio sam vrlo prijatan gutljaj hladnog piva i gledao kako Moreti sprema ručak.

– Volite testeninu.

Način na koji je to rekao ukazivao je da ne može da zamisli da neko to ne voli. Srećom, voleo sam testeninu i mogao sam da ga umirim. A onda, za nepun minut, sipao vodu u šerpu i stavio je da se greje, a iz frižidera izvadio pakovanje dimljene pančete i tri jajeta.

– Može li karbonara?

Uvek sam voleo *pasta alla carbonara* i često sam je spremao. To je brz, lak i ukusan recept, posebno kad su jaja stvarno sveža. Dok je čekao da voda provri, izvadio je sušeni but iz kredenca i jedan nož opakog izgleda iz fioke.

– Šunka i dinja?

Ne čekajući moj odgovor, počeo je da seče šunku. Nalazila se na jakom metalnom postolju i odmah sam video da sam u prisustvu stručnjaka. But je već bio dopola isečen i on je, naizgled vrlo lako, odsekao komad mesa tanak kao papir s te izložene oblasti i pogledao je u mene.

– Smem li da ga dam psu?

Uveren sam kako sam video da Oskar klima glavom. Kad se govori o hrani, labradori su vrlo pronicljivi. I ja sam klimnuo glavom i Moreti je bacio komad mesa, a Oskar ga je uzeo s dosta uzdržanosti i poštovanja, a onda ga celog progutao.

Moreti je mahnuo prema vratima u zidu. – Hoćete li da se istuširate?

Kad sam se vratio iz luksuznog i modernog kupatila, video sam da je on već isekao predivnu, narandžastu dinju na komade koji su se, uz tanjir sveže isečene šunke, nalazili na lepom, starom hrastovom stolu, na suprotnom kraju sobe.

– Sedite.

Uradio sam kako mi je rečeno i nekoliko trenutaka kasnije, ispred mene su se nalazile čaše i boca mineralne vode i boca crnog vina. Čaše su bile obične, kao za vodu, a ne one s dugom stopom, no to mi nije smetalo. Dao mi je vadičep i pokazao da otvorim bocu. Bio je to tri godine star *nebiolo*, blizak rođak bolje poznatog *barola*, i jedno od mojih omiljenih pijemontskih vina. Dok sam gledao etiketu, Moreti se vratio s veknom hrskavog hleba veličine šešira i nožem za hleb.

– Sveže ispečen jutros.

Zadovoljno sam ga pogledao. – Pečete sami?

– Tako kratim vreme. Ne izlazim mnogo.

– A šta je s kampom, *Odmaralištem*?

– Imam ljude koji se bave time. Pored toga, više nemam telo za to.

I dalje sam pokušavao da shvatim šta je pod tim mislio, kad je on pokazao rukom na šunku i dinju.

– Jedimo. Možemo razgovarati kasnije.

Obrok je bio besprekorno jednostavan. Dinja je bila sočna i zrela, šunka odlična, tek slankasta, a testenina savršeno skuvana. Gledao sam, s neprikrivenim divljenjem, kako je on tačno znao kad je testenina gotova, čak i izdaleka i bez, koliko sam primetio, gledanja na sat. Zatim je prosuo gotovo svu vodu iz šerpe, doneo je do stola i ubacio tri žumanceta, iseckanu pančetu koja se pržila na tihoj vatri i jedan češanj belog luka. Promešao je testeninu vešto dvema kašikama, a jaje se odmah skuvalo od toplote. Na kraju je dodao biber iz mlina veličine palice za bejzbol, i onda sipao tri porcije: jednu za mene, jednu za sebe i jednu za Oskara. Osmejak mu se pojavio na licu.

– Pošteno je da pas jede dobru hranu. Ali neka se njegova prvo ohladi.

Testenina je bila izvrsna i mada mi je dao veliku porciju, spremno sam je pojeo. Dotad se testenina na Oskarovom tanjiru dovoljno ohladila i dao sam mu je da je proba. Kao i uvek, slistio je sve za tren i oblizao posudu, gurajući je njuškom po sobi dok je to radio. Zatim je proveo srećnih pet minuta oblizujući se, što je verovatno bilo nešto najbliže pohvali što će Moreti dobiti za svoje kuvanje od mog psa.

Na kraju sam, uz posudu svežih trešanja, pomenuo razlog zbog koga smo došli. – Čuo sam da ste imali smrtni slučaj u kampu. Bjanka kaže kako oboje mislite da je to bilo ubistvo. Želite li da mi kažete nešto o tome?

Popio je veliki gutljaj izuzetno dobrog vina pre nego što je progovorio. – Nije ono što mislite.

Čekao sam da kaže još nešto, ali nije, i pokušao sam da ga podstaknem. – A šta ja to mislim?

Upitno me je pogledao. – Amerikanac italijanskog porekla, obogatio se u Njujorku, živi u zamku u Italiji... mora da se krijem od policije ili mafije. Budite iskreni, zar niste to pomislili?

Dugovao sam mu istinu, pa sam klimnuo glavom. – Recimo da mi je to palo na pamet... kao i neke druge stvari. Ne volim da donosim zaključke o ljudima dok nemam sve činjenice, ali verovatno znate odakle se Bjanka i ja poznajemo. Nisam znao kakva ste osoba. – Pre nego što se uvredio, dodao sam brzo: – A na osnovu onog što sam dosad video, vi ste jedan od dobrih momaka.

Tužno je odmahnuo glavom. – Hvala vam na tome. Bjanka je dobra devojka, duboko u duši. Upala je u loše društvo u Engleskoj i platila je cenu. – Pogledao me je u oči. – Kazala je da ste vi tip koji ju je smestio u zatvor.

Ponovo sam klimnuo glavom. – Nažalost, ali ona nije htela da pomogne sebi. Iz nekog razloga, nije želela da sarađuje, nije htela da kaže ni reč, i na kraju sudija nije imao drugog izbora. Moram da priznam, imao sam osećaj da je zbog svog italijanskog porekla možda upetljana u organizovani kriminal... a vi znate šta to znači.

– Dobro znam. Upoznao sam mafijaše tokom godina. Dođavola, neki od najozloglašenijih mafijaša u Njujorku su jeli kod mene. Ali to ne znači da sam jedan od njih i da je ona jedna od njih.

– Zašto onda nije sarađivala? Zašto nije progovorila da pomogne sebi?

Slegnuo je ramenima. – Zašto žene išta rade? Samo ona može da vam kaže. Pretpostavljam da se radi o ljubavi, ili makar zaljubljenosti. Uvek je imala naviku da se zacopa u propalice.

– Bilo kako bilo, vratimo se na smrt tog čoveka u subotu, kako se zvao?

– Džozef Bek. Poznat kao Džo.

– Voleo bih da čujem sve što možete da mi kažete o njemu.

4.

Sreda popodne

Leonardo Moreti se zavalio u stolicu i spojio vrhove prstiju dok je razmišljao.

– Poznavao sam tog tipa. U izvesnom smislu. Imam šezdeset sedam godina, a on je bio dvadesetak godina mlađi od mene, recimo da je imao oko četrdeset pet, ali dobro smo se slagali. Bio je u formi, vežbao je, mnogo je plivao i išao u teretanu svakog dana kad je bio ovde. To mu je bio drugi boravak ovde. Kad je prošlog jula proveo dve nedelje ovde, sprijateljili smo se. Pričali smo preko ograde gotovo svakog dana. Viđao sam ga kako trči oko dvorišta svakog jutra i večeri. Ove godine je bio ovde gotovo dve nedelje pre smrti, a rezervisao je smeštaj za čitav mesec. Odseo je u jednoj od naših koliba.

– A o čemu ste razgovarali s gospodinom Bekom, gospodine Moreti?

– Leo, zovite me Leo.

– Hvala, ja sam Den. Dakle, da li vam je rekao išta zanimljivo?

– To je ono čega pokušavam da se setim. Nije pričao o sebi osim da je došao iz Londona. Pitao sam ga da li je zaposlen i rekao je da jeste, ali kazao je to na način koji je jasno ukazivao da ne želi da priča o tome. Čitavog života radim posao koji uključuje mušterije, tako da ga nisam pritiskao. To su bila njegova posla, ne moja.

– Da li biste rekli da je bio preterano uzdržan?

Zastao je da razmisli. – Bilo je prilično jasno kako ne želi da priča o poslu ali, kao što sam rekao, kakve veze to ima?

– Da li je bilo nečeg neobičnog u vezi s njim?

Ovoga puta je Leo odmah klimnuo glavom. – Dve stvari, počevši od činjenice da je izvrsno govorio italijanski i potpuno tečno nemački. Ne govorim nemački, ali momci iz *Odmarališta* kažu da je zvučao kao pravi Nemac. Sigurno sam ga čuo kako ćaska s nekim od italijanskih gostiju i zvučao je vrlo uverljivo. Kad smo razgovarali, bilo je to na engleskom i govorio je tečno kao nas dvojica... uz otmeniji engleski naglasak nego što je vaš.

– Nema ničeg otmenog u vezi sa mnom. Da li vam je rekao gde je tako dobro naučio strane jezike?

– Ako mene pitate, mora da je proveo dosta vremena u Italiji i Nemačkoj. To je jedini način da tako dobro naučite jezik. Bjanka tečno govori engleski i italijanski, tako da je možda naučio od svojih roditelja, kao ona ali, kako god da je to uradio, bio je dobar. – Dodao je primedbu. – Moja bivša žena je Italijanka, tako da smo uvek govorili italijanski kod kuće.

– Pomenuli ste *dve* stvari. Šta vam je još privuklo pažnju osim tečnog govorenja tri jezika?

– Izgledalo mi je da je pogođen metkom u stomak. – Kad je video moj iznenađen izraz lica, objasnio je. – Ne nedavno, imao je stari ožiljak.

– Ne mislite da je možda od operacije?

– Ako jeste, hirurg je obavio grozan posao. Bio je to neravan ožiljak, desetak centimetara ispod pupka, i izgledao je kao da je prosuo nešto belo po stomaku.

– Kako ste mu videli donji stomak?

Izgledao je iznenađeno na tren, a onda je ustao. – Da li ste raspoloženi za penjanje uza stepenice?

Klimnuo sam glavom i krenuo za njim uz još tri niza stepenica koje su vodile kroz drugi i treći sprat i izlazile na ravan krov tornja. Pogled odatle bio je fantastičan. Zbog vrućine su stvari bile pomalo maglovite, ali video sam kilometre i kilometre obale na obe strane. Video sam velike prekookeanske brodove koji dolaze zapadno iz Đenove, i idu verovatno do Monte Karla ili nekog drugog mesta na Azurnoj obali, i flotilu jahtica s jarkocrvenim jedrima blizu luke San Klemente Spjađa, obližnje plaže. Kad sam pogledao ka kopnu, video sam nizove tamnozelenih, šumovitih brda s povremenim grozdovima kućica s crvenim krovovima. Ali odmah je postalo jasno da me Leo nije doveo ovamo da uživam u panorami. Pokazao je na kamp ispod nas, malo dalje od tornja.

Tu se nalazilo desetak šatora, uglavnom belih, narandžastih i plavih, uz sličan broj uglavnom belih karavana i kampera. Iza njih su bila četiri reda drvenih bungalova, s tri veća na jednom kraju. Bilo je tu različitih niskih, u belo okrečenih zgrada, verovatno kupatila i toaleti, jedna veća zgrada sa stolovima i suncobranima ispred, gde sam video ljude kako jedu i piju. Veliki bazen na sredini kompleksa davao je tom mestu izgled odmarališta. Ljudi su se kupali ili ležali na ležaljkama oko bazena. Dok sam gledao, iznenada sam shvatio zašto me je Leo doveo ovamo i kako je uspeo da ima tako dobar pogled na žrtvinu moguću ranu od metka.

Svaka osoba ispod mene u *Odmaralištu La tore* bila je potpuno naga.

Okrenuo sam se ka njemu. – Ovo je nudistički kamp?

Coknuo je jezikom. – Mi to zovemo naturistički. Ovo je naturističko odmaralište gde ljudi koji to žele mogu da se svuku i žive onako kako je priroda predvidela.

– Shvatam. A šta mislite da je gospodina Beka privuklo ovamo?

Leo mi se osmehnuo. – Čak se našalio na tu temu. Rekao je: „Makar ovako nema šanse da neko nosi skriveno oružje." Pitao sam se zašto je to rekao. Samo da se našali ili... Ko zna?

Stajao sam tamo i gledao okolinu izvesno vreme, usputno razmišljajući da je, prema onom što sam video odavde, većina posetilaca bila znatno starija od mene. Takođe sam primetio da bi malo njih imalo izglede na nekom izboru za lepotu, ali njima to nije ni najmanje smetalo, tako da svaka čast njihovim preplanulim laktovima i, ostalim znatnim površinama kože na izvol'te. Mislio sam o onom što mi je Leo rekao, i morao sam da priznam kako sam radoznao u vezi s tajanstvenim Džozefom Bekom. Ko je bio on: bezazleni, trilingvalni Britanac sa sklonošću da izlaže svoje telo pogledima, ili neko sve u svemu manje jasan?

Jedno je bilo sigurno: znao sam da bih voleo da vidim taj policijski izveštaj. Da li je njegova smrt bila samo nesreća, ili možda postoji neki zlokobniji uzrok? Nažalost, dani glavnog inspektora Armstronga završili su se pre dve godine i znao sam da ne vredi ni da pokušavam da vidim taj izveštaj. To su bila policijska posla, a ja više nisam bio policajac. Ali možda ako pogledam malo okolo otkrijem nešto zanimljivo, mada sam pretpostavljao da su četiri dana nakon smrti svi dokazi odavno nestali.

Čim sam pomislio da obiđem kamp, setio sam se nečeg uznemirujućeg.

– Leo, ako bih želeo da obiđem *Odmaralište*, da malo pronjuškam i porazgovaram s ljudima, mogu li da idem ovako odeven ili moram da se skinem i pridružim zabavi?

– Zavisi kako želite da vas vide. Očigledno, majstori i hitne službe mogu da nose svoju uobičajenu odeću, ali svako odeven bi odmah bio doživljen kao autsajder, tako da ako mislite da ispitujete ljude bez izazivanja sumnje, bojim se da nemate mnogo izbora. – Video sam kako me gleda na tren. – Izgledate kao da ste u dobroj formi. Sve će biti u redu.

Osetio sam kako mi njuška dodiruje koleno i kad sam pogledao, video sam Oskara s nedokučivim izrazom lica. Ne želeći da ga hvalim više nego što zaslužuje, pretpostavio sam kako pokušava da mi kaže kako je vreme za njegovu šetnju, ali ipak je imao neki sjaj u očima. Da li je izraz njegovog lica govorio kako zna za „šlauf" i „ljubavne drške", koji su mi se pravili oko struka uprkos trudu da ih uklonim? Znao je, i ja sam znao da, od nas dvojice, Oskar sigurno bolje izgleda bez odeće. Ipak, rekao sam sebi, nova iskustva čine život zanimljivim, ali morao sam da priznam da sam nemalo prepadnut zbog pomisli da ću lutati naokolo go golcat.

Pre nego što sam stisnuo zube i zaputio se u naturistički kamp, odlučio sam da saznam od Lea sve o mrtvacu. – Da li je policija rekla kako je Bek umro?

– Čuo sam da patolog nije bio siguran, ali mislio je kako je bio u vodi šest do osam sati.

– A kad su ga pronašli u nedelju ujutro?

– Negde posle šest, tako da su rekli kako misle da je umro negde oko ponoći.

– Da li je mnogo ljudi bilo budno u to vreme?

Odmahnuo je glavom. – Ne prošle subote. Nekih nedelja imamo zabavu u klupskim prostorijama, plesnu grupu ili pevača, ali prošle subote nismo imali ništa. Tek je početak sezone i ponuda je mnogo bogatija tokom leta. Klupske prostorije se zatvaraju u ponoć i Fredi kaže da tad nije bilo gotovo nikog.

– Fredi. Ko je on?

– Ona, ne on. Federika je zadužena za hranu. Svi je zovu Fredi.

– A šta je s Bekom? Rekli ste da policija misli da je bio veoma pijan; da li se napio u klupskom baru?

Ponovo je odmahnuo glavom. – Ne, policija je isto pitala, i mada je jeo tamo oko osam u subotu uveče, nestao je put svog bungalova oko pola deset. Imao je naviku da ide na noćno plivanje pre nego što zaspi, i policija je kazala da su pronašli gotovo praznu bocu viskija u grmlju pored bazena, s njegovim otiscima prstiju. Misle da je otišao tamo u ponoć, napio se do besvesti iz nepoznatog razloga, a onda odlučio da ode na plivanje. Kazali su da je bio toliko pijan da se okliznuo i onesvestio pre nego što je pao i utopio se. Našli su mrlju krvi na kamenoj ivici bazena, gde je udario glavom.

– A da li je bio sâm? Nije imao partnera ili prijatelja? – Video sam kako je Leo odmahnuo glavom i prešao sam na sledeće logično pitanje. – Šta je sa ostalim ljudima u kampu... izvinite, *Odmaralištu*? Da li se sprijateljio s nekim? Da li je bio posebno blizak s nekim? Da li je postojao neko s kim je išao na bazen, na piće ili nešto drugo? Neka žena?

– Niko poseban, koliko mi je poznato, ali Fredi i ostalo osoblje znaju više o tome. Kao što sam rekao, u poslednje vreme ne idem često tamo. – Tužno je pogledao svoj široki struk. – Znam da ne bi trebalo da se stidim, ali stidim se. Džo Bek je bio prilično prijatan tip, ali čak i sa mnom je retko razgovarao duže od minut ili dva. Bio je usamljenik, ali, kao što sam rekao, kakve to veze ima? Svi smo različiti, zar ne?

Zašto bi neko želeo da ubije tog „prilično prijatnog tipa“? Osim ako u kampu ne postoji neki ludi ubica koji nasumično ubija, mora da postoji neki razlog. Da li je Džozef Bek imao neku mračnu tajnu? Da li ga je neko odavde poznavao? Ko je on bio? Šta je mogao da uradi da bi ga neko ubio u bazenu? Prešao sam na praktična pitanja.

– Ko upravlja *Odmaralištem*? Da li se i dalje bavite time ili imate menadžera?

– Uglavnom nadgledam finansije. Džordž je menadžer. Zove se Đorđo Albenga, ali svi ga zovu Džordž. On je meštanin koji je bio menadžer hotela u Velikoj Britaniji, na jugu Engleske, pre nego što se vratio u San Klemente sa svojom ženom Engleskinjom. Govori tri ili četiri jezika i sjajno radi svoj posao.

– A šta je s dokumentima? Da li zadržavate pasoše gostiju ili ih kopirate? – U Italiji, hotelijeri po zakonu moraju da vode evidenciju o svima koji odsedaju u njihovim objektima.

– Skeniramo ih i ubacujemo u kompjuter. Zamoliću Džordža da vam ih pošalje ako želite.

– Da, molim vas, i dok to radite, da li biste mogli da mi pošaljete pojedinosti o svim članovima osoblja, uključujući vrtlare, čistače i ostale? – Dao sam mu jednu od svojih posetnica sa imejlom i mobilnim brojem. – Pretpostavljam da je policija pretražila Bekov bungalov; da li su pronašli išta zanimljivo ili sumnjivo?

– Izgleda da nisu, ali ne znam koliko su temeljno tražili. Prema onom što je jedan od policajaca rekao Fredi, nije bilo razloga da misle da je to išta drugo do nesreća. – Pogledao me je u oči. – To mi je bilo olakšanje, jer sam se pitao da li bismo mogli da imamo probleme sa osiguravajućom kompanijom. Što se tiče policije, on je popio previše, pao i udario glavom, a onda skliznuo u bazen i utopio se. Ništa nismo mogli da uradimo da ga sprečimo i zbog toga ne snosimo odgovornost.

– Moram da pitam: u tom slučaju, zašto sam *ja* ovde? Zašto vi i vaša ćerka želite da dokažete da je taj tip ubijen?

– Sviđao mi se, šta da vam kažem? Bjanka mi je rekla kako zna dobrog privatnog istražitelja i pomislio sam, nek ide sve, što da ne? Recimo da se nadam da možete da zadovoljite moju radoznalost, ovako ili onako.

To je bio vrlo altruistički stav i moja cinična strana nije mogla a da se ne zapita zašto čačka mečku, ali zasad sam odlučio da to ostavim po strani. – Šta je s Bjankom? Da li i ona voli naturizam?

Klimnuo je glavom. – Izuzetno; u stvari, ona je predložila da otvorim naturističko odmaralište.

– I šta ona radi ovde? Kazala je da je bila s vama dve nedelje; da li je boravila u tornju ili dole u *Odmaralištu*?

– Kad dođe ovamo, boravi kod mene. Ima svoju sobu gore i uglavnom jedemo zajedno, ali veći deo dana provodi u *Odmaralištu*.

– Poznavala je žrtvu?

Bio sam prilično siguran da sam uočio kratkotrajno oklevanje pre nego što je odgovorio, ali nisam ništa rekao. – Kazala je da ga je znala iz viđenja, ne previše dobro.

Poverovao sam mu – zasad – ali izgledalo je da mi Leo ne govori sve što zna. – Osim što je bio usamljenik, da li znate zašto je Džozef Bek ubijen i ko je mogao to da uradi?

– Nemam predstavu. Bio je pomalo uzdržan, ali nikad ga nisam smatrao sumnjivim, i osoblje ga je volelo. Koliko znam, nije se svađao s ljudima. Džordž i ja smo razgovarali sa osobljem i niko od nas ne misli da ga je neko mrzeo.

Ponovo sam pokušao. – A šta je s Bjankom... jeste li sigurni da ga nije dobro poznavala?

Ponovo sam bio siguran da sam uočio nešto u njegovim očima, ali nestalo je u trenu. – Pitajte nju. Otišla je mojim kolima na dva dana, ali vratiće se u petak.

Šta je, pitao sam se, izazvalo tu trenutnu zabrinutost? Da li je postojala neka skrivena priča koju nisam smeo da znam? Da li su znali više nego što su hteli da mi priznaju i, ako je tako, zašto? Zasad sam nastavio da otkrivam činjenice o onom što se dogodilo. – Da li je ubica mogao da dođe spolja?

Odlučno je odmahnuo glavom. – Nema šanse. Kao što možete da zamislite, ovo mesto privlači svakojake čudake i voajere. Imamo dva metra visoku ogradu oko odmarališta i zaključanu kapiju kroz koju ljudi ulaze i izlaze. Imamo nadzorne kamere na stubovima i oko ograde. Policija je pregledala sve snimke i sasvim je jasno da niko nije ušao u kompleks te noći.

– Šta je s kamerama u kompleksu?

Odmahnuo je glavom. – Nema ih. Iz očiglednih razloga. *Odmaralište* je veoma diskretno okruženje i garantujemo gostima potpunu privatnost.

– Ako niko nije mogao da uđe, to gotovo sigurno znači da je, ako je Bek ubijen, ubica neko ko je već bio u *Odmaralištu*. – Leo je smrknuto klimnuo glavom i postavio sam pitanje od milion dolara. – Jeste li sigurni da vam ne pada na pamet niko ko je mogao to da uradi?

– Od nedelje ujutro samo o tome razmišljam. Subotom menjamo smene i tog dana smo imali pedeset osmoro gostiju i Beka, otprilike polovina je došla tog dana. Mora da je bio neko od njih, ali niko se ne ističe.

– Da nije neko od osoblja? – Pre nego što je stigao da se pobuni, nastavio sam. – U istrazi ubistva, uvek moramo da razmotrimo sve mogućnosti, koliko god bile malo verovatne. Postoji li neko od osoblja za koga smatrate da bi mogao da uradi tako nešto?

– Niko, iskreno, i siguran sam u to. Pored toga, za ubistvo je potreban motiv, zar ne? Mislim da smo ga svi ovde poznavali samo površno.

Da li je tako? Činjenica da mi Leo i njegova ćerka plaćaju da istražim smrt „čoveka koga površno poznaju“ navela me je da pomislim kako tu ima nečeg skrivenog. Leo je bio dobar momak, ali bio sam siguran da mi nije ispričao celu priču o tom tajanstvenom usamljenom putniku. U duši sam bio uveren da su Leo i Bjanka poznavali Džozefa Beka bolje nego što su priznavali, a ako je tako, zašto su to tajili? Da li je u Bekovoj prošlosti postojalo nešto što ne sme da se pominje? Zasad sam odlučio da ne pritiskam Lea. Biće vremena za to ako otkrijem da to nije bila samo nesreća.

– Pričajte mi o ostalim gostima. Ima li mnogo Britanaca ovde? Ako je Bek bio Britanac, i stvarno je ubijen, onda je logično zapitati se postoji li neka britanska veza.

– Imam spisak gostiju u laptopu dole – i kao što sam rekao, pobrinuću se da dobijete kopiju – ali znam da imamo samo sedam osoba s britanskim pasošima: dva bračna para, dve žene u jednom od luksuznih bungalova i tipa po imenu Grifin.

– Da li su i dalje ovde? U stvari, da li je iko otišao nakon smrti gospodina Beka?

– Samo jedan bračni par. Gospodin i gospođa Šifer iz Minhena otišli su juče jer im je unuka u bolnici. Oboje imaju po osamdeset godina i mislim da je malo verovatno da su umešani u Bekovu smrt. Inače, svi ljudi ovde bili su tu i u subotu uveče.

To je, makar, bilo obećavajuće. Pedeset osmoro ljudi, manje dvoje starijih Nemaca, značilo je pedeset šest potencijalnih sumnjivaca, i šta god Leo govorio, postojao je znak pitanja iznad nekoliko zaposlenih i njegove ćerke, koji su bili ovde u to vreme. Pedeset šest je veliki broj i mogao sam da shvatim zašto je istražitelju laknulo kad je patolog rekao da ne postoje sumnjive okolnosti u vezi sa smrću Džozefa Beka.

Pitanje je sad bilo da li ću *ja* morati da razgovaram sa svih pedeset šestoro i, s praktičnije strane, kako ću nositi svoju beležnicu, olovku i telefon ako budem lutao naokolo sasvim go.

5.

Sreda popodne

Negde posle tri, Oskar i ja smo otišli do *Odmarališta*. Pre nego
što smo otišli Leo mi je dao odštampana imena trenutnih gostiju i
gde su smešteni. Nakon toga, pokazao mi je moju sobu na prvom
spratu tornja. Bila je prelepa, s kupatilom uz spavaću sobu i velikom
kadom kao iz filma *Kleopatra*. Pogled s prozora bio je neverovatan, i
bio sam siguran da bi Ana bila na sedmom nebu da je bila sa mnom.
Uz njeno poznavanje istorije, ovo bi bila prava stvar. Nepotrebno
je naglašavati, pomisao na nju osvežila je uspomene na prethod-
nu noć i pogledao sam ponovo telefon da vidim je li odgovorila na
moju poruku. Ponovo ničeg nije bilo. Mora da sam uzdahnuo, jer je
Oskar prišao i munuo me njuškom, bez sumnje osećajući da nisam
uobičajeno dobro raspoložen. Počeškao sam ga po ušima i shvatio,
ne prvi put, da se on mnogo bolje snalazi u ovim emotivnim stva-
rima nego ja.

Potisnuvši poriv da pozovem Anu, iz straha da me ne optuži da
je gnjavim, odlučio sam da se usredsredim na trenutni posao i sišao
sam u prizemlje, gde sam zatekao Lea kako pere sudove. Ponudio
sam mu pomoć, ali zahvalio mi se i odmahnuo rukom. Dao mi je
ključ glavnog ulaza i kapije, i rekao mi da dolazim i odlazim kako
mi odgovara. Bio sam iskreno zahvalan. Ako je bio mafijaš, dobro
je to skrivao, mada nisam bio uveren da je njegovo jednostavno
objašnjenje zašto me je unajmio stvarno toliko jednostavno. Ipak,
to je moglo da sačeka. Prvo sam morao da proverim mesto zločina...
mada sam tek morao da čujem neko uverljivo objašnjenje zašto to
nije samo nesreća, kao što je lokalna policija verovala.

Kad sam stigao u *Odmaralište,* nisam bio siguran šta da očekujem. Prvo što sam video bio je crtež na kapiji s pakovanjem cigareta i foto-aparatom precrtanim crvenim iksom. Očigledno je to bilo zabranjeno. Dočekao me je muškarac od oko trideset godina, odeven u šorts i majicu s kragnom *Odmaralište La tore* i logom tornja izvezenim na levoj strani grudi, iznad imena: Dario. Izašao je iz prijavnice kad sam se približio i srdačno mi se osmehnuo.

– Dobar dan, dobro došli u *Odmaralište.* – Sagnuo se da pomazi Oskara po glavi. – Obojica.

Obratio mi se na italijanskom i odgovorio sam mu na istom jeziku. Leo i ja smo već unapred razgovarali kako ću se predstaviti i kad sam ispričao svoju priču, taj čovek ju je spremno prihvatio.

– Boravim kod gospodina Moretija, i rekao mi je kako treba da dođem i vidim *Odmaralište.* Moja devojka i ja dolazimo na Rivijeru narednog meseca i mislio sam da bi bilo zabavno da je dovedem ovamo na nekoliko dana. Nijedno od nas nema iskustva s naturizmom, ali za sve postoji prvi put, zar ne? – Da li ćemo Ana i ja i dalje biti zajedno dotad, bilo je drugo pitanje, a čak i da budemo, nisam znao kako bi reagovala da joj predložim nešto ovako, ali u tom trenutku bila je to uverljiva varka.

Čovek je klimnuo glavom i osmehnuo se. – Leo me je upravo pozvao, sinjor Armstrong. Molim vas, uđite i pogledajte. – Potapšao se po levoj strani grudi. – Zovem se Dario. Dozvolite da vam dam narukvicu. – Kad sam ga bledo pogledao, objasnio je. – To je pametna narukvica. Potrebna vam je da otvorite kapiju i plaćate hranu i piće. Ja sam napravio kopije kreditnih kartica gostiju i one se automatski zadužuju nakon svake transakcije. – Krenuo sam da izvadim novčanik, ali on me je zaustavio. – Nema potrebe za tim. Leo kaže da ste vi i vaš lepi pas njegovi gosti. – Oskar je mahnuo repom kad je čuo taj kompliment, ali možda je to bilo i zbog toga jer mu je taj tip češkao uši. To mu se sviđa.

Pokazao mi je rukom na malu belu zgradu nedaleko odatle, na suprotnoj strani parkinga, kraj jake žičane ograde, više od mene. – Narukvica otvara ormarić broj šest, gde ćete ostaviti odeću. Prođite kroz kapiju naslanjajući narukvicu na osvetljenu tablu pored.

Kapija će se automatski zatvoriti za vama. Ormarići se otvaraju i zatvaraju na isti način i koriste ih dnevni posetioci. Svucite svu odeću i ostavite je u ormariću, i spremni ste. Važi?

To je odgovorilo na dva pitanja koja su mi bila na umu. Razmišljao sam o tome kako se nosi novac, od nepraktičnih do fiziološki neprijatnih, a ideja s narukvicom predstavljala je veliko olakšanje. Ormarić i uputstvo da svučem odeću i ostavim je tamo bili su strašniji, kao što sam i očekivao. Promrmljavši sebi u bradu: – Kad si u kolu, valja ti da igraš – pružio sam ruku i on mi je vezao plavu narukvicu oko zglavka. Trudeći se da zvučim opušteno – uglavnom da bih sakrio nervozu – pokazao sam na nju.

– Plavo za dečake, roze za devojčice?

Široko se osmehnuo. – Jedna od prednosti naturističkog odmarališta jeste što se pol jasno vidi. Sve narukvice su plave.

Setio sam se praktičnog pitanja. – A šta je s cipelama? Da li su svi bosi?

Odmahnuo je glavom. – Ne, osim ako ne želite... i sve dok vam tabani izdrže. Većina staza je šljunčana, tako da savetujem ljudima da obuću zadrže, makar na početku. Uživajte u vremenu provedenom u *Odmaralištu*. Ako imate neka pitanja, samo pitajte nekog od osoblja. Bar i restoran su tamo, a postoji i mala prodavnica i prostorija sa igrama u klupskoj zgradi. Svi smo vam na usluzi. – Verovatno je recitovao dobro navežban tekst, ali zvučao je dovoljno iskreno i zahvalio sam mu se pre nego što sam krenuo prema kampu.

Prošao sam kroz parking, primećujući dosta vozila sa stranim tablicama, sve dok nisam stigao do jake, gvozdene, pešačke kapije. Bila je visoka preko dva metra, a ograda je bila još viša. Kao što je Leo rekao, *Odmaralište* je očigledno želelo da zadrži neovlašćene ljude ispred nje, a to je mogućnost da je ubistvo u subotu uveče izvršio neko van logora činilo prilično neverovatnom – osim ako ne postoji neki drugi ulaz. Kao što mi je rečeno, prislonio sam narukvicu na senzor na stubu kapije i brava se poslušno otključala. Prošao sam i čuo kako se kapija automatski zatvara za mnom, dok sam išao prema maloj beloj zgradi s natpisom *Posetioci*.

Obreo sam se u jednostavnoj prostoriji s nizom ormarića kraj jednog zida i dugačkom drvenom klupom kraj drugog. Osećajući se

neprijatno, iako je prostorija bila prazna, svukao sam odeću i oka-
čio sam je u ormarić broj šest. Neko je dobronamerno – ili možda
zlobno – postavio veliko ogledalo na suprotan zid, pored vrata obe-
leženih s dva nacrtana naga lika, i dobro sam pogledao sebe pre
nego što sam se upustio u sasvim novo iskustvo. Lice, noge i po-
dlaktice bili su mi prilično preplanuli, ali ostatak tela bio je užasno
bled. Moj odraz u ogledalu izgledao je kao sladoled *Sneško*. Palo mi
je na pamet da je možda bilo razumno da ponesem kremu za sun-
čanje, i zaključio sam da je bolje da se klonim direktnog sunca, iz
straha da mi ne izgore neki osetljivi delovi tela.

Da budem iskren, ono što me je najviše brinulo bila je činjenica
da sam na nogama imao cipele. Kao većina ljudi, retko sam gle-
dao sebe nagog u kupatilu ili spavaćoj sobi, ali ugledati sebe ovde,
u smeđim brodaricama, izgledalo je pomalo uvrnuto. Izuo sam ča-
rape i ubacio ih u ormarić, a onda sam ponovo obuo cipele, ali to
nije mnogo pomoglo i još sam se osećao čudno. Međutim, kako je
druga mogućnost bila bosonogo hodanje po šljunku, znao sam da
nemam drugog izbora. Naravno, Oskaru je sve bilo potaman; nje-
gove šape su bile dovoljno jake za svaku podlogu. Kad sam pomislio
na Oskara, setio sam se nečeg što sam želeo da kažem, tako da sam
ga pogledao i zapretio mu prstom.

– Slušaj me sad, kuče, upoznaćeš mnogo novih ljudi i susrešćeš
se s mnogo novih mirisa i zato, molim te, pokušaj da ne guraš nos
gde ne bi smeo.

Izgledao je pomalo uvređeno, ali kad sam se okrenuo prema or-
mariću, osetio sam kako mi Oskar njuška zadnji deo butine. Visok
sam preko metar i osamdeset i imao sam grozan osećaj da će ostali
ljudi, čiji je centar gravitacije bliži tlu morati dobro da paze. Uzeo
sam telefon i beležnicu, pokušavajući da smislim kako da ih nosim,
pre nego što sam odlučio da zasad sve ostavim ovde. Vratio sam ih
u džep šortsa i zatvorio ormarić narukvicom, kako mi je rečeno.
Nakon što sam duboko udahnuo, uhvatio sam kvaku i nas dvojica
smo izašli u hrabri novi svet *Odmarališta La tore*.

Izašao sam na šljunčanu stazu oivičenu gustom živicom od
ruzmarina koji se nadvijao preko staze, praveći lepu nadstrešnicu

i zaklanjajući *Odmaralište* od pogleda spolja. Miris sitnog plavog cveća bio je opojan, a sveprisutno zujanje vrednih pčela gotovo je zaglušilo cvrkut vrabaca. Kad sam ponovo izašao na sunce, našao sam se na ravnom travnjaku, gde me je dočekao prizor šest golih se-damdesetogodišnjaka koji igraju odbojku. Dok su skakali naokolo, izuzetno spretno, uhvatio sam Oskara za ogrlicu, za slučaj da odluči da im se pridruži, ali me je on, umesto toga, zaprepašćeno pogledao, a pretpostavljam da sam i ja tako izgledao. Jedna dama snežnobele kose, koja je sigurno imala osamdesetak godina, mahnula mi je kad me je videla i ja sam mahnuo njoj, svestan da je ona verovatno istih godina i građe kao moja mama. Jedno je bilo sigurno, moja majka ni za živu glavu ne bi došla ovamo, ali, kao što je moj otac govorio, radi ono što te veseli.

Malo dalje odatle, naišao sam na bar/restoran gde sam dobio veseo osmeh verovatno konobarice, koja je nosila poslužavnik. Pitao sam se da li će osoblje biti odeveno, i uskoro sam shvatio da neće biti. Ta devojka je imala oko dvadeset pet godina, i morao sam da primetim kako je fizički mnogo privlačnija od odbojkaša. Zanimljivo – i srećom – bio sam suviše opčinjen svojim okruženjem da bih osećao fizičku privlačnost, i to je pomoglo da odagnam strah. Isto se ne bi moglo reći za Oskara, koji je odmah počeo da maše repom, i morao sam ponovo da ga uhvatim za ogrlicu kako bih ga sprečio da prati njenu odlazeću zadnjicu svojom hladnom, vlažnom njuškom i verovatno je natera da ispusti poslužavnik s pićem.

Odlučan da se ne žurim i da dozvolim svom pregrejanom mozgu da se navikne na nove okolnosti i okruženje, seo sam za jedan sto ispod suncobrana, trudeći se da ne mislim previše o tome ko je možda sedeo tu pre mene. Dao sam sve od sebe da se opustim, i pobrinuo sam se da Oskar leži kraj mene, i dobro sam pogledao okolinu. Na popločanoj terasi nalazilo se dvadesetak stolova, a četiri su bila trenutno zauzeta. Malo dalje od mene nalazila se grupa od četiri starca koji su igrali karte. Čak i sa svog mesta sam mogao da vidim da te karte, kad su ih bacali na sto sa uzvicima oduševljenja ili razočaranja, nisu bile obične karte za igranje, nego su na sebi imale neobične simbole s lišćem i žirevima. Ne govorim dobro nemački, ali prepoznao sam dovoljno uzvika i psovki s tog stola da bih shvatio kako su ti starci Nemci, Austrijanci ili Švajcarci.

Iza njih se nalazio sto gde se jedan preplanuli plavokosi par vršnjaka moje ćerke Triše zaljubljeno gledao u oči. Izgledali su snažno i zdravo i namerno su seli za sto bez suncobrana, verovatno da dodatno pocrne. Bivša žena me je više puta upozoravala na uticaj sunca na svetlu kožu i nadao sam se da znaju šta rade. Za još jednim stolom sedeo je par ljudi mlađih od četrdeset godina, i na osnovu ružičaste kože, izgledalo je da su nedavno došli. On je pio pivo, a ona neku bistru tečnost koja je mogla biti voda ili džin, i nisu razgovarali. Nadao sam se da to znači da su u srećnom braku, zadovoljni što su zajedno, ali nekako sam osetio neprijateljstvo za tim stolom. Setio sam se poslednjih godina svog braka i tužno sam odmahnuo glavom.

Preostali zauzeti sto bio je zanimljiviji – sa istražiteljskog stanovišta – jer je tamo sedeo usamljen muškarac s polupraznom bocom crnog vina pred sobom. Bio je verovatno mojih godina, s tamnim naočarima i mada mu nisam video oči, bilo je prilično očigledno kako napeto gleda oko sebe. A to je uključivalo i mene. Okrenuo je glavu prema meni i osetio sam kako me odmerava pogledom. Osmehnuo sam mu se i mahnuo, on nije reagovao i instinktivno sam ga stavio na svoj spisak sumnjivaca u nastajanju.

– *Ciao*, čime mogu da vas uslužim?

Pogledao sam i video konobaricu kraj sebe. Govorila je engleski s naglašenim novozelandskim naglaskom. Osetio sam neki pokret kraj svojih nogu i Oskar je ustao da je pozdravi, već mašući repom. Pažljivo sam ga motrio za slučaj da odluči da bude previše srdačan.

– Nešto bezalkoholno i osvežavajuće, molim. Imate li bezalkoholno pivo?

Klimnula je glavom. – Naravno. Želite li i nešto za jelo?

Trudeći se da je gledam samo u lice, odlučio sam da vidim mogu li da zapodenem razgovor s njom. – Ne, hvala, upravo sam ručao. Prvi put sam ovde i još se navikavam. Šta je s vama? Da li dugo radite ovde?

– Svakog leta, poslednjih pet godina. Volim ovo mesto.

– A šta radite ostatak godine?

– Vraćam se na Novi Zeland i radim u naturističkom klubu po-
red Velingtona tokom leta; našeg leta tamo, hoću reći.

– Vi ste posvećeni ljubitelj naturizma? – Osmehnuo sam joj se.

– Da li tako štedite novac za odeću?

Uzvratila mi je osmeh. – Smatram to veoma oslobađajućim. Ka-
žete da ste novi ovde; da li vam je i naturizam novina?

Klimnuo sam glavom. – Prvi put probam. Treba mi malo vre-
mena da se naviknem.

– Ne brinite, neće dugo trajati. Garantujem vam da sutra nećete
ni primećivati da ste i vi i ljudi oko vas nagi.

Nadao sam se da je u pravu, ali ozbiljno sam sumnjao u to.

Okrenula se i otišla da mi donese piće. Trudio sam se da ne gle-
dam njenu pozadinu i, umesto toga, usredsredio sam se na bazen.
Besprekorno potkresana živica sprečila me je da ga vidim odavde,
ali povici, srećni uzvici i pljuskanje ukazivali su gde se nalazi. Pu-
stio sam pogled da mi luta naokolo. Mada je okruženje kampa iza
ograde bilo ispunjeno retkim, suncem opaljenim grmljen, sve biljke
ovde izgledale su negovano, a trava je bila zdrava i zelena. Bez sum-
nje je postojao neki prefinjen sistem prskalica koji je obezbeđivao da
trava ostane bujna i zelena tokom vrelog, suvog, italijanskog leta. Na
jednoj strani sam video krovove bungalova, a iza njih su se nalazili
šatori i kamperi, što sam video s vrha tornja. Ukupni utisak je go-
vorio o dobro održavanom i besprekorno čistom odmaralištu, i bio
sam siguran da većina posetilaca, a možda i svi, misle isto.

Kad se konobarica vratila s mojim pivom i, vrlo ljubazno, posu-
dom vode za Oskara, pitao sam je kako se zove i ona mi je pokazala
svoju levu dojku, koju sam uporno ignorisao dosad. Uočio sam na
njoj tetovažu sa imenom Sofi. Osmehnula mi se. – Jedna od mana
nenošenja uniforme je što je teško prikačiti bedž sa imenom.

Dok je Oskar laptao vodu, oprezno sam pomenuo nedavnu
smrt. – Čuo sam da je neki tip pronađen kako pluta u bazenu za
vikend. To zvuči baš kao užasna nesreća.

Osmeh joj je nestao. – Bilo je grozno. Niko od nas nije mogao
da shvati to; i dalje ne možemo. Džozef je bio sjajan plivač; plivao
je dvadeset ili trideset dužina svakog jutra i ponovo uveče. Policija

je rekla da je bio pijan, ali nikad ga nisam videla da je popio više od dve čaše vina.

Činjenica da je znala njegovo ime bila je obećavajuća. – Mislite da je njegova smrt bila sumnjiva?

Video sam je kako oprezno gleda oko sebe pre nego što je odgovorila. – Policija je rekla da je to bila nesreća, i pretpostavljam da je tako, ali lično ne mogu da se pomirim s tim.

– Da li ste ga dobro poznavali?

– Prilično dobro; bio je ovde nekoliko nedelja prošle godine, ali nije bio komunikativan tip, mada je bio vrlo zgodan i uvek ljubazan prema osoblju. – Osmehnula mi se. – Posebno prema ženama, mada je uvek bio ljubazan i prijatan.

Pomislih da bi, ako je, kao Oskar, bio naklonjen suprotnom polu, to moglo da učini verovatnijim da je njegova smrt bila izazvana ljubomorom. Dao sam sve od sebe da zvučim nehajno. – Da li je to bila neka posebna žena?

– Rita ga je najbolje poznavala i rekla je da je bio divan čovek.

– Rita?

– Ona je naš lični trener. Zadužena je za teretanu. Džozef je bio tamo svakog dana, i ona ga je prilično dobro upoznala. – Na trenutak je izgledalo da će reći nešto više, ali samo se sagnula da počeška Oskara po ušima. I pored toga, zapamtio sam ime ličnog trenera kao mogući pravac istrage.

– A šta je s vama, Sofi? Da li se vama sviđao?

– Sigurno, kao što sam rekla, bio je dobar tip. – Utišala je glas. – Za razliku od nekih... – Nije mi promakla činjenica da je na trenutak pogledala u muškarca desno od mene, s bocom crnog vina sad tri četvrtine praznom. Srećom, bio je predaleko od nas da bi išta primetio ili čuo.

Nagnuo sam glavu prema njemu. – Pretpostavljam da je neizbežno da imate neke neprijatne goste.

– Nije toliko neprijatan koliko je čudan. Britanac je i zna da govorim engleski, ali samo nešto gunđa. Ponekad se pitam zašto ljudi idu na godišnji odmor kad su očigledno nesrećni. Pretpostavljam da pokušavaju da obodre sebe, ali to ne upali svima. Takođe... – dodatno je utišala glas – ... on je od onih za gledanje.

Mora da je videla zaprepašćenje na mom licu jer je brzo objasnila. – Ne mislim da je njega lepo gledati, mislim da je od onih jezivih tipova koji samo gledaju druge. Uvek nosi te tamne naočari tako da je teško videti u šta tačno gleda, ali Fredi i ja mislimo da je perverznjak... ima ih povremeno. Retko ih ima ovde u *Odmaralištu*, ali obe smo to osetile, tako da to nije samo moja uobrazilja.

– Kako se zove?

– Preziva se Grifits, ali ne znam kako se zove. Jedno je sigurno, ima dovoljno novca. To vino koje pije je deset godina star *barolo* i odseo je u luksuznom bungalovu, sasvim sâm.

Možda shvatajući da je preterala, odmakla se od mene i pomilovala Oskara, dok sam ja brzo skretao pogled. Kad se ponovo uspravila, mahnula mi je i otišla. Dodao sam još jednu zvezdicu kraj prezimena gospodina Grifitsa na svom mentalnom spisku potencijalnih sumnjivaca... ako je, uistinu, smrt Džozefa Beka bila ubistvo, a ne obična nesreća.

6.

Sreda popodne

Nakon što sam popio pivo, nastavio sam da obilazim kamp. Kad sam pogledao prema klupskoj zgradi, video sam sto za bilijar, bar, nekoliko udobnih stolica i prodavničicu koja je prodavala osnovne stvari kao što su mleko, hleb, voće i vino. Tu je bila samo jedna osoba – stariji gospodin koji je čitao primerak *Frankfurter algemajne cajtunga*. Video sam samo njegovu sedu kosu uz par najčupavijih obrva koje sam video i dve gole noge koje vire ispod novina. Na jednoj strani šanka pisalo je *Kancelarije*, a na drugoj je izgleda bila kuhinja. Kad sam ponovo izašao, otišao sam prema bazenu. Kad sam stigao do njega, posvuda su bili nagi ljudi koji su stajali, hodali, plivali ili ležali i sunčali se. Nešto mi je izgledalo pomalo čudno, i trebalo mi je vremena da shvatim da nema dece. Dobro, letnji raspust u Italiji još nije počeo, ali bilo mi je neobično što nema male dece. Možda je ovo mesto samo za odrasle? Uvek sam bio sumnjičav – što mi je bivša žena stalno govorila – i odmah sam se zapitao da se možda ovde ne događa nešto više od naturizma. Da nisam slučajno zabasao u svingerski raj?

Brz pogled naokolo potvrdio je moj prvobitni utisak s vrha tornja da je većina ljudi ovde starija od mene, a u mnogim slučajevima deset ili dvadeset godina starija. To je izgleda da je ovo mesto nekakva Sodoma i Gomora činilo nešto manjim, ali odlučio sam da se kasnije pozabavim time. Kao novajliji u naturizmu, nije mi bilo jasno šta navodi ljude da letuju nagi. Ako je suditi prema prvom utisku, sigurno nisam doživeo nikakvo erotsko iskustvo – upravo suprotno – ali možda su drugi ljudi reagovali drugačije. Naravno, ako ima mnogo razmena partnera i neobaveznog seksa, možda bi motiv za ubistvo Džozefa Beka mogla biti stara dobra ljubomora.

Nažalost, dok sam se bavio proučavanjem ljudi oko sebe, na trenutak sam zaboravio na svog psećeg prijatelja. Čuo sam glasan pljusak, praćen smehom, i kad sam se okrenuo, video sam kako crna dlakava glava izranja iz bazena, s velikim zubatim osmehom na usnama. Ne pokušavajte da mi kažete kako labradori ne mogu da se smeju. Oskar sigurno može.

Pohitao sam do vode i pozvao ga. Pseći je doplivao do mene, ali nije pokazao nikakvu naznaku želje da izađe iz vode. Odmah mi je bilo jasno da će ovo biti nategnuto. Voda je tu bila duboka i silazilo se samo pomoću čeličnih merdevina. Stajao sam tamo bespomoćno neko vreme, pitajući se šta da radim, pre nego što sam iznenada shvatio da nema razloga zbog koga ne bih uskočio i pomogao mu da izađe. Dobro, nisam imao peškir, ali vrelo sunce će se pobrinuti za to. Osećajući se neobično slobodno, baš kao što je Sofi konobarica rekla, izuo sam cipele i uskočio u blaženo hladnu vodu.

Kad sam izronio, gotovo odmah me je pozdravio udar psećeg daha izbliza, jer je moj četvoronožni prijatelj zaključio kako je dobra ideja da mi se popne na ramena, gotovo me utapajući pritom. Izronio sam pljujući vodu, ali onda sam proveo nekoliko prijatnih minuta igrajući se u bazenu s njim i uživajući u osvežavajućoj vodi. Šestoro plivača oko nas se osmehivalo i, srećom, činilo se da im ne smeta što im je labrador upao u bazen. Na kraju smo nas dvojica otplivali uporedo do suprotnog kraja bazena, gde su stepenice vodile iz vode. Izašao sam, a Oskar za mnom, a onda je zastao da otrese vodu, dok sam ja stajao na bezbednoj udaljenosti – mada mi je palo na pamet da na sebi nemam odeću koju treba da zaštitim – i potom je poslušno krenuo sa mnom. Zapretio sam mu prstom.

– Razgovarali smo o ovome, Oskare. Bazeni nisu za pse. Jasno?

– Ne brinite, nije važno. Filteri će ukloniti pseće dlake.

Pogledao sam i video mladića atletskog izgleda, odevenog samo u crven kačket s rečju „Spasilac". I on je imao novozelandski naglasak i zapitao sam se da li su on i konobarica Sofi prijatelji, rođaci ili možda u vezi.

– Jeste li sigurni da je to u redu? Bojim se da moj pas voli vodu.

– Da, stvarno, nema problema. Volimo pse, zar ne? – Sagnuo se da pomiluje Oskara. – Kako se zove?

– On je Oskar, a ja sam Den. Upravo smo stigli.

– Ja sam Bili. Drago mi je što smo se upoznali, Dene. – Rukovali smo se i bilo je neobično obavljati tako zvaničan čin a obojica smo goli.

Pošto je izgledao i zvučao pristupačno, ponovo sam pomenuo nedavnu smrt. – Neobično je pomisliti da je pre svega nekoliko dana mrtvac plutao po tom bazenu.

Tužno je odmahnuo glavom. – A bio je tako dobar momak.

Tad se već ispravio, ali je nastavio da češka Oskara po ušima. Motrio sam svog psa za slučaj da njegov nos počne da istražuje spasioca intimnije, ali zasad se ponašao pristojno i ponovo sam usmerio pažnju na slučaj. Evo još jedne osobe koja je dovoljno dobro poznavala ubijenog kako bi tvrdila da je bio dobar; to je zahtevalo dodatno ispitivanje. – Sofi iz bara mi je rekla da je bio dobar plivač. Kako to da se utopio?

Bili je bespomoćno slegnuo ramenima i ispružio ruke, s dlanovima nagore, u neverici. – Nemam pojma. Provodim veći deo dana ovde, pod suncobranom. – Pokazao je na jarkocrven suncobran iza sebe, sa sklopivom stolicom ispod. – Često sam ga viđao i plivao je kao riba – mnogo bolje od mene. Rekao mi je da je plivao u studentskom timu dok je bio na Oksfordu. Plivao je vrlo elegantan kraul... mnogo pravilniji od mog.

Zapamtio sam te deliće informacija, posebno činjenicu da je Bek izgleda bio dobro obrazovan. Čime se bavio, pitao sam se. Da li je bio profesor? Ali profesor s ranom od metka na stomaku sigurno nije bio uobičajena pojava. Ponovo sam pitao Bilija. – Policija izgleda misli da je bio pijan. Da li mu se to često događalo?

– Iznenadio sam se kad sam čuo to. Bio je vrlo zdrav i videlo se da vodi računa o svom telu. Ne mogu da zamislim da se neko takav otruje alkoholom, ali ko zna? Možda je dobio neke loše vesti i hteo da utopi tugu. – Zaćutao je i izvinio se. – Žao mi je, grozno je to što sam rekao u datim okolnostima. To je bilo vrlo tužno.

Nešto mi je palo na pamet. – Čuo sam da je verovatno umro negde oko ponoći. Da li su tad ovde gorela svetla?

Odmahnuo je glavom. – Imamo podvodno osvetljenje, koje dobro osvetljava okolinu, ali gasimo ga svako veče u jedanaest. Tad je ovde prilično mračno. – Na trenutak me je pogledao u oči. – Zbog toga je sve to toliko uvrnuto, zar ne?

Svestan da sam potpuno izložen vrelom suncu i da voda na mojoj koži ubrzano isparava, ostavio sam ga da radi, uzeo cipele i nastavio obilazak, držeći se hlada i pažljivo gledajući sve oko sebe, pokušavajući da zapamtim šta sam video. Bilo je jasno da živica oko bazena dobro štiti tu oblast od pogleda ljudi van kampa ili iz glavne zgrade. Video sam samo krov klupske zgrade, i ni traga od bungalova ili šatora, tako da ako je neko namerno napao i udavio Beka – posebno usred noći kad su svetla bila ugašena – bilo bi mu sasvim lako da uradi to neprimećeno. Ali ko je to bio i zašto?

Malo dalje od bazena, naišao sam na veliku platnenu nadstrešnicu u obliku jedra, zategnutu između četiri jaka metalna stuba, kao šator bez stranica. Sa svih strana su bili otvori i u hladu ispod, video sam razne mašine za vežbanje, tegove i ostale sprave. Nisam se iznenadio kad sam video da niko ne koristi te sprave – popodne je bilo stvarno toplo – a unutra je bila samo jedna figura, na prostirci za vežbanje. Odmah sam prepoznao tu pozu. Pre nekoliko godina, na nagovor svoje bivše žene, pokušao sam da se bavim jogom, i ta figura ispod nadstrešnice je sigurno bila u pozi „psa koji gleda dole". To je uključivalo pravljenje oštrog ugla telom, uz raširene ruke, spušteno lice i podignutu zadnjicu, a onda ostajanje u tom položaju. Verujte mi na reč, teže je nego što izgleda. Preplanula zadnjica okrenuta ka meni verovatno je pripadala Riti, ličnom treneru. Umesto da se obratim goloj zadnjici, obišao sam i prišao joj sa strane, a ona je okrenula lice ka meni, i dalje zadržavajući pozu.

– *Ciao, sono Rita.*

Kako mi se obratila na italijanskom, odgovorio sam na tom jeziku. – *Ciao,* ja sam Den. Upravo sam stigao.

Napustila je istegnutu pozu i sela, prekrštenih nogu, na prostirku ispred mene i podigla je ruku da se rukuje sa mnom. Oskar se oduševio što je bila na njegovom nivou i kad je došao da je pozdravi, upozorio sam je. – Žao mi je zbog Oskara. Upravo je bio u bazenu, pa se čuvajte.

– *Ciao*, Oskare, baš si lep pas! – Ne mareći što je nakvašen, pružila je ruke i zagrlila ga je, zbog čega je on oduševljeno počeo da maše repom. Kad ga je pustila iz zagrljaja, pažljivo se zagledala u mene, odmeravajući me od glave do pete, kao komad mesa. Osećao sam kako mi obrazi – i drugi delovi tela – crvene, ali ona me je brzo umirila. – Vidim da se brinete o svom telu. Bravo! Hoćete li nam se pridružiti u fitnes centru?

Trudeći se da izgledam kao da sam navikao da razgovaram s nagim ženama, pokušao sam da zvučim neodređeno. – Nisam siguran koliko ću dugo ostati ovde, ali razmisliću o tome... ako ne bude veća vrućina. Da li imate mnogo klijenata u teretani?

– Trenutno samo troje-četvoro redovnih, ali ljudi povremeno navraćaju, obično ujutro ili uveče kad nije toliko vruće.

– To je logično. Ostali su mi pričali o tragičnoj smrti jednog od vaših klijenata. To mora da je bilo užasno.

Nepogrešiv talas emocija prešao joj je preko lica. – Bilo je grozno. – Glas joj je zamro i bilo je jasno kako je i dalje uznemirena. Dao sam joj nekoliko trenutaka, a onda se vratio na temu smrti.

– Da li ste ga dobro poznavali?

Na osnovu onog što mi je Sofi rekla, očekivao sam da klimne glavom i saglasi se, ali umesto toga lice joj je poprimilo napaćen izraz.

– Prilično dobro. Redovno je dolazio da vežba. – Sada joj se na lice definitivno navukao oprez, i imao sam osećaj da pažljivo bira reči. – Gosti ne ostaju ovde dugo, a on je bio ovde dve nedelje, ali da, mogu reći da sam ga dobro poznavala.

Moja detektivska antena počela je da vibrira. Ostali su kazali da mu je ovo bila druga godina ovde. Naravno, Rita možda nije radila ovde tada, ili je Sofi pogrešila, ali sigurno sam stekao utisak da je Rita pokušavala da umanji svoju bliskost s preminulim. Da li je to bilo zbog bola ili stida ili nekog drugog razloga, nije bilo jasno zasad, ali dodao sam to na svoj mentalni spisak zanimljivih tema. Možda je zbližavanje gostiju i osoblja bilo zabranjeno ili možda postoji neki drugi razlog za njenu ćutljivost.

Recimo burma na levoj ruci, na primer.

Nakon još malo razgovora bez dobijanja novih informacija o žrtvi, proveo sam narednih pola sata obilazeći kamp, proveravajući toalete i tuševe, teren za mini-golf i travnjak na kojem su bili šatori. Nekoliko starijih ljudi sedelo je u hladu i prijateljski su mi se osmehivali, a neki su me i pozdravili. Kao i uvek, Oskar se pokazao kao dobar u probijanju leda i upoznavanju. Za tih sat vremena, verovatno sam nakratko razgovarao sa sedmoro ili osmoro ljudi – uglavnom sa severa Evrope – ali nisam otkrio nikog ko je tvrdio da je dobro poznavao žrtvu, dok nisam stigao do poslednja tri prilično otmena „luksuzna" bungalova. Za razliku od ostalih koliba, ove su bile veće i napravljene od cigle, s ravnim krovovima, na kojima su se videli klima-uređaji. Ovaj je imao i privatni vrt ispred, okružen cvetnim lejama prepunim boja. U hladu drvene pergole obrasle bujnom lozom, nalazile su se dve stolice, na jednoj od njih žena, stara oko pedeset godina, a na drugoj mala pudla. Na osnovu posedele njuške, bilo je jasno da nije u cvetu mladosti, a kad je video Oskara, podigao je gornju usnu da pokaže zube i preteći je zarežao – ako nešto malo veće od mačkice može da zvuči preteći.

Oskar je u suštini miroljubiv, ljubazan pas, bez obzira na to da li ima posla s ljudima ili drugim životinjama – osim veverica – i zastao je iznenađeno i upitno me pogledao, kao da kaže: *Koji je njegov problem?* Žena pored pudle je pružila ruku i potapšala je manikiranim prstom po njušci.

– Rudolfe, pristojno se ponašaj. – Njen naglasak je govorio da je obrazovana žena iz srednje Engleske, i da nije bilo reči *Mir* istetovirane na levoj dojci i *Ljubav* na desnoj, izgledala bi kao seoska učiteljica. Podsećam vas, nisam imao lično iskustvo sa seoskim učiteljicama i njihovim omiljenim tetovažama. Možda je to bilo popularno u određenim književnim krugovima. Ponovo me je pogledala i osmehnula se.

– *Tu cane bello.*

Mada to nije bilo baš gramatički ispravno, bio sam zadivljen što se potrudila da mi se obrati na jeziku zemlje u kojoj je sad boravila. Zastao sam, osmehnuo se i odgovorio na engleskom.

– Oskar vam se zahvaljuje na komplimentu. Žao mi je što vaš pas ne misli o njemu to isto.

– O, ne brinite zbog Rudolfa. Vruće mu je i zbog toga je čangrizav. Nisam vas viđala ranije. Ja sam Melinda. Jeste li novi?

Rekao sam joj da se zovem Den i ispričao sam joj svoju izmišljenu priču o tome kako ću možda doći ovamo sa Anom.

– Zdravo, Dene. Sigurna sam da će se tvojoj devojci svideti ovde. Takođe, ako te zanima, Kim i ja smo pronašli malu plažu malo dalje odavde, koja je otvorena za naturiste. I dalje mislim da nema ničeg boljeg od plivanja u moru onako kako je to priroda predvidela.

Brzo sam iskoristio priliku koja mi se ukazala. – Kad govorimo o plivanju, upravo sam razgovarao sa spasiocem i rekao mi je kako ste pre neki dan imali tragičnu smrt.

Ozbiljniji izraz joj se pojavio na licu i klimnula je glavom. – Da, to je bilo vrlo tužno. Džozef je bio fin čovek.

Nešto u njenom tonu mi je bilo sumnjivo. Tokom godina, u profesionalnom i privatnom životu, shvatio sam da pridev „fin" može imati razne nijanse. Dan može da bude fin, ali kad nekom date poklon koji mu se baš i ne sviđa, on ga može opisati kao „fin" da bi prikrio nezadovoljstvo. Da li to znači da ubijeni nije bio drag Melindi, ili sam njenom izboru reči pripisivao značenje koga nije bilo? Ona i žrtva bili su vršnjaci i zemljaci. Da li je i ona gospodina Beka smatrala privlačnim, ali ju je on odbio? S druge strane, možda je nije odbio, ali se sve završilo loše? U svakom slučaju, šta bi njen partner imao da kaže na to? To nije bilo nešto što sam mogao otvoreno da pitam, ali sam i to ostavio za kasnije razmatranje.

A onda su se vrata bungalova otvorila i jedna visoka otmena žena je izašla, pognuvši glavu dok je izlazila. Shvatio sam da je to verovatno Kim. Bila je petnaestak godina mlađa od Melinde, vrlo mršava i izuzetno lepa, izvajanih crta lica i s grivom bujne, tamne kose. Oskar je odmah počeo da maše repom i video sam zašto. Kim kao da je sišla sa stranica *Voga*. Melinda nas je upoznala.

– Kim, ovo je Den. Upravo je stigao.

Kim mi je mahnula prstima i pokušala da se osmehne, ali video sam da ne izgleda previše veselo, tako da sam brzo otišao. Morao sam da se zapitam zašto je izgledala nesrećno. Možda je to bilo zbog bola ili krivice, ili nečeg sasvim drugog?

Zastao sam kod klupske zgrade da pitam mogu li da razgovaram s menadžerom, a onda sam saznao da su on i Fredi, koja je bila zadužena za hranu, otišli u Imperiju, ali vratiće se kasnije. Nakon toga sam odlučio da se vratim u toranj kod Lea.

Dok sam hodao prema svlačionicama, razmišljao sam o tome da sam video, bar nakratko, većinu od pedeset šestoro ljudi i osoblja, ali razgovarao sam sa svega desetak njih. I pored toga, imao sam osećaj da će Radio Mileva uskoro preneti vesti o pridošlici s velikim crnim psom koji postavlja pitanja o smrti Džozefa Beka, i pitao sam se šta će se – i da li će se – zatim dogoditi. Možda se neko istrči.

7.

Sreda kasno popodne

Osećao sam se gotovo čudno kad sam se ponovo oblačio. Dok sam prolazio kroz kapiju na putu prema tornju, razmišljao sam o svom prvom naturističkom iskustvu. Sve u svemu, nije bilo toliko strašno koliko sam mislio i, mada sam bio siguran kako ću još neko vreme biti veoma svestan svoje i tuđe nagosti, počeo sam da shvatam šta je Sofi mislila o osećaju slobode. Na trenutak sam ozbiljno razmišljao da predložim Ani da dođemo ovamo, ali znao sam da je to odluka koju ću morati da prepustim njoj. Ne treba ni naglašavati, samom pomišlju na Anu rizikovao sam da ponovo upadnem u preispitivanje, a imao sam, bar zasad, posao koji moram da obavim, tako da sam se trudio da potisnem lične probleme i usredsredim se na ono što se dogodilo ovde u subotu uveče. Pored toga, čak i da Ana prihvati moje izvinjenje i vrati se sa mnom na Rivijeru za dve nedelje, da li će ubica i dalje biti tu? Ne bi bilo pametno da je dovedem pod takvim okolnostima.

Ušao sam na glavni ulaz tornja i otišao do prvog sprata, gde sam zatekao Lea kako sedi na jednoj od sofa i čita knjigu. Kad sam ušao, okrenuo ju je prema meni.

– Da li vam izgleda poznato, Dene? *Smrt u vinogradu*. Bjanka ju je ostavila i rekla mi da ću uživati. Bila je u pravu. – Spustio je knjigu na sofu kraj sebe. – Jeste li pronašli nešto?

– Ne mnogo, osim da je većina ljudi koja ga je poznavala, ili makar srela, rekla da je bio dobar momak. Izgleda da je bio i zgodan momak i možda pomalo zavodnik. Upoznao sam jednu gošću kojoj se možda sviđao, a Rita iz teretane je možda bila u nekoj vezi s njim, ali možda grešim. Zanima me koliko dugo ona radi ovde?

– Otkako smo otvorili, pre pet godina.

– I udata je?

– Da, za Darija s glavne kapije.

– Srećno udata?

– Veoma, koliko znam, ali pretpostavljam da devojke iz kafića znaju nešto više. Zašto, ne mislite valjda da je on možda ubio Beka? Dario ne bi ni mrava zgazio, siguran sam.

– Samo pokušavam da razmotrim sve moguće scenarije. Moram da imam potpuno otvoren um dok ne počnem da eliminišem ljude iz istrage. Ono što mi je stvarno potrebno jeste policijski izveštaj, posebno izveštaj patologa, ali više nisam u policiji, čak nisam ni Italijan, tako da se to, naravno, neće dogoditi. Vratiću se malo kasnije i razgovarati s menadžerom i osobom zaduženom za hranu, a onda ću večerati u restoranu, u nadi da ću saznati nešto korisno. Vratiću se sutra, nadajući se nekoj važnoj informaciji, ali postoje granice onog što mogu da postignem u neformalnoj istrazi.

Leo nije bio naivan. – Shvatam šta govorite, Dene. Dobro je što ste me upozorili kako postoje izgledi da nećete saznati ništa više, ali makar ću imati zadovoljstvo da znam kako sam pokušao sve što sam mogao. Dajte sve od sebe. Znam da hoćete.

– Glavna briga mi je da pronađem neki konkretan dokaz koji ukazuje da to nije bila nesreća. Dosad sam saznao samo da je taj tip bio sjajan plivač i da navodno nije mnogo pio, što čini zvaničnu priču manje uverljivom, ali ne dokazuje ništa. – Pogledao sam na sat. – Gotovo je šest. Trebalo bi da imam vremena da odem do grada i kupim sebi japanke. Idete li sa mnom?

Bio sam samo ljubazan ali, na moje iznenađenje, skočio je na noge. – Znate šta bi mi prijalo, a znam da bi prijalo i vama. Zašto ne odemo do najbolje poslastičarnice na ligurskoj obali? Da li vam to zvuči dobro?

To je zvučalo vrlo dobro. Nakon što sam popio veliku čašu vode, i napojio Oskara, sišli smo u dvorište i ušli u kombi. Vozio sam vrlo oprezno niza strmo brdo, i imali smo sreće da ne naiđemo na druga vozila na oštrim krivinama, i išao sam glavnim putem do doline, pored ulaza na auto-put, i do malog primorskog grada San Klemente Spjađa. Tu se nalazila stara crkva na brdašcu na jednom kraju gradića sa svega desetak starih kuća okolo i mala luka ispod, ali osim toga, gotovo sve zgrade su bile relativno savremene, verovatno iz šezdesetih ili sedamdesetih godina dvadesetog veka, a nekoliko ih je imalo veliku estetsku vrednost. Ipak, gradić je imao veseo morski šmek, iako mu je nedostajala istorijska otmenost Toskane.

Tu se nalazila starovremska promenada oivičena palmama, koja gleda na lepu peščanu plažu, ali ukupan utisak pomalo je kvarila pruga koja je išla odmah pored. Dok smo se vozili uporedo s plažom, jedan putnički voz je prošao kraj nas i bio sam siguran da gosti hotela na obali koji su odabrali sobe s pogledom na more nisu računali da će dobiti i sjajnu poziciju za posmatranje vozova. Ili možda jesu. Moj stari načelnik u Skotland jardu trošio je hiljade funti godišnje na vožnje parnim lokomotivama širom Evrope. Nikad mi nije bilo jasno u čemu je čar toga, ali mi se skidao s grbače tokom tih višenedeljnih putovanja, tako da nisam mogao da se žalim.

U pravoj italijanskoj tradiciji, plaža u San Klemente Spjađi bila je podeljena u više različitih *bagni*, prepoznatljivih po grupicama raznobojnih suncobrana, poređanih geometrijski precizno, gde su posetioci plaže plaćali za upotrebu ležaljki, suncobrana i temeljno očišćenog peščanog prilaza vodi. Većina tih kupališta nudila je i svlačionice i tuševe, a mnoga su imala barove ili čak restorane. To je sigurno mnogo bolje od dva peškira na vetrovitoj plaži u Margejtu, gde sam povremeno odlazio kao dete. Takođe sam morao da primetim znakove koji govore kako je psima zabranjen pristup plaži, ali sam sad, srećom, znao da Oskar svoju žudnju za vodom može da zadovolji u bazenu odmarališta.

Ljudi su tad počeli da se vraćaju s plaže i bilo mi je lako da pronađem mesto za parkiranje u glavnoj ulici, samo jedan red zgrada dalje od promenade. Tu smo gotovo odmah pronašli prodavnicu u kojoj sam kupio par japanki boje kože koje će, bio sam siguran, izgledati znatno manje neprikladno od mojih smeđih kožnih cipela. Kad sam obavio kupovinu, Leo me je odveo do obale i hodali smo do njegove omiljene poslastičarnice.

Veliki otvoren frižider protezao se čitavom dužinom prodavnice, prepun posuda sa sladoledom. Izbrojao sam trideset dva različita ukusa od sladića do puslice, preko marakuje i jarkoplavog sladoleda sa ukusom žvake, do slane karamele. Gledao sam kako Leo naručuje sebi mešavinu pistaća, tamne čokolade i kokosa, pre nego što sam odlučio da igram na sigurno i zatražio jagodu, belu čokoladu i puslicu. Nameravao sam da odem do kase, kad je žena za pultom pokazala na Oskara, i pomislio sam kako će reći da nije trebalo da ga povedem, ali imala je predlog. – Da li bi vaš pas hteo da proba specijalni sladoled za pse?

Moj labrador nikad nije odbio hranu i bez oklevanja sam rekao „da" u njegovo ime. Pogledao sam ga i kunem se da sam ga, na trenutak, video kako klima glavom. Njegov sladoled je bio ružičast i na štapiću, i iznenadio sam se kad sam čuo da je ukus „jabuka". Ne znam šta sam očekivao – govedinu, zečetinu ili možda nedavno iskopanu kost – ali bilo je vidljivo da Oskar uživa. Mada je trebalo da ja držim štapić kako bi ga on postepeno lizao, dok ja jedem svoj sladoled, ubrzo je počeo da odgriza komade, žvaće ih, guta, a onda se vraćao po još. Prodavačica sladoleda mi je rekla da će trajati od deset do petnaest minuta. Oskar ga je proždrao za jedva dva minuta i onda pet minuta glodao štapić, dok ga nije sveo na veličinu čačkalice. On definitivno voli hranu, ali niko ga ne bi mogao proglasiti sladokuscem.

Nisam se iznenadio kad sam video da je Leo insistirao da plati, a on i ja smo proveli mnogo više vremena jedući svoje sladolede za stolom ispred poslastičarnice, u hladu šarene tende. Dok smo to radili, razmišljao sam o različitim scenarijima koji su mi padali na pamet dok sam razmišljao o motivima za ubistvo.

– U prvom slučaju, pod pretpostavkom da to nije bila obična nesreća, uvek postoji mogućnost da je uključena neka žena. Prema mom iskustvu, seks, ljubomora, strast i požuda mogu da postanu razlozi za ubistvo. Bio je zgodan tip i, prema Sofi iz restorana, umeo je sa ženama. A u *Odmaralištu* sigurno ima nekih zgodnih žena.

Leo je klimnuo glavom i postavio očigledno pitanje. – Da, ali koja žena?

– Pretpostavljam da je jedna od žena koje sam video ovog popodneva ako ne izvršilac, onda razlog za napad. Možda instruktorka s burmom, Engleskinja s mrzovoljnim psom ili čak njena prelepa pratilja koja je izgledala tako nesrećno, ili neka od žena u baru ili pored bazena? Ako isključimo iz priče sve penzionere – mada je sve moguće – još mislim da nam to ostavlja najmanje petnaest žena pravih godina. Statistički gledano, recimo da je polovina njih mogla da bude privlačna muškarcu od oko četrdeset pet godina. Razgovor sa svima njima zahtevao bi mnogo vremena, a bez zakonskih ovlašćenja ne vidim kako bih to izveo. Ne mogu da ih nateram da odgovaraju na moja pitanja.

– A ako to nije bila neka žena?

– Utisak koji sam stekao jeste da je Bek bio zavodnik – u najmanju ruku, privlačio je žene. Ako je ubica muškarac, najverovatniji sumnjivac je neko povezan s jednom od žena... ljubomoran muž, momak, ljubavnik, ko zna? S druge strane, ako ga je ubila neka žena, možda je bila ljubomorna na druge. Naravno, to možda nije zločin iz strasti. Drugi popularan motiv za ubistvo je novac, ili makar lična korist u nekom obliku. Bez poznavanja Bekovih finansija, posla ili prošlosti, to je samo pretpostavka, kao i ostali mogući motivi. Taj tip je imao ožiljak na stomaku, koji je možda ostavio metak. Da li to znači da je neko već pokušao da ga ubije iz nekog razloga, i ta osoba je odlučila da pokuša ponovo? Da li to znači da je Bek radio neki opasan posao, možda je bio vojnik ili, manje pohvalno, zločinac? Ko zna? Možda je ubijen zbog nečeg što je znao, nečeg što je uradio ili, naravno, uvek postoji mogućnost da je ubijen greškom ili, kao što policija veruje, stradao u nesreći. – Bespomoćno sam pogledao Lea. – Birajte. Sve opcije ostaju na stolu, ali jedno je sigurno, moram da saznam sve što mogu o Džozefu Beku. Postoji li nešto u vezi s njim što mi niste rekli? Nešto što ste možda zaboravili?

Gledao sam mu lice dok sam čekao odgovor, i ponovo sam bio siguran da sam primetio nesigurnost, oklevanje i možda nečistu savest. Da je sedeo ispred mene u sobi za ispitivanje, pritisnuo bih ga, ali bio sam svestan da je on moj trenutni poslodavac i stanodavac, tako da sam mirno sedeo dok nije progovorio.

– Ne, ne bih rekao, ali treba da pitate Bjanku kad se vrati u petak. Čak je i Oskar mogao da čuje neiskrenost u njegovom glasu. Jedno je bilo sigurno: kad pričamo o laganju, njegova ćerka je bila mnogo veštija od njega.

Kad smo se vratili do tornja, prvo sam proverio svoj telefon. I dalje nije bilo Aninog odgovora. Duboko sam udahnuo i pozvao je. Telefon je zazvonio šest puta, a onda se uključila govorna pošta. Na trenutak sam hteo da spustim slušalicu, ali uspeo sam da se priberem. – Zdravo, Ana. Slušaj, treba da znaš da mi je žao zbog onog sinoć. Znam da je možda izgledalo kao da se predomišljam u vezi s našom vezom, ali to nije istina i uradiću sve što je potrebno. Volim te. Pozovi me, molim te.

I to je bilo najbolje što sam mogao da smislim u trenu.

Trudeći se da ignorišem svoje probleme, proveo sam pola sata pregledajući dokumente koje mi je Leo poslao na laptop. Izvadio sam beležnicu i prepisao imena sedmoro Britanaca iz kampa: Oliver i Fler Harkort, Džeremi Smit i Lorejn Hikson, Melinda Barker i Kim Rasel i muškarac koji putuje sâm. To je bio Oven Grifits iz Svonsija, pedesetsedmogodišnjak, nekoliko meseci stariji od mene. Osim njega, tu su bila još samo dva sama muškarca: jedan Nemac, Klaus Šinken, star šezdeset pet godina, i četrdesetdvogodišnji Čeh Adam Novotni. Italijana je bilo malo. Kao što sam pretpostavljao, većina gostiju bila je sa severa Evrope, uglavnom Nemci. Na osnovu onog što je Sofi rekla, jezivi tip s tamnim naočarima koji je sedeo sâm morao je biti Oven Grifits i podvukao sam njegovo ime.

Da sam vodio istragu uz podršku svih resursa londonske policije, naredio bih da temeljno istraže prošlost žrtve, a onda je uporede sa ostalim gostima, u nadi da će se pronaći neka preklapanja, profesionalna, lična ili samo prilike kad su bili na istom mestu i u isto vreme. Međutim, pošto je lokalnoj policiji bio potreban samo jedan dan da utvrde kako je to bila nesreća, mislio sam kako su mali izgledi da se tako nešto dogodi.

Pažljivo sam pogledao skeniran žrtvin pasoš. Bila je to samo stranica s fotografijom i minimumom podataka, tako da nisam znao da li je na unutrašnjim stranama bilo viza i pečata iz zanimljivih zemalja. Posebnu pažnju sam posvetio njegovom licu, ali kao i kod većine pasoških fotografija, koje su morale biti bezizrazne, bilo je teško saznati nešto o njemu. Imao je četrdeset šest godina, ali izgledao je mlađe. Imao je četvrtastu donju vilicu i kratko ošišanu plavu kosu, i morao sam priznati da je bio zgodan. Primetio sam da je rođen u Kemnicu. To sigurno nije zvučalo previše engleski i nakon kratke pretrage interneta, utvrdio sam da je Kemnic u Nemačkoj. Možda je bio poreklom Nemac ili je živeo tamo izvesno vreme, što bi objasnilo zašto je tečno govorio taj jezik.

Što se tiče samog pasoša, izgledao je dovoljno uverljivo, ali danas ima veoma dobrih falsifikata. Naravno, kriminalci uvek pribegavaju starom i proverenom metodu preuzimanja identiteta nekog ko je preminuo i ko bi bio sličnih godina, da je preživeo. Pribavljanjem kopije izvoda iz matične knjige rođenih, mogu pokušati da preuzmu nečiji identitet. To je dugotrajan proces, ali i dalje funkcioniše, iako je policija u poslednjih nekoliko godina pojačala kontrole.

Za svaki slučaj, poslao sam imejlom kopiju te stranice svom prijatelju i bivšem kolegi iz Skotland jarda, inspektoru Polu Vilsonu, izvinjavajući mu se što zloupotrebljavam njegovu dobru volju i moleći ga za uslugu. Pitao sam ga može li da proveri Bekov identitet, validnost njegovog pasoša i, ako je moguće, da sazna nešto o njegovoj prošlosti ili zanimanju. Znao sam da je to nategnuto, makar samo zbog toga što ću za manje od četrdeset osam sati biti na putu za Firencu.

Zatvorio sam laptop i sedeo tamo nekoliko trenutaka, gledajući Oskara kako se proteže kraj mojih nogu, bez sumnje sanjajući o sladoledu sa ukusom jabuke i o vevericama. Postavio sam sebi jednostavno pitanje: da li sam stvarno verovao da je Bek ubijen, ili je to bila nesreća, kako je policija zaključila? Nije mi bilo potrebno mnogo vremena da shvatim kako me, uprkos nedostatku dokaza i preciznijih informacija, nešto duboko u meni – nazovite to instinktom starog pandura – nešto tera da mislim kako ima nečeg sumnjivog u vezi s tom smrću.

Dokazati to bilo je sasvim druga priča.

8.

Sreda uveče

Bilo je neobično – ali ovog puta ne potpuno nepoznato – svući se za večeru, umesto se oblačiti. Obuo sam svoje nove japanke, zaključao sam ormarić broj šest i otišao stazom prema baru/restoranu *Toranj*, negde posle pola devet. Dok sam radio to setio sam se nečeg. Dario na kapiji mi je rekao da ormarići služe samo za „dnevne posetioce". Da li je neko od njih bio u *Odmaralištu* na dan ubistva? Kad smo kod toga, da li je Bjanka Moreti bila među njima? Njen otac mi je rekao da je ona redovno posećivala *Odmaralište*, pa da li je bila tamo i te noći? Morao sam da proverim to.

Sunce je bilo nisko na horizontu i temperatura je pala za nekoliko stepeni, ali i bez imalo odeće nije mi bilo hladno. Morao sam da se zapitam kako posvećeni naturisti izdržavaju tokom posebno hladnih, vlažnih dana. Da li postoje pravila za loše vreme koja im dozvoljavaju da se obuku kako bi izbegli smrzavanje? Makar to nije bio problem koji bi danas trebalo da me okupira.

Stolovi na terasi su bili gotovo zauzeti, ali pronašao sam jedan u sredini, pozadi uza zid, odakle sam se nadao da ću moći da vidim što više gostiju. Prvo sam primetio Ovena Grifitsa, zlokobnog tipa s naočarima za sunce, koji je još sedeo na istom mestu kao pre. Da li je odlazio i vratio se, ili se nije pomerao odatle, nije mi bilo poznato. I dalje je imao naočari za sunce na očima i zapitao sam se koliko može da vidi hranu sad kad je pao mrak, a senke se produbile. Sad sam sedeo uporedo s njim, odvojen samo jednim praznim stolom i jednim s dvoje francuskih penzionera, i palo mi je na pamet da, baš kao što sam ja odabrao taj položaj jer s njega imam najbolji pogled, možda to važi i za njega, posebno nakon onog što je Sofi rekla da je mogući voajer.

Dok sam pregledao stolove, uočio sam *Ljubav* i *Mir* Melindu kako sedi naspram Kim, mršave kao pritka, a onda se glava čangrizave pudle iznenada pojavila na trećoj stolici između njih dve, mrko gledajući Oskara. Melinda mi se osmehnula kad me je videla, ali prelepa Kim gotovo da nije reagovala. Izgleda da je patila, tugovala ili se ljutila zbog nečeg. S druge strane, možda samo ne maše nepoznatim muškarcima. Šta god da je bilo posredi, raspoloženje joj je kvarilo savršene crte lica.

Prepoznao sam nekoliko drugih lica iz svoje popodnevne šetnje, i u glavi sâm sebi zaokružio nekoliko drugih sa spiska koji mi je Leo poslao. Kao i pre, nedostatak džepova je značio da nisam poneo taj spisak, telefon ili beležnicu, i počeo sam da primećujem kako većina ljudi oko mene ima nekakvu torbu za vredne stvari. Možda bi trebalo da uradim isto. Ipak, čak i bez spiska, postepeno sam uspeo da odredim većinu ljudi oko sebe po nacionalnosti, ako ne po imenu.

Četvorica starijih muškaraca koji su govorili nemački i igrali karte danas sedela su sad za četiri različita stola, svaki sa svojom suprugom, a odbojkaši su svi sedeli zajedno za jednim velikim stolom. Mom neuvežbanom uvu, zvučalo je kao da govore neki od skandinavskih jezika. Kao i pre, ponovo nije bilo dece i podsetio sam sebe da se raspitam za to kad budem razgovarao s nekim od osoblja. Sasvim slučajno, prilika se ukazala vrlo brzo. Jedna žena s jarkoružičastom kosom iznenada se stvorila kraj mene, s poslužavnikom u rukama. Uzela je jedan odštampan meni i dala mi ga.

– Dobro veče. Vi mora da ste Leov prijatelj iz Firence. Ja sam Fredi. – Obratila mi se na italijanskom i odgovorio sam joj tako.

– Drago mi je što smo se upoznali, Fredi. Ja sam Den, a ovo je Oskar. Vi ste zaduženi za hranu, zar ne? – Oskar je tad već bio ustao i podigao svoju hladnu, vlažnu njušku i nežno sam ga potapšao po glavi. – Budi pristojan, kuče. Ako budeš, možda ti dam malo hrane.

Ta pretnja – i ponuda – uradili su svoje i brzo je smerno seo na pod i izgledao je kao „verni pratilac". Fredi se sagnula da ga počeška po ušima i počeo je da maše repom, ali srećom, odupro se porivu da skoči na noge i počne da se pentra po njoj.

– Jeste li gladni, Dene?

– Naravno. Šta mi preporučujete?

– Upravo smo doneli tovar svežih morskih plodova iz Imperije i kuvar sprema vrlo dobar *frito misto*. Kako vam to zvuči?

Sigurno ne bih opisao sebe kao ljubitelja hrane, ali postojala su neka jela koja stvarno volim, a ova tradicionalna italijanska mešavina girica, hobotnice, lignji, kozica i drugih morskih plodova uhvaćenih tog dana uvek mi je bila omiljena. Spremno sam pristao i zatražio nešto sitno pre toga, ostavljajući izbor predjela njoj. Nakon obilne porcije testenina za ručak bio sam gladan, ali ne izgladneo. Svestan da Leo plaća za ovo, zatražio sam malu bocu belog vina, ali kad je Sofi, konobarica, stigla minut-dva kasnije s korpom hleba i bocom vode, spustila je i bocu belog vina na sto ispred mene i počela je da je otvara, ignorišući moje prigovore.

– To je Leovo omiljeno vino. Rekao je da morate da ga probate, siguran je da će vam se svideti.

Na etiketi je pisalo *pigato*, što mi je bilo nepoznato, i pravio ga je neki lokalni vinar. Kad je izvadila čep, Sofi je dopola napunila moju čašu i sačekala dok nisam probao vino. Bilo je hladno, bilo je resko, bilo je suvo i s divnom voćnom notom. Klimnuo sam glavom.

– Leo ima vrlo dobar ukus. Ovo je izvrsno. Mnogo vam hvala.

Nije se odmah udaljila i stekao sam utisak kako je nešto muči. Utišao sam glas i upitno sam je pogledao. – Da li je sve u redu?

Nagnula se ka meni dok mi je sipala vino i odgovorila je šapatom. – Pre pola sata, obratio mi se gospodin Grifits, jezivi tip.

– Mislio sam da samo mumla.

– Tako je, ali ovoga puta je progovorio... prave reči. Iznenadila sam se kad sam ga čula da govori, ali još više onim što je rekao.

– A to je bilo...

– Najčudnija stvar. Kazao je: „Vidim da sad imate detektiva koji se bavi slučajem. Nisam iznenađen. To je bilo ubistvo, znate." To je sve što je rekao.

Napola sam očekivao da ljudi posumnjaju u moj razlog za boravak ovde, ali kad sam čuo kako je neko siguran da je Bekova smrt bila ubistvo, uspravio sam se na stolici i usredsredio. Na čemu je, pitao sam se, zasnivao svoju tvrdnju i da li možda još neko ovde misli tako? Imao sam osećaj da ću morati da sednem i razgovaram s pedeset šestoro ljudi ujutro. – Jeste li ga pitali zašto to misli?

Odmahnula je glavom. – Da budem iskrena, toliko sam se iznenadila što je rekao nešto razgovetno da sam mu samo dala piće, promucala nešto i otišla. Pretpostavljam da je mislio na vas. Vi ste detektiv, zar ne?

– Da li vam je Leo to rekao?

– Ne baš otvoreno. Rekao je da ste radoznali prijatelj. Nije potrebno mnogo da se saberu dva i dva.

I dalje sam razmišljao o tome što je Grifits rekao, ali zastao sam da razmislim, a onda sam zaključio da verovatno neće naškoditi ako iskreno priznam zašto sam ovde. Nisam imao nikakve tragove, i postojala je mogućnost da moje prisustvo natera počinioca da nekako reaguje. Klimnuo sam glavom.

– Da. Nekad sam bio policajac u Velikoj Britaniji, ali sad sam privatni istražitelj u Italiji. Zanimljivo je što je taj tip pomenuo ubistvo. To misli i Leo.

– Ali ko... Zašto... – glas joj je zamro.

– To se nadam da ću otkriti. Mnogo vam hvala na informaciji. Ako vi ili neko drugi od osoblja primetite nešto, bio bih vam zahvalan da mi prenesete. Molim vas, obavestite ostale.

Uzela je poslužavnik i otišla, ostavljajući me da razmišljam o onom što mi je upravo rekla. Da li je muškarac s naočarima imao dokaz da potkrepi svoju tvrdnju? Ako je tako, onda sam morao da ga čujem. Čim budem mogao, želeo sam da razgovaram s njim, ali u tom trenutku je Fredi stigla s mojim predjelom. Tražio sam nešto malo, ali donela mi je posudu s maslinama i sušenim paradajzom u ekstradevičanskom maslinovom ulju, i uobičajene žute palačinke za koje mi je rekla da su od leblebija. Uprkos neuglednom izgledu, ispostavilo se da su ukusne. Kazala je da je to lokalni specijalitet *farinata*. Nikad nisam bio ljubitelj sočiva i sličnih mahunarki, ali ovo je bilo sasvim drugačije od svega što sam dotad probao i svidelo mi se. Imalo je jak miris ruzmarina i, mada je izgled bio neupadljiv, ukus je bio jedinstven i sjajan, a oblik i tekstura nalikovali su francuskim palačinkama.

Dok sam jeo, osećao sam poglede na sebi, i povremeno presreo radoznalo poglédanje sa susednih stolova. Verovatno se govorkanjem proširila informaciju da se raspitujem o smrti Džozefa Beka. Pokušao sam da vidim pokazuje li iko od prisutnih nešto više od obične radoznalosti, ali nisam mogao da primetim nikog ko izgleda agresivno, krivo ili kao da nešto krije.

Nakon što sam pojeo *farinatu*, grickao sam masline i pijuckao sjajno belo vino, šarajući pogledom po terasi. Raspoloženje je bilo veselo i, uz ovakvu hranu, to je bilo sasvim razumljivo. Bilo mi je potrebno neko vreme dok nisam iznenadno shvatio kako i ne primećujem da su svi goli. Možda je Sofi bila u pravu i odbacivao sam inhibicije.

Kad su mi doneli *frito misto*, posvetio sam se tome, dok je moj pas žalosno uzdisao ispod stola, očajnički pokušavajući da me ubedi kako umire od gladi. Znajući za njegov apetit, stisnuo sam srce i prionuo na jelo. Mešavina morskih plodova bila je sjajna, blago pobrašnjena i brzo ispržena, poslužena na srebrnom poslužavniku sa upijajućim smeđim papirom ispod, da upije višak ulja. Ovo je sigurno bilo među dva ili tri najbolja *frito mista* koje sam probao, i siguran sam da bi se Oskar saglasio. Bacio sam mu nekoliko glava račića, grisinu i komadić hobotnice da ga zadovoljim i, kao i uvek, nestali su u trenu.

Sofi me je ubedila da uzmem panakotu s karamelizovanim kajsijama posle obroka, i ni tome nisam mogao da nađem manu. Video sam zašto se Leo obogatio od svog lanca restorana u Njujorku. Bio sam siguran da mu ne bi nedostajalo gostiju ako bi otvorio restoran ovde na obali. Na kraju, nakon što sam se najeo, protegao sam noge i naručio espreso. Donela mi ga je ružičastokosa menadžerka za hranu, i zastala je da popriča sa mnom. Odmah je bilo jasno da i ona zna zašto sam ovde.

– Mislite li da je to bilo ubistvo?

Odlučio sam da budem iskren. – Moram priznati kako počinjem da mislim da jeste bilo, ali to je zasad tek malo više od predosećaja.

Potrebno mi je nešto konkretno, neki dokaz. Možete li išta da mi kažete o žrtvi?

Mnogi stolovi su se već ispraznili, jer su ljudi koji su počeli da jedu pre mene otišli u svoj smeštaj, i video sam da francuski par kraj mene upravo ustaje. To nam je vrlo prikladno dalo slobodu da razgovaramo bez bojazni da nas neko prisluškuje. Fredi je privukla stolicu i sela naspram mene.

– Ne mogu da vam kažem mnogo osim činjenice da se ne bih iznenadila da je malo flertovao s Kim... znate, manekenkom.

To je bilo zanimljivo. Kako mi se činilo, mora da je postojala razlika od petnaest do dvadeset godina između Beka i nje. Instinktivno sam njenu stariju prijateljicu, Melindu, smatrao onom koja bi se sparila sa žrtvom, tako da sam morao da razmislim. – Kim je manekenka?

Fredi je klimnula glavom. – Kim Rasel je veoma poznata manekenka. Odmah sam je prepoznala. Njene slike se pojavljuju u svim modnim časopisima.

– Nažalost, ne čitam ih često. Ona *jeste* vrlo lepa. A vi mislite da se možda smuvala sa Džozefom Bekom?

– Bili su vrlo oprezni, ali Bili s bazena kaže da ih je video zajedno nekoliko puta.

– Kako zajedno?

– Samo su razgovarali, mislim, ali rekao je da su izgledali blisko, ako me razumete.

Još nešto mi je palo na pamet. – Zar se ona, ako je već poznata i šeta naokolo naga, ne boji da bi njene slike mogle da dospeju u medije?

– Zato je došla kod nas. Foto-aparati su ovde zabranjeni. Naša deviza je: nema odeće, nema dece, nema foto-aparata. Vrlo smo diskretni. Ovo je mesto gde odrasli mogu da se opuste bez straha da će doživeti neku neprijatnost. – Utišala je glas. – Prošle nedelje smo imali dvoje vrlo poznatih američkih glumaca.

– I niko ne krši pravila? Sigurno većina ljudi ima kameru na telefonu u današnje vreme.

– Onome ko bude uhvaćen da krši pravila trajno biva zabranjen ulaz ne samo u ovo odmaralište nego i u ostala širom evropske mreže kojoj pripadamo. To se povremeno događa, ali mnogo ređe nego što mislite.

Odlučio sam da je bolje da izrazim svoje sumnje. – Pošto je ovo mesto samo za odrasle, možda postoji izvesna mogućnost... – Nisam znao italijansku reč za „svingovanje", pa sam improvizovao. – Možda ima seksualnih nestašluka?

Odgovorila je odmah, zvučeći pomalo uvređeno. – Sigurno ništa što uprava odobrava. Sigurna sam da ima letnjih avantura, ali ne bismo želeli da nas smatraju *takvim* mestom. – Sad se u njenom glasu čulo jasno neodobravanje. – Na dobrom smo glasu, i nameravamo to da ostanemo.

– A šta je sa intimnim odnosima između osoblja i gostiju? Da li ima toga?

– Ponovo, to je nešto što uprava ne odobrava, ali ne možemo ni da zabranimo. U stvari, pre dve godine, Klara, jedna od konobarica, zaljubila se u jednog Šveđanina i sad su u srećnom braku i žive u Stokholmu. Kao što rekoh, događa se, ali ne ohrabrujemo to.

Zapitao sam se postoji li neki drugi razlog zbog koga je Rita iz teretane bila tako ćutljiva kad sam je pitao za odnos sa žrtvom, ali izbegao sam da pitam Fredi za to... zasad.

– A Bjanka, ćerka Lea Moretija, da li je ona poznavala Džozefa Beka?

Fredi je morala da zastane i razmisli na tren. – Sigurna sam da ga je poznavala, kao i većina nas. Da budem iskrena, bio je prilično zgodan, ali nikad je nisam videla da izgleda posebno blisko s njim.

– Da li ima momka?

– Moraćete sami da je pitate, ali nikad je nisam videla ni sa kim. Možda ima nekog u Engleskoj. Rekla mi je da studira i da pokušava da se usredsredi na to.

– Možete li da se setite je li bila ovde prošle subote, kad je Džozef Bek umro?

– Nažalost, ne mogu da se setim. Možda Sofi zna.

– Vratimo se na manekenku Kim... šta je s Melindom, ženom s kojom Kim stanuje? Šta ona radi?

– Melinda Barker je vrlo poznata osoba. Jeste li ikad čuli za *ČGFK, Čelsi global fešn kompani*? – Odmahnuo sam glavom i ona se široko osmehnula. – Moda vam nije omiljena tema, zar ne? U svakom slučaju, to je vrlo otmena modna kuća sa ograncima širom sveta, a ona je vlasnica. – Pogledala je preko ramena da se uveri kako su Melinda i Kim već otišle. – Ona je redovna gošća. Dovodi svake godine neku drugu lepu devojku. – Namignula mi je.

Razmislio sam o tome. Šta ako je početak veze između žrtve i manekenke podstakao ljubomoru? Pitao sam se kako bi Melinda reagovala ako sazna za to, i postoji li neko drugi ko bi mogao da se protivi toj vezi. Zasad sam zapamtio tu informaciju, i vratio se na navodno jezivog gospodina Ovena Grifitsa. Dok sam to radio, pogledao sam ka njegovom stolu, da proverim je li i dalje tamo, i iznervirao se kad sam video da je prazan. Trudeći se da ne opsujem, pitao sam Fredi šta misli o njemu i video sam kako se namrštila.

– Samo sedi za tim stolom i zuri. Uvek ga motrim kad prolazim, za slučaj da pokuša da napravi tajne fotografije. Telefon mu je stalno na stolu ispred njega, ali zasad nema naznake da radi nešto tako, ali pomalo je jeziv. – Pogledala me je i slegnula ramenima. – Povremeno dolaze takvi. Samo možemo da ih pažljivo motrimo. Ako pređe granicu, izbacićemo ga. Bez povraćaja novca. Svi potpisuju ugovor pre nego što dođu ovamo, i pristaju na uslove, tako da znaju rizike. Nadam se da će se ograničiti samo na gledanje i ništa više.

U tom trenutku, pridružio nam se muškarac s najdlakavijim grudima – da ne pominjem ostatak tela – koje sam ikad video. Bio sam siguran da postoje medvedi manje dlakavi od tog tipa. Ipak, izgledao je znatno druželjubivije od prosečnog medveda i Oskar je odmah skočio na noge, mašući repom. Naravno, možda je to bilo zato što ga je zamenio za još jednog crnog labradora, ali možda sam samo nepristojan. Pridošlica se osmehnula i ispružila ruku.

– Zdravo, ja sam Džordž, menadžer. Vi mora da ste Den. – Obratio mi se na sjajnom engleskom.

Fredi je skočila na noge i pokazala na svoju stolicu. – Sedite, Džordže, moram da odem i vidim da li je Luiđiju potrebna pomoć u kuhinji.

Menadžer se rukovao sa mnom i onda seo. Gledajući oprezno oko sebe, nagnuo se preko stola. – Ima li nekih novosti?

Odmahnuo sam glavom. – Ničeg konkretnog, ali počinjem da mislim kako je policija možda pogrešila.

Zadovoljan izraz prešao mu je preko lica. – To sam im i rekao tad, ali nisu mi poverovali.

– Ako je to bilo ubistvo, imate li neke sumnjivce na umu? Što se tiče prilike, svi su, manje ili više, mogli da odu do žrtve kod bazena i udare je po glavi. A što se tiče sredstava, moramo da znamo da li tražimo tup predmet, komad drveta, komad metala ili neku improvizovanu toljagu, i da li je rana na glavi posledica saplitanja i pada. Sve se to nalazi u izveštaju patologa, ali ja, naravno, ne mogu da ga vidim. A tu je i pitanje motiva. Imate li neke ideje?

– Ne bih se iznenadio da je uključena neka žena. Na prvi pogled se videlo da je Džozef bio ljubimac žena. A to može da dovede do ljubomore ili nečeg goreg.

– Tako je. Neka konkretna žena?

– Bolje da pitate Fredi ili Sofi; one bolje uočavaju takve stvari. – Oklevao je. – Ali video sam ga jedne večeri s Kim, manekenkom, i sećam se da sam pomislio kako izgledaju opušteno zajedno, možda i više od toga.

To je potvrdilo ono što je Fredi rekla. – Postoji sumnjiv tip po imenu Oven Grifits. Do maločas je sedeo ovde blizu mene. Da li znate šta pod tim mislim? – Video sam da klima glavom i nastavio sam. – Mislite li da bi on mogao da bude naš čovek?

Morao sam da sačekam nekoliko trenutaka dok nije razmislio o tome. Na kraju je zaključio. – Ne bih rekao. On je ljigav lik i ne vidim koji bi razlog imao da ubije Beka. Jedva da razgovara s ljudima i sigurno nije bio u kontaktu s gošćama... niti s gostima. Stekli smo utisak da je usamljenik, a devojke misle da je možda voajer, ali mislim da je bezopasan.

– I jesam li dobro čuo da je on u jednom od luksuznih bungalova?

– Tako je, broj jedan.

– Pitao sam se da li da sad odem i razgovaram s njim, ili mislite da je bolje da sačekam do jutra?

– Ja bih sačekao do jutra. Nemamo ništa konkretno protiv njega i zato bih preporučio da ga ostavite na miru noćas.

Klimnuo sam glavom. – Dobro. Uzgred, pitao sam se da li je bilo nekih dnevnih gostiju ovde u *Odmaralištu* u subotu uveče, koji su imali priliku da počine ubistvo?

Odmahnuo je glavom. – Ovako iz glave, mislim da ih je tog dana bilo četvoro ili petoro, ali svi su otišli pre zatvaranja restorana i, prema rečima policajaca, Bek je još bio živ u to vreme. Proveriću, ali ne, ubica je bio neko od ljudi koji su bili ovde.

– Šta je s Bjankom Moreti? Da li je ona bila ovde u subotu?

– Mislim da jeste, ali nisam siguran. Bilo kako bilo, otišla bi ranije, jer uvek večera sa ocem.

– Možda se vratila kasnije?

– Mislim da to nije mnogo verovatno, ali mogu da proverim ako želite. Svaki put kad se pametna narukvica upotrebi za otvaranje pešačke kapije, to se registruje u sistemu, i znamo ko je ulazio i izlazio. Proveriću, ali kao što rekoh, bilo bi neobično da se ona vrati. – Pogledao me je u oči. – Sigurno ne mislite da je Bjanka imala neke veze sa smrću Džoa Beka? Nikad ne bi mogla da uradi nešto tako. Znam je pet godina i ta vam je čista kô suza.

Nisam hteo da ga razuveravam. Napokon, odslužila je svoje i zaslužila je drugu priliku.

Nakon što je Džordž otišao, popio sam ostatak svoje dotad ohlađene kafe i pogledao Oskara. – Hoćeš li u šetnju?

Hteo je.

Kad sam se vratio do svog ormarića da se ponovo obučem, prvo što sam uradio bilo je da proverim telefon i vidim da li je Ana zvala. Nije, ali poslala mi je poruku. Bila je kratka i ne previše slatka.

Dobila sam tvoju poruku. Moramo da razgovaramo čim se vratiš u Firencu.

Bila je u pravu, morali smo da razgovaramo, ali otresit ton njene poruke bio je zastrašujući. Razmišljao sam da je pozovem, ali pošto je bilo gotovo jedanaest sati, odlučio sam da sačekam do jutra.

9.

Utorak vrlo rano ujutro

Probudio sam se rano iz čvrstog noćnog sna koji su remetila samo razmišljanja o Ani. Probudio me je zvuk kucanja na vrata i Leov glas.

– Dene, probudite se, imamo novu smrt u *Odmaralištu*.

U trenu sam se razbudio i iskočio iz kreveta, iznenadivši Oskara, koji je i dalje ležao na podu kraj kreveta. Pohitao sam do vrata i otvorio ih, i video sam Lea, odevenog u cvetne plavo-bele bermude, kako stoji na odmorištu izgledajući zbunjeno i zabrinuto.

– Dene, ponovo se dogodilo.

– Leo, kad kažete da imate smrt, mislite li na *sumnjivu* smrt? – Mada me je to zaprepastilo, nisam bio sasvim nezadovoljan. Makar sam sad mogao konkretnije da sarađujem s policijom koja će gotovo sigurno morati ponovo da razmisli o tome da li je Bekova smrt bila obična nesreća.

Klimnuo je glavom i pokazao mi poruku na svom telefonu. Bila je kratka i precizna.

Upravo mi se javio Berto. Neko telo pluta u bazenu. Pozvao sam policiju i sad idem dole. Dž

Vratio sam mu telefon. – Kad je stigla ta poruka?

– Pre minut-dva. Koliko mi je trebalo da navučem šorts.

– Pretpostavljam da je to poruka od menadžera Džordža. Ko je Berto?

– Alberto Romano, tip koji kosi travu i čisti bazen.

– Ali još ne znamo identitet tog tela? – Odmahnuo je glavom dok sam gledao svoj prazan zglavak. – Koliko je sati?

– Šest i trideset pet. Berto leti počinje u šest i trideset.

– Dajte mi nekoliko minuta da se obučem i otići ću tamo. Klimnuo je glavom. – Idem s vama.

Pet minuta kasnije, potražio sam Oskarov povodac u kombiju. Ne koristim ga često, ali trebalo je da odemo na nešto što je možda mesto zločina, i nisam hteo da rizikujem. Dok sam radio to, Oskar je obavio jutarnju malu nuždu pored bora i vratio se do mene, s velikom šišarkom u ustima. Spustio ju je kraj mojih nogu i pogledao me je pun nade, ali morao sam da ga razočaram.

– Izvini, kuče, ali sad nemamo vremena za igru.

Čuo sam zatvaranje vrata iza i pojavio se Leo, sad odeven u majicu s kragnom. Stavio sam povodac Oskaru i nas trojica smo pohitali ka glavnom ulazu u *Odmaralište*. Rampa je bila spuštena, a prijavnica zaključana. Prošli smo kroz gvozdenu kapiju i pošao sam prema svlačionici, kad me je Leo uhvatio za ruku i odmahnuo glavom. – Sad nemamo vremena za to, Dene. Ovo je hitna situacija; zadržite odeću. Hajdemo do bazena.

U to doba dana bilo je relativno prohladno i vetrovito, a sunce je tek počinjalo da se probija kroz jutarnju izmaglicu na brežuljcima. U nekim drugim okolnostima, bilo bi predivno, ali danas je bilo sve samo ne to.

Kad smo stigli do bazena, video sam nekog čoveka u plavom kombinezonu kako stoji u vodi do struka, na suprotnom kraju, vukući plutajuće telo prema ivici bazena. Odmah sam mu se obratio na italijanskom.

– Ostavite telo. Doći ću do vas.

Taj čovek nas je upitno pogledao, ali Leo mu je klimnuo glavom i mahnuo rukom i čovek je pustio telo i vratio se do stepenica, dok je leš polako plutao prema ivici. Pohitali smo da mu se pridružimo, kad smo čuli nepogrešiv zvuk vozila hitne pomoći koja se približavaju kampu. Zastao sam kad sam stigao do ivice bazena gde je telo plutalo i čučnuo sam da potražim znakove života. Dodir karotidne arterije na vratu potvrdio mi je da je mrtav, a na osnovu ukočenosti tela bio sam siguran da je mrtav nekoliko sati.

Izbliza je bilo jasno da je to muškarac i nije mi promakla plava modrica i oštećena koža na potiljku. To je izgledalo kao kopija Bekovog ubistva. Ako je to bila nesreća, izgledi da se na istom mestu, u kratkom vremenskom razmaku, dogode dve smrti sa istim ranama bili su verovatno manji nego da dobijete na lutriji. Pod pretpostavkom da je to ubistvo, da li je to značilo da je počinilac bio isti, ili je to možda neko ko je, iz nepoznatog razloga, oponašao prvo ubistvo? Razmišljao sam o ljudima koje sam video juče, pitajući se ko li bi ovo mogao da bude, ali čuo sam zvuk trčanja. Dva uniformisana policajca trčala su stazom ka nama, u pratnji bolničara.

Pomerio sam se u stranu, a dvoje policajaca – muškarac i žena – počeli su da ispituju Lea i mokrog Berta o tome kad i kako je telo pronađeno. Nepun minut kasnije, pojavio se Džordž, u pratnji policajca u civilu koji je odmah izdao naređenje da se obezbedi područje i radoznalci udalje.

Džordž je pokazao na Lea i predstavio ga je. – Ovo je inspektor Luka Sartori. Luka, ovo je moj šef, Leo Moreti; on je vlasnik *Odmaral išta*. Išao sam u školu s Lukom i on se oženio mojom rođakom.

Rukovali su se i bio sam zadivljen inspektorovim profesionalnim ponašanjem. Očigledno mu ovo nije bio prvi put da vidi leš. Stajao sam pozadi dok je on postavljao pitanja i govorio policajcima da pomognu bolničarima da izvuku telo iz vode. Nisam hteo da se mešam u njegov slučaj i, dok sam čekao da se upoznamo, proverio sam telefon prvi put od sinoć i oduševio sam se kad sam video imejl od Pola iz Skotland jarda. Sadržaj je bio neverovatan.

Zdravo, Dene. Tvoj čovek Džozef Bek je zanimljiv. Pasoš je pravi, ali njegovo ime je u našem sistemu. Zanimljivo je što ima oznaku „Samo za ovlašćena lica". Na osnovu šifre, izgleda da je bio pripadnik MI6. Ti si imao prijatelju u Voksol krosu, zar ne, tako da bi možda mogao da popričaš s njim? Nastaviću da kopam i ako saznam još nešto, poslaću ti podatke. Srećno. P

Iznenada je čitav slučaj poprimio drugo značenje. Izgledalo je kao da je prva žrtva bila špijun – ili makar pripadnik nekog ogranka britanskih obaveštajnih službi – i da li ju je zbog toga ubio plaćeni ubica neke strane države? Ovde u *Odmaralištu* bilo je ljudi iz jedanaest država, pa da li je moguće... Ali ako je tako, da li ovo znači da je i najnoviji leš u bazenu špijun? Što se tiče mog „prijatelja" iz sedišta MI6 u Voksolu na obali Temze, nedavno sam čuo da je unapređen na veoma visok položaj, tako da je bilo pitanje da li se još seća skromnog policijskog inspektora koji mu je pomogao kad je njegov sin upao u problem s drogom. Ipak, vredelo je pokušati.

U razmišljanju me je prekinuo zvuk mog imena, kad me je Leo predstavio.

– Ovo je Den Armstrong. On je privatni istražitelj. Dene, ovo je inspektor Sartori.

Ispružio sam ruku i nisam se iznenadio kad sam video sumnjičavost na licu detektiva. Izgledao je kao da mu je tek četrdeset godina, što je prilično mlado za inspektora, i nadao sam se da to znači kako je dobar u svom poslu. Njegov sumnjičav izraz bio je nešto što mi je bilo dobro poznato. Kad sam bio policajac, mrzeo sam mešanje u istragu, posebno ljudi van policije, a privatni istražitelji smatrani su najgorim od svih. Bez sumnje me je video u najboljem slučaju kao gnjavažu, a u najgorem kao pravu smetnju. Nameravao sam da objasnim svoju uključenost u slučaj, kad su bolničari konačno uspeli da izvuku mokar leš iz vode i prevrnu ga.

Nije bilo sumnje u to. Čak i bez prepoznatljivih crnih naočara, to je bio glavom i bradom Oven Grifits, čovek koji je opisivan kao pomalo jezivi voajer. Pogledao sam Džordža, koji je bio bled kao leš pred nama, ali mrtvaci tako utiču na ljude. Pošto sam video da mu je potrebno neko vreme da se pribere, obratio sam se inspektoru.

– Taj čovek se preziva Grifits, Oven Grifits, i on je... bio je Britanac.

Inspektor je odsečno klimnuo glavom. – Hvala, ali smem li da pitam kako ste vi uključeni u ovo?

Nisam hteo da dovedem Lea u neprijatan položaj otkrivajući da me je pozvao jer je mislio da je istraga Bekove smrti bila nezadovoljavajuća, tako da sam rekao nešto što je bilo savršeno istinito, iako sam izostavio nekoliko sitnica, poput činjenice da sam plaćen za boravak ovde.

– Odseo sam kod gospodina Moretija u tornju. Poznajem njegovu ćerku od pre nekoliko godina i ona mi je ispričala o ovom mestu. Zvučalo je zanimljivo kao drugačija vrsta godišnjeg odmora, i došao sam da izvidim.

Inspektor je izgledao pomalo umireno, a Leo mi je potajno namignuo. Znao sam da će infomacija koju sam upravo dobio iz Londona zanimati policiju makar u vezi s prvim ubistvom – i sasvim moguće i sa ovim – ali mrzeo sam da otkrivam poverljive informacije ovako javno, tako da sam odlučio da budem oprezan.

– Inspektore, mogu li da porazgovaram s vama nasamo?

Izgledao je zatečeno, ali je pristao, i nas dvojica smo išli kraj bazena dok nismo stigli do suprotnog kraja, daleko od dometa čak i Oskarovih neverovatno osetljivih ušiju.

– Ne želim da mislite da pokušavam da se mešam, ali juče sam, nakon što su mi ljudi ispričali o smrti Džozefa Beka, pozvao svog prijatelja koji je inspektor u Skotland jardu u Londonu. Upravo mi je poslao imejl koji bi mogao da vas zanima. – Izvadio sam telefon. – Kako stojite sa engleskim? MI6 je služba bezbednosti, za slučaj da vam taj naziv nije poznat. Da li želite da vam prevedem?

– Koristim engleski sve više u poslednje vreme. Nije sjajan, ali trebalo bi da bude dovoljno. – I dalje je zvučao sumnjičavo, ali nisam ga krivio. Dao sam mu telefon i gledao ga kako čita tekst. Vratio mi je telefon nakon nekoliko trenutaka i stajao je tamo, očigledno me pažljivo posmatrajući. Na kraju je progovorio. Ovoga puta je zvučao više radoznalo nego sumnjičavo.

– Kako to da vam jedan inspektor britanske policije daje ovako osetljive informacije? Ko ste vi? Jeste li i vi u službi bezbednosti?

– Ne, nikad nisam bio uključen u takve stvari, ali nedavno sam se penzionisao nakon trideset godina u londonskoj policiji, u odeljenju za ubistva. Bio sam glavni inspektor i Pol Vilson je bio jedan od mojih kolega i ostao mi je dobar prijatelj. Sad kad imam svoju privatnu istražiteljsku agenciju, povremeno mu se obraćam za pomoć oko slučajeva koji imaju veze s Velikom Britanijom.

Video sam ga kako obrađuje tu informaciju i klimnuo je glavom nekoliko puta. – Kao što kažete, ova informacija *jeste* potencijalno značajna. Kad smo istraživali smrt ovde prošle subote, nije bilo ničeg što je nagoveštavalo zločin, ali ovo bi moglo sve da promeni. – Podigao je glavu, pogledao me je u oči i nevoljno je slegnuo ramenima. – Ovaj novi dokaz znači da ću morati ponovo da otvorim slučaj.

Saosećao sam s njim. Bilo je teško poništiti neku odluku... posebno ako te nadređeni gnjave. Osmehnuo sam mu se. – Ako vam to pomaže, možete da me okrivite za sve što želite. Pored toga, ovo je nov dokaz koji niste imali prošlog vikenda.

Bio sam zadivljen kad se osmehnuo. – Hvala, imaću to na umu. I hvala vam što ste mi pokazali ovo. – Video sam kako gleda u bazen, gde je dvoje policajaca vrlo saosećajno odvelo Lea, Berta i Džordža malo dalje, dok su bolničari prekrivali telo Ovena Grifitsa čaršavom. – Telo prve žrtve pronađeno je u gotovo istovetnim okolnostima. Da li ste znali to?

– Da, to je ono što su mi ljudi ispričali. Sve do modrice na potiljku. Upravo sam se pitao da li bi oba ubistva mogla da budu delo istog počinioca. Ako nisu, to je ili velika slučajnost, ili neko namerno želi da izgleda kao da je posredi ista osoba. Postoji nešto što bi moglo da bude značajno. – Preneo sam mu šta mi je Sofi sinoć rekla o Ovenu Grifitsu, da je tvrdio kako zna da je prva smrt bila ubistvo. Kad sam stigao do kraja priče, tužno sam odmahnuo glavom. – Trebalo je da ga ispitam sinoć, ali odlučio sam da sačekam. Taj tip je bio otišao u krevet i nisam hteo da ga uznemiravam.

– Ne brinite se zbog toga. Vi niste zaduženi za istragu. Pitam se zašto je rekao to i zašto nije ništa rekao prošlog vikenda. Možda je čuo ili video nešto nedavno, i na to je mislio kad je sinoć razgovarao s konobaricom. Možda je ubica čuo šta je rekao i odlučio da ga ućutka pre nego što kaže nešto više. Da li vam je rekla ko se nalazio kraj njih kad joj je to rekao?

– Ne, a nisam je ni pitao. Izvinite, trebalo je, ali pretpostavljam da će uskoro biti ovde, ako već nije. Uzgred, znate li da je ovo naturistički kamp? Mene je to juče prilično iznenadilo.

Široko se osmehnuo. – Nikad se ne zna, to će možda ovaj slučaj učiniti malo zanimljivijim. Dobro, bolje da se bacim na otkrivanje šta se tačno dogodilo ovde sinoć i da li je neko video ili čuo nešto.

Mogao bih da počnem od vas. Zovete se Den Armstrong i kažete da ste sinoć večerali ovde; kad ste se vratili u toranj?

– Negde posle pola jedanaest, verovatno petnaest ili dvadeset minuta nakon što je žrtva otišla u svoj bungalov i, koliko znam, većina ljudi je već bila otišla u krevet. Uzgred, čuo sam da je prostor oko bazena osvetljen do jedanaest uveče, tako da je ubica – ako je to bilo ubistvo – verovatno čekao to vreme da bi izvršio zločin. Biće zanimljivo čuti šta patolog misli o vremenu ubistva, ali znam da je, s telima pronađenim u vodi, veoma teško biti precizan.

Klimnuo je glavom. – Da, tako je, i hvala vam na toj informaciji. – Ponovo mi je pružio ruku. – Cenim vašu saradnju i, molim vas, ako se setite ičeg drugog što bi moglo da pomogne istrazi, samo me obavestite. Biću vam vrlo zahvalan. – Dao mi je jednu od svojih posetnica, a ja sam uzvratio svojom, zahvalan što sam ovog puta mogao da ponesem telefon i novčanik. Pogledao me je kad je video moju posetnicu. – Sedište vam je u Firenci? Zato tako dobro govorite italijanski. To je predivan grad.

– Sigurno jeste, ali tokom leta je toliko pun turista da ne može da se diše. Bio sam juče u San Klemente Spjađi i bilo je dosta ljudi, ali ni izbliza kao u Firenci.

– Sačekajte dve nedelje; tad će i ovde biti gužva. Iznenada je celo mesto prepuno dece koja urlaju i usamljenih žena koje su muževi ostavili ovde dok oni sede po svojim kancelarijama u Milanu i Torinu, i izvode svoje sekretarice na večere. Uz tako mnogo ljudi, stopa kriminala skače od sredine juna do sredine septembra.

– Pomenuli ste da često govorite engleski; da li to znači da ovde ima mnogo britanskih turista?

Odmahnuo je glavom. – Ima ih, naravno, ali većina onih koji govore engleski su Amerikanci. Veliki kruzeri pristaju u Đenovi ili preko granice, na Azurnoj obali, i svakodnevno mnogo turista dolazi u Alasio ili San Klemente. A ova oblast je vrlo popularna kod Nemaca i ostalih stranaca, tako da je engleski često jezik koji svi govore.

– Dobro, ako vam je potrebna moja pomoć oko prevođenja, samo me pozovite. Biću ovde ceo dan. Trebalo bi da se vratim u Firencu sutra uveče, ali možda ću ostati ako vam budem potreban.

– Osetio sam kako moram da mu to ponudim, mada sam rekao Ani da ću se vratiti sutra uveče, i već sam bio u gadnom škripcu u pogledu veze s njom, tako da sam se nadao da me neće zamoliti da ostanem.

– Hvala. U ovoj fazi, teško je reći kakva će mi pomoć biti potrebna, ali slobodno njuškajte naokolo koliko želite, i ako pronađete išta, rado ću vas saslušati.

10.

Četvrtak rano ujutro

Leo i ja smo se vratili u toranj malo kasnije da se istuširamo i doručkujemo, i razgovarali smo o onom što se dogodilo uz slaninu i jaja i jaku kafu iz njegove svemoguće mašine. Izgledao je zabrinuto i mogao sam da zamislim šta mu se mota po glavi, tako da sam to izrekao naglas.

– Izgleda da ste bili u pravu, Leo. Bek i Grifits su ubijeni, nema drugog objašnjenja; *dve* nesreće ili samoubistva na isti način nisu nimalo verovatni. Sad moramo da otkrijemo zašto su ubijeni i kako su, ako jesu, ta dva ubistva povezana. Kad to otkrijemo, nadam se da ćemo imati jasniju predstavu ko je to uradio. Imate li neke ideje?

Leo je očigledno razmišljao o tome. – Jedino zajedničko bilo im je što su obojica Britanci, ali inače je izgledalo da nemaju mnogo toga zajedničkog. Samo mogu da pretpostavim da je Grifitsa ubila ista osoba koja je ubila Beka, kako bi ga ućutkala. Pitam se da li je Grifits stvarno znao nešto ili je samo blebetao. Da li mislimo da je video nešto u subotu uveče?

Klimnuo sam glavom. Preneo sam Leu ono što mi je Sofi rekla, ali nisam pomenuo poruku iz Skotland jarda o Bekovoj mogućoj povezanosti sa službama bezbednosti. To sigurno nije bila javno dostupna informacija. – To mi izgleda kao najverovatnije objašnjenje, ali zašto nije nešto rekao u tom trenutku? Da sam samo uspeo da razgovaram s njim sinoć. – Nemoćno sam frknuo, ali Leo je požurio da me umiri.

– Ko zna? Da ste uradili to, možda biste *vi* plutali u bazenu kraj njega.

Nisam se setio toga. – Možda ste u pravu, Leo. Nikad nećemo saznati, zar ne? Inspektor Sartori se pitao da li je Grifits video ili čuo nešto nedavno.

Leo me je upitno pogledao. – Nedavno? Da li misli da je Grifits čuo kako ubica priča o ubistvu Džoa Beka?

– Da, ili ga je možda video kako sakriva oružje ubistva ili je naleteo na neki važan trag. Uzgred, pričam kao da je ubica muškarac, ali nema razloga da snažna žena ne bi mogla da uradi to. Podsećam vas, prilično je jasno da su se ubistva odigrala kraj bazena, inače bi nošenje onesvešćenog krupnog muškarca poput Grifitsa bilo preteško za većinu ljudi – i muškarce i žene. Naravno, ako je Grifits čuo ubicu kako govori, onda bi to značilo da u *Odmaralištu* postoji još jedna osoba koja zna za ubistvo. Moram da priznam, usredsredio sam pažnju na ljude koji putuju sami, ali sad kad razmislim o tome, neki par bi bio manje sumnjiv, i to bi objasnilo kako je Grifits mogao da čuje razgovor.

– To ima smisla, ali pitanje je ko?

Ko, zaista? Nakon kratke ćutnje, pomenuo sam nekog ko mu je bliži; još sam imao utisak da Bjanka i njen otac znaju više nego što su mi rekli.

– Da li je Bjanka večerala s vama prošle subote? – Klimnuo je glavom i nastavio sam. – Možda se kasnije vratila u *Odmaralište*? Možda da obiđe nekog prijatelja?

Odmahnuo je glavom. – Ne, bila je ovde čitave noći. – Oštro me je pogledao. – Ne mislite valjda ozbiljno da je ona sumnjiva?

– Naravno da ne, samo pokušavam da utvrdim ko je gde bio te noći i sinoć, za slučaj da su možda videli nešto. – Ohrabrujuće sam mu se osmehnuo. – Što se tiče prethodne noći, dali ste mi alibi, a ja vama, tako da bi trebalo da budemo isključeni kao sumnjivci. Hajde da vidimo možemo li da pronađemo neke sumnjive parove.

Izvadio sam odštampan primerak spiska gostiju koji mi je Leo dao, ali bilo je tako mnogo parova da je bilo teško znati odakle početi. Doneo sam odluku i ustao.

– Nema svrhe, Leo; ne mogu mnogo toga da uradim sa strane. Moraću da se vratim u *Odmaralište* i vidim da li je inspektor tamo.

Reći ću mu kako bih želeo da mu se pridružim, makar samo da mu pomognem oko prevođenja. Zvučao je vrlo pristupačno i čak mi se zahvalio što sam mu preneo ono što sam čuo sinoć. Kad bih samo mogao da pogledam izveštaj o Bekovoj smrti i kad bih samo mogao da saznam više o Grifitsu. Ali idemo po redu, pozvaću svog prijatelja iz Skotland jarda i videti da bi hteo da malo istraži poslednju žrtvu.

Odlučio sam da pozovem Pola umesto da mu šaljem SMS, jer sam znao da mu namećem obavezu svim ovim zahtevima. Zvučao je zadovoljno što sam mu se javio, i brzo me je uverio kako ga uopšte ne gnjavim... mada sam znao da nije tako.

– Ne brini se zbog toga, Dene. Bog zna da si mi pomogao mnogo puta. Daj mi broj Grifitsovog pasoša, i ja ću istražiti sve. Ubrzo ću saznati da li je u policijskoj bazi podataka ili je čist, i ko je i čime se bavi. Javiću ti se što pre budem mogao, ali u međuvremenu sam hteo da ti pošaljem poruku s nekim informacijama. Nisi ti jedini koji ima prijatelje u službama bezbednosti. Razgovarao sam s nekim ko radi tamo – samo u administraciji – i ona mi je rekla da je Beka pratio glas ženskaroša. „Pravi mali Džejms Bond", da je citiram.

– To sigurno odgovara onom što sam čuo ovde. Da li slučajno znaš je li oženjen? Možda tu postoji neka ljubomorna žena ili partnerka?

– Pitao sam, ali ona nije znala. Kao što rekoh, nije u središtu akcije i ako je on bio aktivan agent, sve te stvari su strogo čuvana tajna.

Zahvalio sam mu se na pomoći i zapitao sam se da li da pokušam da pozovem strogo poverljivi broj Grejama Oldman-Dejvisa, sad jednog od najmoćnijih ljudi u MI6, koga su podređeni zvali po inicijalima G-O-D.[1] Na kraju sam odlučio da ne uznemiravam tog velikana ako nije stvarno neophodno. Možda će inspektor Sartori, kad budem razgovarao s njim, već imati neke zaprepašćujuće nove dokaze koji će rešiti slučaj bez potrebe da kontaktiram s tim šefom špijuna.

Odvlačeći nevoljnog Oskara od mirisa slanine – nema potrebe reći, smlatio je sve kožure – vratio sam se u *Odmaralište*. Zastao

---

[1] Engl.: *God* – bog. (Prim. prev.)

sam nekoliko trenutaka ispred kapije, pitajući se da li da nastavim odeven ili da se ponovo svučem. Na kraju sam odlučio da ostavim odeću u ormariću kako ne bih, bar kad govorimo o ostalim gostima, izgledao previše uključeno u istragu. Ovog puta sam imao sjajnu ideju i, nakon što sam ostavio odeću, upotrebio sam plastičnu kesu u kojoj su bile moje nove japanke da ponesem novčanik, beležnicu i telefon. Počeo sam odlaskom do bazena, da bih video da li je inspektor i dalje tamo. Nije bio, ali prepoznao sam policajku koja je bila jedna od prvih na mestu zločina. Iza nje su četiri policajca u jednokratnim kombinezonima radila nešto, a jedna maskirana prilika koja je ličila na patologa čučala je i pažljivo posmatrala telo.

Kad sam se približio policajki, mora da me je prepoznala jer je salutirala – pretpostavljam da joj je inspektor rekao ko sam – a kad sam video da su joj se obrazi zarumeneli, iznenada sam shvatio da sam potpuno nag, dok su ona i ostali policajci bili odeveni. Sofi je bila u pravu: stvarno sam zaboravio. Nema potrebe govoriti, osetio sam stid zbog policajkinog stida, i obrazi su počeli da mi rumene, ali zaklonio sam se kesom što sam bolje mogao i dao sve od sebe da zvučim nezainteresovano.

– Izvinite, pozornice, ali stekao sam naviku da se oblačim, ili tačnije svlačim, kao ostali gosti, da bih se bolje uklopio. Zašto ne usmerite pažnju na Oskara?

Kad je čuo svoje ime, Oskar je shvatio šta treba da radi i otišao je do nje. Ona se onda sagnula i pomazila ga po glavi, dok sam je pitao gde je inspektor. Ne podižući oči, pokazala je neodređeno u smeru bara/restorana.

– On ispituje ljude u baru, gospodine.

– Da li je ono kraj vode patolog?

I dalje gledajući mog psa, klimnula je glavom. – Da, gospodine.

– A da li je to isti patolog koji je bio tu nakon ubistva u subotu uveče? – Odmahnula je glavom i odlučio sam da vidim koliko me je inspektor prihvatio. Bio je dobar znak to što me je pozornica zvala „gospodine“. – Mislite li da je moguće da porazgovaram s patologom?

– Da, gospodine, sigurna sam da jeste. Inspektor je rekao da nam pomažete oko istrage.

To je definitivno zvučalo vrlo pozitivno i zato sam je pitao da li bi mogla da pričuva Oskara, koji je sad legao na kamene ploče, a ona mu je češkala stomak. Klimnula je glavom – i dalje me ne gledajući – i dao sam joj njegov povodac i otišao do tela.

Kad sam stigao tamo, patolog je podigao glavu i, u tom trenutku sam shvatio da je to žena, a ona je shvatila da iznad nje stoji go muškarac. Svaka joj čast, moram reći, nije ni trepnula.

– Dobro jutro. Bila bih vam zahvalna da držite tu stvar dalje od mog lica. Prema mom iskustvu, nepredvidive su i mogu da budu opasne. – Nema nagrade za pogađanje na šta je mislila. Zbog kombinezona, maske i marame na glavi, bilo ju je teško videti, ali stekao sam utisak da su joj oči nasmešene. Brzo sam se pomerio unazad, stavljajući plastičnu kesu ispred sebe, i uzvratio sam joj osmeh.

– Izvinite što izgledam ovako, ali pokušavam da se uklopim. Ne znam da li vam je inspektor Sartori rekao, zovem se Den Armstrong i ja sam...

– Čuveni engleski detektiv. Da, pomenuo vas je, ali nije pomenuo vaš stil odevanja. Da li su engleski policajci tako odeveni?

– Ne, previše je hladno i vlažno za to. Smem li da vas pitam jeste li pronašli nešto zanimljivo?

– Dve stvari: sigurna sam da ste videli i sami, modus operandi je gotovo istovetan kao kod prvog ubistva. Dobio je udarac u potiljak i onda je pao ili je gurnut u vodu, i mogla bih da se kladim kako ću pronaći visok nivo alkohola u krvi, kao poslednji put. Nisam radila autopsiju prethodne žrtve. To je radio moj kolega i, kako je pronašao krvave mrlje i žrtvinu kosu na ivici bazena, logično je pretpostavio da je to onesvestilo žrtvu i da je to bila nesreća. Sad kad se ovo dogodilo, gledam to novim očima.

Ustala je i laknulo mi je sad kad mi je gledala u grudi. – Nismo predali telo prve žrtve, tako da ću uraditi punu autopsiju na oba tela kad se vratim, jer sam uočila nešto zanimljivo na ovom. Mada smo pronašli mesto na ivici bazena, malo dalje od žrtve, na kojem izgleda ima ostataka krvi, tkiva i kose, vidim sasvim jasno čak i odavde da je žrtva udarena dvaput, jednom nečim neravnim – verovatno o kamene pločice kraj bazena – ali i nekim drugim oružjem, kao što je drvena palica ili metalna štangla, i udarac je bio toliko jak da je slomio lobanju i onesvestio žrtvu. Kad ga odnesem u laboratoriju, moći ću da dobijem jasniju predstavu o veličini i obliku oružja.

Polako sam klimnuo glavom. – Žrtva je verovatno onesvešćena prvim udarcem, nečim glatkim i zaobljenim, a onda je ubica udarao žrtvinom glavom u kamene ploče, kako bi stvorio iluziju da je to bila nesreća.

– Upravo tako, i nekako imam osećaj da ću otkriti da se isto dogodilo i s prvim telom.

– Osećaj vam govori da imamo dva ubistva i da nema govora o nesreći?

– Nema sumnje u vezi sa ovim, a pretpostavljam da će se isto ispostaviti i u prvom slučaju. Takođe smo pronašli sitne kapi krvi malo dalje od ivice bazena, kod one klupe, i spremna sam da se kladim da pripadaju žrtvi. Neko ga je napao tamo i onda pokušao da inscenira nesreću.

– Ako ima krvi na tlu, da li je i ubičina odeća isprskana? – Čim sam izgovorio to, shvatio sam svoju grešku. – Šta ja to govorim? Ubica gotovo sigurno nije nosio odeću, tako da su svi tragovi nestali nakon ulaska u bazen ili tuširanja.

– Upravo tako.

Svukla je masku i maramu i video sam po sedoj kosi da je tri-četiri godine starija od mene. Ponovo mi se osmehnula. – Jesu li patolozi u Engleskoj dobro plaćeni?

– Nemam predstavu, ali smeo bih da se kladim da su plaćeni bolje od policajaca. Zašto, razmišljate o preseljenju?

– Ne, samo sam radoznala. I kakva je vaša priča? Jeste li ovde zvanično ili je sve ovo i vama veliko iznenađenje?

– Pomalo od oboje. Napustio sam policiju pre dve godine i volim da ostanem u toku.

Pogledala je naokolo da vidi da li nas neko sluša. – Bila sam na svadbi za vikend, ćerka mi se udavala, i žao mi je što moj zamenik nije primetio ništa sumnjivo u vezi sa subotnjom žrtvom. – Video sam kako gleda naokolo. – Hoćete li sad da odete kod inspektora?

– Da, izgleda da obavlja ispitivanje u restoranu.

– Onda mu recite da ću, ako dozvoli mojim ljudima da odnesu telo, dati sve od sebe da spremim izveštaj do popodneva.

– Naravno. Hvala vam što ste me obavestili o svemu. Rukovao bih se s vama, ali...

Kad sam uzeo Oskara od pozornice – koja je uporno sve vreme gledala u svoje cipele – krenuo sam od bazena prema klupskoj zgradi. Pogledao sam na sat i video da je gotovo osam sati i da se gomila ljudi okupila oko šanka. Na jednoj strani sam video inspektora kako sedi za stolom s jednim policajcem u uniformi, i izgledalo je kao da pregledaju beleške. Odlučio sam da ih ostavim na miru i otišao sam prema šanku da naručim espreso. Razgovor oko mene odvijao se uglavnom na nemačkom, ali čuo sam nekoliko italijanskih glasova i odneo sam kafu prema njima, u pokušaju da porazgovaram s njima. Bio je to jedan mlad par, možda između dvadeset pet i trideset godina, i pogledali su Oskara i mene dok smo se približavali. Odlučio sam da se pravim nevešt.

– Šta se događa? Policija je svuda.

Muškarac je brzo odgovorio. – Došlo je do još jedne smrti. Pronađeno je telo u bazenu.

– Stvarno? – Uvek sam umeo da se dobro pravim nevešt. – Još jedna nesreća? Kao u subotu?

Ovog puta je odgovorila žena, sumnjičavim glasom. – Nesreća, malo sutra! Obojica su ubijeni. Sve vreme smo to govorili, zar ne, Vinčenco?

Klimnuo je glavom. – Nema šanse da se taj prvi tip utopio. Moja žena i ja smo ga videli kako pliva. Plivao je kao profesionalac. Ne, sigurno je ubijen, i sad je ubica ponovo napao i kažu da je i ova žrtva Englez.

Da li bi Oven Grifits iz Velsa pristao da ga nazovu Englezom nije bilo mnogo važno, ali to mu sad nažalost više neće smetati. I dalje zvučeći neupućeno, pokušao sam da saznam nešto više.

– Ali... ubistvo? Šta su ta dvojica uradila da bi neko hteo da ih ubije?

U ženinom glasu se čuo strah kad je odgovorila. – Upravo smo razgovarali o tome. Čini mi se da je to neki ludak koji ubija nasumično, što znači da mi možemo biti sledeći. Policija je uzela naše lične karte i pasoše i rekla je da svi moramo da ostanemo ovde, inače bismo se spakovali i odmah otišli.

– Jeste li razgovarali s policijom?

Muž je odgovorio. – Ne, ali Đorđo kaže da ćemo svi biti ispitani danas i moramo da ostanemo ovde. Sve će biti u redu, draga. – Potapšao je ženu po ruci i video sam kako se trudi da odagna njen strah i odlučio sam da je dodatno ohrabrim.

– Nekad sam bio policajac u Britaniji i to je uobičajena stvar, zato ne brinite. A uz ovoliko policije, bićete prilično sigurni ako postoji neki poludeli ubica mada, prema mom iskustvu, većina ubistva se počini iz nekog određenog razloga.

– Ali koji bi to razlog mogao biti? – Muž je zvučao zbunjeno. – Zašto oni?

– A ne mi? – Njegova žena i dalje nije bila umirena, ali nisam mogao ništa više da joj kažem, pa sam pogledao prema inspektorovom stolu.

– Pošto postoji britanska veza, mislim da ću otići i pitati policiju treba li im pomoć oko prevođenja. Ne brinite, siguran sam da će se sve uskoro rešiti.

Nakon što sam popio kafu i spustio šoljicu na šank, otišao sam do stola gde je sedeo inspektor Sartori. Pogledao me je, uzdržao se da se ne osmehne, i pozvao me je da priđem. – Dođite i pridružite nam se. Počinjem da se osećam previše odeveno. – Pogledao je svog saradnika i upoznao nas je. – Rosi, ovo je glavni inspektor Armstrong iz londonskog odeljenja za ubistva.

– *Bivši* inspektor. Sad sam privatni istražitelj. – Pružio sam ruku policajcu kraj njega i, videvši širite na njegovom ramenu, obratio sam mu se po činu. – Drago mi je što smo se upoznali, vodniče Rosi.

Bio je verovatno dvadeset godina stariji od inspektora, približno mojih godina, i izgledao je kao iskusan policajac. Osmehnuo mi se i pružio ruku.

– Vidim da se uklapate u okruženje. Video sam više golih ljudi jutros nego tokom čitave policijske karijere.

Uzvratio sam mu osmeh. – Štedi mnogo vremena na peglanju pantalona i neočekivano je oslobađajuće.

Kad sam ponovo pogledao u inspektora, preneo sam mu poruku patologa i on je odmah naredio vodniku Rosiju da ode i preda im telo. Nakon što je vodnik otišao, Sartori mi je mahnuo da sednem na slobodno mesto.

– Jeste li saznali nešto novo?

– Jeste li čuli šta je patolog rekla o dva udarca u glavu? – Video sam ga kako klima glavom, i nastavio sam. – Kaže da to potvrđuje ideju da je Grifits ubijen. Zamolio sam svog prijatelja iz londonske policije da istraži najnoviju žrtvu i rekao mi je da je prvi ubijeni bio poznat kao ženskaroš. – Upotrebio sam italijansku reč *donnaiolo*, što ima isti pejorativni prizvuk.

Inspektor Sartori je klimnuo glavom nekoliko puta. – Upravo sam razgovarao sa Đorđom i rekao je isto – mada nije znao da li se Bek smuvao s nekom od žena ovde. – Osmeh mu se pojavio na licu. – Pre nego što zaboravim, imam poruku za vas. Od vašeg je prijatelja i rekao je: „Kaži Denu da se ne prehladi bez gaća.“

Uzvratio sam mu osmeh. – Mudre reči. Ko ih je rekao?

– Inspektor Virđilio Pizano iz firentinskog odeljenja za ubistva. – Kad je video iznenađenje na mom licu, objasnio je. – Nažalost, sumnjičav sam po prirodi i kad sam video da živite u Firenci, pozvao sam svog prijatelja koji radi u kvesturi i pitao sam da li su čuli za vas. Prebacili su me na inspektora Pizana, koji vas je nahvalio.

– Virđilio je jedan od mojih najboljih prijatelja. Mnogo mi je pomogao, i on je predložio da otvorim svoju istražiteljsku agenciju. Pomogao sam mu nekoliko puta u slučajevima koji su uključivali Engleze i dobro sarađujemo. U stvari, njegova supruga sad radi za mene. A što se tiče sumnjičave prirode, oduševljen sam što to čujem. Na vašem mestu, gotovo sigurno bih uradio isto. Vrlo pametna opreznost. U svakom slučaju, kao što sam rekao, ako mogu da vam pomognem, samo pitajte.

Sartori je izgledao vrlo zadovoljan mojom ponudom. – Moj plan je da nakratko razgovaram sa osobljem, a onda, malo kasnije, da počnem da ispitujem goste. Prema Đorđovim rečima, mada je većina ljudi iz Severne Evrope, gotovo svi govore pomalo engleski, tako da ćemo moći da vodimo razgovore na tom jeziku, umesto da tražimo prevodioce za švedski, nemački ili holandski. Pomenuli ste da biste rado pomogli oko prevođenja i bio bih vam zahvalan na tome. Mnogo bi mi pomoglo da imam policajca vašeg iskustva kraj sebe, tako da ako poželite da postavite neko svoje pitanje, slobodno uradite to. Samo se pobrinite da ga brzo prevedete na italijanski, kako bi Rosi mogao sve da zapiše.

– Rado ću vam pomoći, inspektore. Kad želite da dođem?

Pogledao je na sat. – Sad je gotovo pola devet i mislim da razgovori sa osobljem neće trajati duže od sat vremena. Šta kažete da se vidimo u deset?

– To mi odgovara. U tom slučaju, mislim da ću prvo odvesti psa u dugu šetnju. Gde ćete obaviti ispitivanje?

– Đorđo kaže da možemo da koristimo njegovu kancelariju u klupskoj zgradi.

To je zvučalo dobro. – U tom slučaju, neću se truditi da se svlačim kad se vratim. Tako vi i Rosi nećete morati da trpite golog muškarca sve vreme. A s moje tačke gledišta, to znači da ću imati džepove. Naturizam možda ima svoje dobre strane, ali problem je kako nositi stvari. Počinjem da shvatam zašto žene nose torbice.

11.

Četvrtak ujutro

Ostavio sam inspektora za stolom i otišao do svlačionice gde sam seo i proveo nekoliko minuta zapisujući imena i činjenice koje sam saznao tog jutra. Kad sam zapisao sve čega sam se setio, obukao sam se i Oskar i ja smo krenuli prema brežuljcima, gde smo pratili neravnu stazu koja je vodila prema kopnu, dalje od mora.

Nebo je bilo vedro i dan će sigurno ponovo biti vreo, ali zasad je temperatura bila prijatna. Dok smo hodali, postalo je jasno da su *Odmaralište* i toranj na kraju dugačkog rta koji se proteže odavde sve do šumovitih brda iza obale. To su bili Ligurski Apenini, koji štite Italijansku rivijeru od najgoreg zimskog vremena koje dolazi sa severa, dajući joj blagu mikroklimu sličnu onoj na Azurnoj obali. Nije čudo što su bogati Britanci odabrali da dolaze ovde u devetnaestom veku, da bi se sklonili od zagađenja industrijske Britanije i sveprisutnog rizika od plućnih bolesti.

Vazduh je ovde sigurno bio čist, ali je teren bio neravan, s kamenim izbočinama. Bilo je malo rastinja osim žbunja, divlje majčine dušice i ruzmarina. U vazduhu se osećao jak miris lekovitog bilja, ali nikad nisam bio poznavalac hortikulture, te sam prepoznao svega nekoliko biljaka. Žbunovi kleke i sirka prekriveni žutim cvetovima nalazili su se tu i tamo, uz poneku kržljavu akaciju, sa čijih grana su cvrkutale ptičice ohrabrene time koliko su zaštićene trnjem. Gušteri su jurili naokolo dok smo prolazili i nadao sam se da tu nema njihovih beznogih rođaka. Nikad nisam voleo zmije.

Dok sam hodao, stalno sam prevrtao po glavi ono što se dogodilo i pitao sam se kakva bi veza mogla da postoji između te dve smrti. I dalje sam razmišljao o tome gotovo sat kasnije, kad smo se ponovo vratili u kamp, ovoga puta uskom stazom koja je obilazila oko žičane ograde. Na dvadeset ili trideset metara od ograde primetio sam nešto. Oskar je, kao i obično, donosio štapove da mu ih bacam i upravo sam bacio jednu čvornovatu granu duž staze, kad mi je pažnju privuklo nešto što se presijava u žbunju. Iz radoznalosti sam se zaustavio i pogledao kroz grane divljeg ruzmarina, i ugledao blistavu čeličnu šipku, dugačku tridesetak centimetara, delimično zakopanu u peskovito tlo gde se zabila pri padu. Zbog svog besprekornog stanja, bilo je očigledno da nije dugo izložena vremenu, i zvona su mi odmah zazvonila u glavi.

Pogledao sam preko ramena i malo se preračunavao. Koliko sam video, bili smo na udaljenosti na kojoj je moguće baciti kamen – ili, u ovom slučaju, metalnu štanglu – od bazena, mada je bio dobro skriven iza žičane ograde i guste živice. Osim ako nisam pogrešio, ovo mi je izgledalo kao oružje ubistva – ili makar jedno od njih – koje je ubica bacio preko ograde ili u subotu uveče ili sinoć, da bi ga se otarasio.

I dalje sam u džepu imao plastičnu kesu s vrednim stvarima, i brzo sam izvadio telefon, beležnicu i novčanik da bih je ispraznio. Nakon što sam napravio nekoliko fotografija da bih pokazao lokaciju oružja i način na koji se zarilo gotovo uspravno u zemlju, pažljivo sam ga podigao i ubacio u kesu, ne dodirujući ga golim rukama. Bilo je vrlo čvrsto i teško i nije mi bilo potrebno mnogo vremena da shvatim šta je to. Viđao sam te stvari ranije i, uistinu, u redovnim posetama teretani tokom godina često sam ih koristio. Oba kraja su imala navoje i to je bilo ono što je u svetu dizanja tegova bilo poznato kao šipka za jednoručni teg. Baš kao i dugačke šipke s velikim tegovima na oba kraja, koje dizači tegova koriste na olimpijskim igrama, ove kraće šipke su napravljene da nose težinu za jačanje jedne ruke i podlaktice. Imao sam osećaj da bih, ako posetim Ritu u teretani, ona iznenađeno otkrila da joj jedna nedostaje. Naravno, ako je ona ubica, ne bi bila uopšte iznenađena.

Vratio sam se u kamp, ovog puta se ne zaustavljajući da se svučem, i video sam vodnika, u pratnji Fredi, kako ulazi u klupsku zgradu. Lako sam je prepoznao po ružičastoj kosi. Nisam hteo da ometam ispitivanje i zato sam seo na isto mesto kao sinoć. Iznenadio sam se kad sam video da su svi oko mene i dalje goli. Očigledno činjenica da će davati izjave policiji nije uticala na njihove naturističke sklonosti. Četvorica staraca su ponovo igrali karte, a četiri supruge su bile zadubljene u razgovor za drugim stolom. Gotovo desetak stolova je bilo zauzeto i osećala se zabrinutost. Nekoliko trenutaka nakon što sam seo, pojavila se Sofi. Takođe je izgledala zabrinuto, ali malo se opustila kad je videla Oskara. Sagnula se da ga počeška po ušima i pogledala me je iskosa.

– Džordž kaže da pomažete policiji. Da li su rekli ko misle da je to uradio? – Video sam je kako gleda plastičnu kesu ispred mene, ali nije pitala šta je u njoj, a ja nisam ponudio da joj kažem. Samo sam odmahnuo glavom.

– Čekam da razgovaram sa inspektorom. Možda on zna nešto, ali u ovom trenutku, istraga je na početku. Rekao je kako namerava da razgovara sa svima jutros i trebalo bi da mu pomognem oko prevođenja. Da li je razgovarao s vama?

– Da, i rekla sam mu ono što sam vama rekla sinoć.

– Jeste li mu rekli ko je bio blizu kad vam se Grifits obratio?

– Da, pokušala sam, ali bar je tad bio pun i ne mogu da se setim tačno. Grifits je sedeo za uobičajenim stolom i znam da su Dipontovi sedeli blizu njega, i prilično sam sigurna da su za stolom ispred sedeli gospodin Smit i njegova devojka, ali ni za živu glavu ne mogu da se setim ko je bio za sledećim stolom, ili za onim s druge strane. Čini mi se da su za oba stola sedeli parovi, ali to je sve.

Dao sam sve od sebe da zvučim ohrabrujuće. – Ne brinite, verovatno ćete se setiti u tri ujutro.

– Da vam donesem nešto za piće? Čašu brendija? Meni bi prijala.

Pošto je bilo deset ujutro, smatrao sam da je to preterano. – Mislim da ću uzeti espreso i čašu hladne vode, molim.

Otišla je da mi donese piće i nastavio sam da gledam oko sebe. Nije bilo ni traga od *Ljubav i Mir* Melinde, manekenke Kim ili namćoraste pudle, ali prepoznao sam nekoliko drugih lica iz jučerašnje šetnje, i neki od njih su mi čak mahnuli ili se osmehnuli. Poslao sam glasovnu poruku Ani u Firenci... ne o našoj vezi nego o slučaju. Nisam hteo ništa da joj kažem, iz straha da će početi da se brine, ali nakon telefonskog razgovora sa inspektorom Virđilio je sad znao sve o tome. Bez sumnje će reći Lini, koja je dobra prijateljica sa Anom. Bilo je pošteno da Ana čuje to od mene. Završio sam poruku uveravajući je da policijski inspektor vrlo efikasno vodi istragu i da je moje učešće minimalno. Dok sam izgovarao te poslednje reči, osetio sam kako mi Oskar njuškom dodiruje koleno i kad sam pogledao, izgledao je sumnjičavo. Ponekad se pitam koliko razume i nežno sam ga potapšao po njušci.

– Samo nisam hteo da se brine, Oskare. To je sve. – Koliko se brinula bilo je nepoznato nakon debakla u utorak uveče, na srednjovekovnom sajmu.

Ponovo je spustio glavu na pod, a onda skočio na noge gotovo odmah kad se Sofi vratila s mojim pićem i još jednom posudom s vodom za njega. Pre nego što je otišla, postavio sam joj pitanje. – Britanski par koji ste pomenuli, gospodin Smit i devojka: možete li mi ih pokazati ako su ovde?

Pogledala je oko sebe i pokazala. Odmah sam prepoznao par ružičaste kože koji sam video prethodnog dana, i pažljivije sam ih osmotrio. Juče sam stekao utisak da postoji neka napetost među njima, a jutros je to bilo još uočljivije. Govor tela je govorio mnogo toga; žena je verovatno imala četrdesetak godina, bila je mršava i fit, ali pažnju mi je privuklo to što nije uopšte izgledala srećno. Sedela je ne samo na suprotnoj strani stola od svog momka nego je i okrenula stolicu dalje od njega tako da joj je, praktično, gledao u levo rame dok je ona zurila prema bazenu. On je nju naglašeno ignorisao i, uistinu, svaki put kad bi neka žena prošla pored, pratio ju je pogledom bez imalo skrivanja. Očigledno je da njih dvoje, iz ko zna kog razloga, nisu bili srećni. Zašto, pitao sam se. Da li je to bila samo nesuglasica, ili je tu bilo još nečeg?

– Mislim da je ovde još jedan britanski par, gospodin i gospođa Harkort. Da li ih vidite ovde?

Sofi se osvrnula oko sebe i upravo se ponovo okretala prema meni, kad je pokazala prema stazi koja vodi ka bazenu. – Eno ih, tamo. – Osmehnula se. – Fredi i ja je zovemo vojvotkinja, a njega general.

Zainteresovano sam ih pogledao dok su hodali stazom prema baru. Bili su verovatno mojih godina i u dobroj formi. Video sam odmah kako su zaradili nadimke. Ženina svetloplava kosa bila je vezana u veoma otmenu punđu i izgledala je kao da se sprema da obuče balsku haljinu za neku otmenu zabavu. Čak je imala viseće minđuše, koje su izgledale nekako neprikladno s obzirom na to da je bila gola. Njen muž je bio tridesetak centimetara viši od nje i nije hodao stazom; marširao je. Nisu bili potrebni savršeno potkresani brkovi da bih shvatio zašto mu je osoblje dodelilo vojni čin.

Da li su izgledali kao ubice? Ne, ali izgled može da zavara.

Upravo sam bio popio kafu kad se Fredi pojavila iz klupskih prostorija i odmah sam uzeo plastičnu kesu s čeličnom šipkom i ušao. Policajka je stajala kraj vrata s natpisom *Menadžer* i krenuo sam prema njoj, osećajući olakšanje što sam sad potpuno odeven. I pored toga, obrazi su joj se zarumeneli kad me je videla.

– Da li je inspektor sâm? Voleo bih da razgovaram s njim, ako je moguće.

– Poslednji razgovor je upravo završen, tako da možete da uđete, gospodine.

Otvorila mi je vrata, i Oskar i ja smo ušli. Inspektor Sartori je podigao glavu i pozvao me da priđem do stola za kojim je sedeo, i nisam gubio vreme. Prišao sam mu i spustio plastičnu kesu na ploču stola.

– Pronašao sam ovo u žbunju, dvadeset ili trideset metara od ograde, nedaleko od bazena. Imam osećaj da je to jedno od oružja ubistva. – Izvadio sam telefon i pokazao mu fotografije čelične šipke koja viri iz zemlje i njenu lokaciju.

Inspektor je otvorio kesu i zagledao se unutra, a i vodnik je prišao da pogleda. – Nema mrlja krvi koliko vidim, ali budemo li imali sreće, možda će biti otisaka ili ubičinog DNK.

Inspektor je dao kesu vodniku. – Rosi, odnesite ovo u laboratoriju što je pre moguće i pošaljite nekog do teretane da vidi da li im nedostaje jedna ili dve šipke. Ako je odgovor dve, organizujte potragu oko ograde u krugu od, recimo, pedeset ili šezdeset metara. – Vodnik je uzeo kesu i izašao, i čuo sam ga kako razgovara s policajkom ispred. Inspektor Sartori mi je, u međuvremenu, dao znak da sednem s jedne strane stola, ostavljajući dve stolice ispred sebe za ispitanike. Osmehnuo se kad mu je Oskar prišao da ga pomazi.

– Dobro obavljeno, glavni inspektore. – Mada smo razgovarali na italijanskom, namerno je rekao moju bivšu titulu na engleskom.

– Ko zna? Možda nam se posreći.

– Jeste li imali uspeha tokom razgovora sa osobljem? Da li je neko video ili čuo nešto?

Ponovio je ono što mi je Sofi rekla od tome kako nije sigurna ko je tačno sedeo blizu Grifitsa sinoć. Onda je počeo da mi priča kako nije uspeo da pronađe moguće motive za Bekovo ubistvo, iako nisu svi od osoblja imali čvrste alibije za vreme između devet uveče i ponoći... osim jednog para.

Bio sam siguran da znam na koga misli. – Rita iz teretane ili njen muž?

– Upravo tako, Rita i Dario Dolčedo. Odbila je da mi se poveri, ali video sam da nešto krije, i prilično je jasno na osnovu onog što su ostali rekli da su ona i prva žrtva bili bliski. Muž je izgledao zaprepašćeno kad sam pitao da li je njegova žena bila u nekakvoj vezi s Bekom i oštro je porekao to. Moram priznati da sam sklon da mu poverujem, ali trenutno nije poznato da li je to samo reakcija na njegovu neupućenost, ili se stvarno ništa nije događalo među njima. Bek je bio ovde prošle godine i možda je veza između njega i Rite – ako je postojala – počela tad. Pozvaću je ponovo nakon što razgovaram sa svim gostima. Ako ta čelična šipka *jeste* oružje ubistva, bila bi velika slučajnost da dolazi baš s njenog radnog mesta.

Klimnuo sam glavom, ali sam izrazio uzdržanost. – Da, ali možda je previše zgodno, osim ako nije baš glupa.

– Znam na šta mislite, ali prema mom iskustvu, nisu sve ubice zločinački geniji. Moguće je da je ona naš ubica. U svakom slučaju, što se mene tiče, trenutno sam sklon da isključim ostalo osoblje, uz izuzetak njenog muža, i sve više sam uveren da je ubica neko od gostiju.

Ponovo sam klimnuo glavom. – To je zaključak do koga sam i ja došao. Da li je neko od njih imao ideju ko bi mogao biti počinilac?

Pretpostavljam da neki od gostiju dolaze ovde godinama i dobro se poznaju, tako da bi možda vredelo obratiti pažnju na nove goste. Izgleda mi neverovatno da bi ubica bio dovoljno nepromišljen da ubije nekog na mestu gde ga dobro poznaju.

– I ja tako mislim. – Pogledao je svoju beležnicu. – Preko pedeset potencijalnih sumnjivaca, jedanaest različitih nacionalnosti. To će potrajati. Moji ljudi zovu policiju iz raznih zemalja, ali realno je da verovatno nećemo saznati mnogo pojedinosti do sutra. – Pogledao me je. – A problem je što je sutra petak i dvadeset gostiju u subotu odlazi. Uzeli smo im lične karte i pasoše i naredio sam da niko ne odlazi bez moje dozvole, ali bez nečeg konkretnog protiv njih, neću moći da ih zadržim duže od toga, tako da moram da rešim ovaj slučaj u naredna dvadeset četiri sata. – Kiselo mi se osmehnuo. – Dakle, nema pritiska...

Saosećao sam s njim i ponudio sam mu podršku. Minut kasnije, vodnik se vratio i počelo je ispitivanje. Proveli smo ostatak jutra sporo se probijajući kroz razgovor sa svakim gostom, postavljajući im ista pitanja. A ona su glasila:

Gde ste bili sinoć između devet i dvanaest i može li neko to da potvrdi?

Da li ste imali neki kontakt i sa jednom žrtvom?

Da li ste videli ili čuli nešto sumnjivo?

Imate li ikakvu pretpostavku ko je počinio oba ubistva?

Ti razgovori, iako kratki, trajali su do jedan i petnaest, i inspektor i ja smo bili gotovo promukli. Kad su se vrata konačno zatvorila za jednim nemačkim gospodinom iz Hamburga, crvenog lica – i pozadine – Sartori se zavalio u stolicu i protegao noge, i u tom trenutku se pojavila policajka sa zanimljivim vestima.

– Ženi iz teretane nedostaju dve čelične šipke, tako da smo tražili i pronašli smo drugu, gospodine. Bila je dvadesetak metara od ograde, u žbunju. Poslali smo je u laboratoriju na analizu.

– Hvala vam, Pelegrinova. – Policajka je otišla izgledajući zadovoljno. Uvek je dobro doneti dobre vesti.

Inspektor je zadovoljno progunđao. – Mislim da nema mnogo sumnje da je to oružje ubistva, i to još više ojačava pretpostavku da je oba ubistva počinila ista osoba. Sad samo treba da otkrijemo ko je to. – Pogledao je vodnika. – Na koga se vi kladite, Rosi?

Vodnik je pogledao beleške. – Tu su instruktorka i njen muž, ako je bio svestan onog što se navodno događalo između nje i prve žrtve, ali inače niko drugi od osoblja se ne ističe. A što se tiče gostiju, dvadeset šestoro ljudi ima solidne alibije, koje im nisu obezbedili samo partneri. Mnogo starijih Nemaca je igralo karte, a Francuzi su imali nekakvu zabavu. Od ostalih, mislim da manekenka i njena cimerka, Milerovi iz Nemačke, Čeh i Nemac koji putuju sami zaslužuju dodatnu istragu.

Inspektor se okrenuo ka meni. – Glavni inspektore?

– Samo me zovite Den. Svi me tako zovu. – Pogledao sam vodnika. – Isto važi za vas, vodniče. Saglasan sam s vašim izborom, gospodin Miler je izgledao vrlo nervozno zbog nečeg, i mislim da bih dodao dva engleska para. Konobarica Sofi je rekla da su Džeremi Smit i njegova devojka sedeli blizu kad je Oven Grifits rekao kako je to sigurno bilo ubistvo, a taj čovek mi izgleda vrlo drsko. Očigledno je da nešto prikrivaju, i voleo bih da znam šta je to. Ženska polovina tog para je zgodna žena, negde istih godina kao prva žrtva, tako da možda tu postoji neka priča. A što se tiče gospodina i gospođe Harkort, možda je to zbog toga što su obe žrtve Britanci, a i oni su Britanci, ali nešto u vezi s njima mi ne izgleda iskreno. – Pitao sam inspektora. – A šta je s vama? Imate li nekog da dodate na spisak?

Pogledao je svoje beleške. – Nisam uveren da su Mađari rekli celu istinu: Laslo i Marija Farkaš iz Budimpešte. Sigurno ih se sećate: tetovirana plavuša i muž građen kao Švarceneger? To čini četrnaestoro sumnjivaca, ali niko se posebno ne ističe. – Ustao je i pogledao u mene. – Jeste li gladni? Najmanje što mogu je da vas častim ručkom.

– Nema potrebe, uživao sam što sam se danas vratio policijskom poslu.

I jesam. Takođe sam iznenada shvatio da nisam razmišljao o Ani od jutros. Glavni razlog što se bivša žena razvela od mene bio je što je osećala da mi je naša veza uvek manje važna od posla. Da li će se prošlost ponoviti?

12.

Četvrtak popodne

Ručali smo u *Odmaralištu* i bilo je očekivano sjajno. Za predjelo sam se opredelio za meku buratu s hladnim pečenim plavim patlidžanima, prelivenu svežim pestom. Zatim sam naručio *vitello tonnato* i salatu. To jelo se sastojalo od tankih režnjeva hladne teletine, prelivenih kremastim sosom od majoneza, tunjevine i kapara, a salata je bila ukusna mešavina ajsberg salate i rukole, začinjena parmezanom i ekstradevičanskim maslinovim uljem. Bio sam prijatno iznenađen kad je Sofi donela polupunu bocu pigato vina, koje je ostalo od sinoć, i bilo je u frižideru. Dva policajca su izgledala zadovoljno kad su čuli da mi se sviđa njihovo lokalno belo, i inspektor je insistirao da naruči drugu bocu kad je prva ispijena.

Razgovarali smo tokom obroka, ne samo o ubistvima. Saznao sam da je inspektor – „zovite me Luka" – nedavno unapređen u inspektora, i video sam da je pun energije. Pitao sam ga da li je dobio neke vesti od patologa, i kazao mi je kako mu je obećala da će imati nešto do kraja popodneva. Takođe sam pitao ima li nekih izgleda da pogledam izveštaj o Bekovom ubistvu, i odmah je pristao. Nakon toga smo odlučili da odemo do njegove kancelarije u kvesturi, u četiri sata, da pregledamo sve zajedno, i napravimo spisak ljudi s kojima ćemo detaljno razgovarati ujutru. Nadao sam se da ćemo dotad možda imati izveštaj patologa i neke detaljnije informacije o drugim gostima iz stranih policijskih službi. U međuvremenu, obećao sam da ću pokušati da stupim u kontakt sa svojim „prijateljem" iz MI6 – nisam rekao njegovo ime – u nadi da će nam reći više o Beku, zvanično ili nezvanično.

Čekao sam dok nisam napustio kamp i našao se na brdu nasamo sa Oskarom, daleko od radoznalih ušiju, pre nego što sam pozvao Grejama Oldman-Dejvisa. Nakon deset godina, napola sam očekivao da broj više ne važi, ali na moje delimično iznenađenje, čuo sam da zvoni. Gotovo odmah se javio poznati glas.

– Inspektore Armstrong, kakvo prijatno iznenađenje. – Moje ime mora da se pojavilo na ekranu. Njegov patricijski naglasak bio je uglađen kao i uvek, ali znao sam da brzo može da postane hladan i proračunat. Uvek me je podsećao na mačku: otmen i smiren u jednom trenutku, spreman da ti iskopa oči u sledećem. Setio sam se kad sam ga prvi put video i pomislio sam kako mi je drago što smo na istoj strani.

– Dobar dan, gospodine Oldman-Dejvise, nadam se da vas nisam uznemirio.

– Uvek mi je zadovoljstvo da razgovaram s vama, inspektore. Nadam se da ste dobro.

– Da, hvala vam, isto važi za vas. – Odlučio sam da rizikujem. – Nadam se da vam je sin dobro.

– Vrlo dobro, hvala na pitanju. Vratio se na fakultet, diplomirao je i sad radi na Berzi. Vi ste zaslužni za mnogo toga, i uvek ću vam biti zahvalan.

U stvari, nisam uradio tako mnogo. Deset godina ranije, pozvali su me nadređeni, koje su pozvali ljudi iz vrha vlasti, zabrinuti jer su čuli da je sin važnog pripadnika službe bezbednosti viđen u lošem društvu i kako koristi gadne supstance. Zajedno sa svojim vodnikom, pronašao sam ga, udaljio iz tog neprijatnog brloga u kojem je živeo i vratio sam ga u okrilje porodice, ali ono najvažnije – uspeli smo to da uradimo diskretno bez znanja medija. Poslednje što sam čuo o njemu bilo je da je prebačen u neku kliniku za odvikavanje usred Hempšira. Nadao sam se da je živahan odgovor njegovog oca na pitanje ukazivao da se taj momak pribrao, i bilo mi je drago zbog njega, i zbog njegovog oca. Brzo sam pokušao da iskoristim tu veselost i rekao sam mu zašto ga zovem. Svestan da nisam na zaštićenoj liniji, pažljivo sam birao reči.

– Više ne radim u Londonu. Otišao sam u prevremenu penziju i sad živim u Italiji. Trenutno sam na Italijanskoj rivijeri i čuo sam za neku sumnjivu smrt. Možda grešim, ali izgleda da ste možda poznavali žrtvu. Možda ste već čuli. – Namerno nisam pomenuo MI6 ili špijunažu.

Odgovorio je odmah, znatno poslovnijim tonom. – Shvatam. Ovo je užasna telefonska linija, veoma nepouzdana. – Naglasio je poslednju reč i čak je i Oskar mogao da shvati mig da nije bezbedno otvoreno razgovarati o takvim pitanjima. – Kažite mi, gde se nalazite? – Rekao sam mu i on je izneo predlog. – Sasvim slučajno, nisam daleko od mesta na kojem se nalazite. Odseo sam kod jednog prijatelja, malo dalje od vas, u Francuskoj. Da li poznajete Menton?

– Nikad nisam bio tamo, ali znam gde je. – Menton je bio iza francuske granice, na Azurnoj obali, nedaleko od Monte Karla.

– Šta radite večeras?

– Nemam planove.

– Dobro, zašto ne biste svratili do mene? Znam za jedan sjajan restoran nedaleko od grada. Tako ćemo moći da razgovaramo bez ometanja.

– Ako ste sigurni da vas ne ometam, to bi bilo sjajno. Mnogo vam hvala.

Obećao je da će mi poslati ime restorana i uputstvo kako da stignem tamo i dogovorili smo se da se sastanemo tamo u osam. Dva minuta nakon što sam završio razgovor, dobio sam poruku od njega. Proverio sam taj restoran na internetu i video da je jedan od retkih na svetu koji se može pohvaliti s tri *Mišlenove* zvezdice za kvalitet hrane. Nema sumnje da će cene biti astronomske, ali to mi nije bio najveći problem. Bilo je sasvim jasno da jedini psi koji smeju da uđu na takvo mesto jesu psi vodiči, i čim sam se vratio u toranj, objasnio sam problem Leu – kazao sam mu da me je „stari prijatelj" pozvao na večeru, ne pomenuvši da to podrazumeva odlazak u Francusku. Uprkos mojoj neodređenosti, brzo je ponudio pomoć.

– Možete da ostavite Oskara kod mene. Biće mu dobro sa mnom, zar ne?

– Nakon jučerašnje gozbe, biće vam doživotni prijatelj. To bi bilo sjajno, hvala. Žao mi je što vas ovako zloupotrebljavam, ali to je tip koga sam poznavao dok sam bio u policiji i koji bi mogao da nam pomogne. – Bilo je to sve što sam želeo da mu kažem od pojedinosti i nije me dalje ispitivao.

U četiri sata, kako je dogovoreno, odvezao sam se do grada da se nađem sa inspektorom. Kvestura se nalazila u relativno savremenoj zgradi nekoliko ulica dalje od mora. Kad sam stigao do prijavnice i pitao za inspektora Sartorija, video sam kako policajac iza šaltera sumnjičavo gleda Oskara, ali trenutak kasnije stigao je vodnik Rosi i počeškao ga pre nego što nas je poveo na sprat. Kancelarija mog prijatelja inspektora Virđilija Pizana u Firenci imala je impresivan pogled na moćnu veliku tvrđavu iz šesnaestog veka, Forteca da baso, ali ni pogled Luke Sartorija nije bio loš – sigurno bolji od pogleda kroz moj prozor u Skotland jardu, pravo u susednu zgradu. Lukin prozor je gledao prema brdu na istočnoj strani doline, na čijem se vrhu nalazila bela crkvica s gotovo vizantijskom kupolom spram azurnoplavog neba.

Luka je sedeo iza stola prekrivenog dokumentima i taj prizor mi je izgledao poznato. Uzeo je jednu fasciklu kad sam ušao i pružio mi ju je.

Otvorio sam je i zatekao svega četiri lista papira i nekoliko fotografija tela i lokacije. Tu se nalazila vremenska skala sa aktivnostima preduzetim od poziva hitnim službama koji je upućen u 6.37 u nedelju ujutru sve do „Bez daljih aktivnosti" u 17.55 istog dana. Iz toga nisam saznao baš ništa novo. Nije bilo nikakve dodatne istrage o žrtvi, a jedini pokušaj da se obavesti rodbina bio je pozivanje broja telefona iz njegovog pasoša i poruka ostavljena na telefonskoj sekretarici. Zatvorio sam fasciklu i vratio sam je Luki.

– Kao što kažete, prilično mršavo. A šta je sa ovim sad? Da li je patolog poslala izveštaj?

Klimnuo je glavom. – Jeste, uradila je kompletnu autopsiju na oba tela i rezultati su zanimljivi. Sad je mogla da potvrdi ono što je rekla ranije, da su obe žrtve onesvešćene udarcem nekim zaobljenim predmetom – bez sumnje čeličnim šipkama iz teretane – i onda ubačene u bazen nakon udaranja glavom u kamenu ivicu, kako bi se stekao utisak nesreće, pre nego što su ostavljene da se utope. Oba muškarca su imala dosta alkohola u sebi i pronađena je još jedna prazna boca viskija u žbunju blizu poslednje žrtve. Saznala je nešto posebno zanimljivo kad je ispitala sadržaj želuca prve žrtve, Džozefa Beka. Među svim stvarima tamo, pronašla je komad slomljenog zuba. Taj komad je odgovarao jednom od žrtvinih prednjih zuba i sigurno ga je oštetio neko ko mu je davao alkohol na silu, verovatno nakon što ga je onesvestio. Bez sumnje imamo dva ubistva i gotovo sigurno istog počinioca.

– Da li je na toj boci viskija bilo nekih otisaka prstiju ili DNK?

Samo žrtvinih, baš kao u subotu uveče.

– Da li je ista marka kao prvi?

Klimnuo je glavom. – Ista: *džoni voker*, sa crvenom etiketom.

– Šta je sa otiscima ili DNK na oružju ubistva?

Odmahnuo je glavom. – Ništa. Obe šipke su obrisane.

To me je navelo da se zamislim. – Čime? Pod pretpostavkom da su ubica i žrtve bili goli, čime je obrisao oružje? Da, ubica je mogao da ga opere u bazenu, ali i dalje bi bilo otisaka na mestu gde ih je držao. Možda je nosio rukavice, ali ako je tako, šta je uradio s njima kasnije? S druge strane, ako je ubica poneo peškir ili neki komad odeće da bi obrisao oružje ubistva, šta se dogodilo s tim? – Izneo sam predlog. – Pretpostavljam da su ljudi pretražili sve kante za smeće u *Odmaralištu*, ali možda biste mogli da im kažete da potraže ne samo odbačene rukavice nego i možda komad okrvavljene tkanine ili odeće. Sve je moguće. – Setio sam se bazena i pokušao da razmislim ima li tamo nečeg pogodnog za brisanje oružja ubistva, i setio sam se nečeg. – Suncobran. Postoji crveni suncobran pored bazena, tamo gde sedi spasilac. Verovatno je zatvoren noću i materijal labavo visi. Možda vaši ljudi, ako to provere, pronađu tragove žrtvine krvi ili, budemo li stvarno srećni, ubičin DNK.

Luka je odmah naredio Rosiju da se baci na to i da razgovara s policajcima koji su pregledali kante za smeće. Vodnik je izašao, a inspektor je uzeo drugu fasciklu.

– Postepeno dobijamo podatke o ljudima u *Odmaralištu*, ali treba vremena da se jave različite policije iz različitih zemalja. Ništa što smo dosad dobili ne privlači posebnu pažnju, mada nam se još nisu javili iz Nemačke, a nažalost, većina gostiju su Nemci. Nijedan od onih za koje smo dobili podatke nema krivični dosije niti je osuđivan, osim nekoliko kazni za prebrzu vožnju.

Uzeo sam dokumente od njega i počeo od prve žrtve, ali nisam ništa saznao o Džozefu Beku što već nisam video u kopiji njegovog pasoša. Bez sumnje je da je osoba iz Londona, koja je odgovorila na upit italijanske policije naišla na istu neprobojnu barijeru koja je sprečila Pola da pristupi dosijeu. Nadao sam se da ću možda uspeti da probijem tu barijeru kad budem večerao s „Bogom" ove večeri.

Izveštaj o Ovenu Grifitsu bio je malo sadržajniji ali nije rekao ništa novo. Rođen je u bogatoj porodici povezanoj s čeličanama u Južnom Velsu i bio je bogataš bez mnogo obaveza. Nikad se nije ženio, nije bio osuđivan, nije bilo mnogo podataka o njemu. Pogledao sam Luku.

– Jeste li uzeli pasoše obe žrtve? Smem li da ih pogledam?

Izvadio ih je iz jedne fioke i prelistao sam ih. Oni su bili malo korisniji. Oven Grifits je izgleda bio veliki putnik i njegov pasoš je bio prepun viza i ulaznih i izlaznih pečata za zemlje toliko udaljene jedna od druge kao što su Peru i Japan. Međutim, koliko sam video, nikad nije bio u potencijalno zanimljivim zemljama kao što su Rusija, Iran ili Severna Koreja, i vratio sam njegov pasoš i zagledao se u Bekov. On je bio sušta suprotnost. Izdat je svega tri meseca ranije i nije imao nijedan pečat ni na jednoj stranici, osim ulaska u EU na aerodromu u Nici, jedanaestog maja. Pregledao sam sve stranice ali nisam ništa pronašao. Na kraju sam vratio pasoš Luki.

– Sigurno ne vidim ništa što povezuje dve žrtve i sve više sam uveren da je Grifits ubijen zbog nečeg što je video, ili nečeg što je tvrdio da je video.

Luka je klimnuo glavom. – I ja mislim tako. – Nemoćno je uzdahnuo. – Samo se nadam da ćemo, kad dobijemo ostale informacije o gostima u Odmaralištu saznati nešto, inače ne znam šta da radim.

– Možda ću ja saznati nešto večeras. – Ispričao sam mu da se sastajem s „prijateljem iz bezbednosnih službi u Velikoj Britaniji" večeras, nedaleko od francuske granice. – Ne znam da li će moći da mi kaže išta zanimljivo, ali vredi pokušati.

13.

Četvrtak uveče

Krenuo sam u pola sedam i stigao sam u restoran znatno ranije. Magistralni put je jednostavno prešao u Francusku, kroz kratak tunel, a saobraćaj nije bio previše gust. Hotel/restoran se nalazio u veličanstvenoj vili visoko na stenovitoj litici iznad Mentona, a pogled s parkinga iznad tog primorskog grada, doma bogatih i slavnih, bio je spektakularan, s tamnoplavim Sredozemnim morem istačkanim ljubičastim dok je sunce zalazilo. Provezao sam se pored niza ferarija, lamborginija i drugih superautomobila pre nego što sam pronašao manje upadljivo parking mesto između jednog pežo kombija sa imenom hotela na boku i srebrnog sportskog mercedesa. Tu sam makar bio zaklonjen od pogleda. Imao sam osećaj da bi uprava verovatno bila nezadovoljna da ugleda moj deset godina star kombi sav izgreban i ulubljen.

Sa stanovišta bezbednosti, ovo mesto je bilo idealno, sa samo jednim putem koji vodi do njega, uz niz serpentina. Tu će biti malo prilika za oportunističkog lopova ili nekog sa zlokobnijim namerama da lako pobegne pre nego što policija blokira put ispod. Nisam sumnjao da je „Bog", u obliku gospodina Oldman-Dejvisa, namerno odabrao sastanak na ovako bezbednom mestu. Ali naravno, to mu je bilo u opisu posla.

Izašao sam iz kombija, trudeći se da ne očešem mercedes kraj sebe, primećujući da je staklo na bočnom retrovizoru gadno napuklo – i znao sam koliko je popravka skupa. Nadao sam se da vozač neće pokušati da okrivi mene za to. Protegao sam se i otišao do ivice parkinga, odakle sam mogao da gledam niza strmo brdo prema gradu i moru. Pogled je bio divan i napravio sam fotografiju i poslao sam je Ani, uz kratku poruku.

Mislim na tebe i radujem se što ćemo krajem meseca doći ovamo. x

Da li će tad i dalje razgovarati sa mnom, tek je trebalo da se vidi. Čekao sam do pet do osam i onda sam ušao. Istуширao sam se i obukao čistu košulju i duge pantalone pre nego što sam krenuo, jer sam pretpostavio da bi ovo moglo biti mesto gde muškarci nose smokinge, a žene večernje haljine, ukrašene draguljima. Moj prvi utisak kao da je potvrdio to; čak je i vratar bio bolje odeven od mene. Zato sam osetio veliko olakšanje kad sam ušao u raskošan bar u kome je većina drugih gostiju bila odevena opušteno. Kad kažem opušteno, ne mislim jeftino. Iako ne poznajem visoku modu – na šta mi je Fredi već ukazala – video sam da ljudi oko mene ne kupuju odeću u supermarketu.

Dok sam stajao na vratima, gledajući po diskretno luksuznom okruženju, jedna figura se tiho stvorila kraj mene. Okrenuo sam se i video da je to vitak muškarac kratko ošišane, plave kose, odeven u tamnoplav blejzer i besprekorno ispeglane svetlosive pantalone. Učtivo mi je klimnuo glavom i progovorio dovoljno glasno da ga čujem. – Šef vas čeka unutra. – Naglasak mu je sigurno bio engleski, ali gotovo neutralan, teško odrediv.

Ne čekajući na moj odgovor, krenuo je prema staklenim vratima na suprotnom kraju prostorije i poslušno sam krenuo za njim. Video sam dovoljno špijuna u svoje vreme da bih prepoznao jednog kad ga vidim. Pitao sam se ko su bili ti „prijatelji" s kojima je moj domaćin navodno bio. Sigurno, ako je poveo podršku, ovo verovatno nije ono što bi većina ljudi opisala kao odmor. Ipak, to je bila njegova stvar i, bez sumnje, stvar britanske vlade, i sigurno neću ništa pitati o tome.

Staklena vrata su se otvorila na veličanstvenu terasu s panoramskim pogledom na obalu prema Italiji. Stolovi su bili postavljeni, diskretno udaljeni jedan od drugog i razdvojeni velikim, keramičkim urnama prepunim cveća, a sve to je bilo zaklonjeno od sunca nadstrešnicom od kovanoga gvožđa ukrašenom veličanstvenim ljubičastim bugenvilijama. Pratio sam čoveka u blejzeru pored niza stolova, a za jednom od njih sam prepoznao čuvenog vozača Formule jedan, kako večera s dve neverovatno lepe žene. Na kraju smo stigli do stola na suprotnom kraju terase i tamo sam video poznato lice Grejama Oldman-Dejvisa. Kosa mu je malo posedela na slepoočnicama – a ko sam ja da mu to kažem – ali inače je izgledao isto. Kad me je zapazio, ustao je i pružio ruku,

– Inspektore Armstrong, izvinite, *glavni* inspektore Armstrong, drago mi je što vas ponovo vidim. – Pogledao je mog pratioca, koji se udaljio bez reči. „Bog“ je sedeo sâm za stolom postavljenim za dvoje. Tu je bila boca šampanjca koja je virila iz kible na stočiću pored i kad smo seli, uniformisani konobar se pojavio niotkud, otvorio bocu uz najtiše šištanje i sipao šampanjac u dve čaše, pre nego što je ponovo nestao. „Bog“ je podigao čašu i nazdravio mi je. – Živeli, gospodine Armstrong.

– Živeli, i hvala vam što ste pristali da se tako brzo sastanete sa mnom.

– Kao što sam rekao, drago mi je što vas ponovo vidim. Čujem da sad imate svoju istražiteljsku agenciju u Firenci. – Očigledno se raspitao. – To je divan grad, zar ne? Zavidim vam što živite tamo.

Razgovarali smo o nebitnim pojedinostima života u Toskani, pre nego što je spustio čašu i nagnuo se napred, oslonjen na laktove.

– Pretpostavljam da ste došli da razgovaramo o Beku.

– Tako je. Verovatno ste čuli da je mrtav, ali možda niste čuli da je ubijen.

Lice mu ništa nije odavalo, ali i pored toga sam stekao utisak da ga to nije iznenadilo i zapitao sam se kako je to čuo. Samo je klimnuo glavom, pa sam nastavio. – Udaren je u glavu tupim predmetom između deset uveče i ponoći prošle subote, a njegovo telo je onda ubačeno u bazen naturističkog odmarališta nedaleko od Alasija. Neko je pokušao da to izgleda kao nesreća, ali patolog je potvrdio da je to ubistvo. Razlog zbog koga sam vam se obratio za pomoć je to što želim da otkrijem ko ga je ubio i zašto.

Uzeo je veliki gutljaj šampanjca i video sam da ga mućka po ustima dok smišlja odgovor. Na kraju ga je progutao i pogledao pre-ko stola, pravo u mene. Imao je hladne, oštre, svetloplave oči, i ose-tio sam kako me prodorno gledaju.

– Smem li da vas pitam kako ste se uključili u taj slučaj? Sigurno je to stvar policije.

Objasnio sam kako me je pozvala jedna žena koju sam ranije smestio u zatvor, a čiji je otac vlasnik kampa u kojem je izvršeno ubistvo. Rekao sam mu kako sam unajmljen da ga istražim i sad sam pomagao lokalnoj policiji. Nisam se iznenadio kad je postavio isto pitanje kao i ja.

– Ko je taj čovek i ko je ta žena koja tvrdi da mu je ćerka? Zašto je bio toliko uveren da je to ubistvo, kad policija nije bila?

– To je vrlo dobro pitanje. Taj čovek je Amerikanac italijanskog porekla, Leonardo Leo Moreti, a njegova ćerka se zove Bjanka. Od-govor koji mi je dao bio je da mu je ubijeni tip bio simpatičan. Ne-mam razloga da verujem da je imao ikakve veze sa ubistvom, ali nešto mi govori da on i ćerka znaju više nego što priznaju.

Video sam ga kako razmišlja o mojim rečima i morao sam da čekam gotovo minut pre nego što je progovorio. – Gospodine Arm-strong, verujem vam i imam dobar razlog da vam budem zahvalan. Ono što ću vam reći je samo za vaše uši, a čak i italijanskoj policiji treba reći što je manje moguće. Da li je to jasno?

– Dajem vam reč.

– Džozef Bek je rođen kao Jozef Bek. – Izgovorio je Bekovo ime na nemački način. – Rođen je u Kemnicu, u Nemačkoj, 1977. Da li vam je poznat taj grad? – Odmahnuo sam glavom i objasnio je. – Grad je u Saksoniji, u istočnom delu Nemačke i na kraju Drugog svetskog rata pao je u sovjetske ruke i postao je deo DRN-a, Istočne Nemačke. Godine 1953, vlasti DRN-a su preimenovale grad u Karl-marksštat, i zadržao je to ime do pada Berlinskog zida 1989. i pada Sovjetskog Saveza 1991, nakon čega mu je vraćeno prvobitno ime. Drugim rečima, Bek je rođen u gradu pod sovjetskom kontrolom, i prošao je strogu obuku istočnonemačke tajne policije, Štazija. Mo-žda ste čuli za njih. – Zaćutao je i popio gutljaj šampanjca. – Izvinite ako ste već znali ovo, ali prošlost je važna, uveravam vas.

Čuo sam to zloglasno ime, Štazi, ali ostalo mi je bilo novo. – Opčinjen sam. Molim vas, nastavite.

– Bekov otac, Hajnrih, bio je novinar i slobodni mislilac i, kao takav, bio je trn u oku vlasti. Hapšen je i zatvaran više puta pre nego što je, konačno, Štazi izgubio strpljenje s njim, pokupili su ga na ulici i tako gadno prebili da je umro pre nego što je stigao u bolnicu. To je bilo 1987, kad je Jozef imao svega deset godina. Majka je videla šta im se sprema i znala je da ona i njen sin moraju brzo da odu odatle. Pomoću raznih sredstava – neka od njih su obezbedili naši prijatelji, a podaci o tome su poverljivi – uspela je da pronađe slabu tačku na granici između Istočne i Zapadne Nemačke. Ona i dečak su pokušali da pobegnu poznatom rutom, ali gotovo odmah su ih osvetlili reflektori i graničari su otvorili vatru, pogađajući ih oboje. Majka je umrla na mestu, ali dečak je nekako, uprkos ozbiljnoj rani na stomaku, uspeo da otpuzi ispod žice i pokupile su ga moje kolege i odvele u bolnicu, više mrtvog nego živog. Izgledalo je da su vlasti bile obaveštene o pokušaju bekstva i da su ih čekale.

Klimnuo sam glavom, i dalje opčinjen. To je, naravno, objašnjavalo ožiljak na Bekovom stomaku. Slušao sam, očarano, dok je moj sagovornik nastavljao.

– Mladi Jozef je dugo bio u bolnici u Zapadnoj Nemačkoj, i onda su ga doveli u Veliku Britaniju, gde je smešten u hraniteljsku porodicu: dobri ljudi koji su brzo prepoznali njegov potencijal. Naučio je engleski s lakoćom, bio je sjajan u školi i dobio je britansko državljanstvo sa osamnaest godina. Pokazao je redak dar za jezike i dobio je stipendiju za studije savremenih jezika na Baliolu. Dok je bio tamo, vrbovali smo ga da radi za nas. Postao je jedan od naših najboljih agenata i mnogo će nam nedostajati. – Pogledao je preko mog ramena i klimnuo glavom nekom u pozadini. – Sad, pre nego što nastavimo, možda bi trebalo da naručimo večeru. Ako ste svaštojed, srdačno vam preporučujem *menu gastronomique*. Možda uz bocu mersoa? Kako vam to zvuči?

– To mi zvuči savršeno, hvala. – Sačekao sam dok nije klimnuo glavom nekom ko je stajao u senci iza mene, i to je izgleda bilo dovoljno. Kad mi je ponovo posvetio pažnju, postavio sam očigledno pitanje. – Možete li mi reći, molim vas, mislite li da je ubistvo povezano s njegovim poslom ili je posredi nešto lično? Izgleda da je bio pomalo ženskaroš, tako da uvek postoji mogućnost da je motiv bila ljubomora.

Osmehnuo se. – *Pomalo* ženskaroš? Da li je Albert Ajnštajn bio *pomalo* naučnik? Da li je Aristotel bio *pomalo* filozof? Bek je bio nezasit. Njegova karijera bila je prepuna žena slomljenog srca i muževa rogonja. Svako od njih je to mogao da učini.

– Kažete da mislite kako je to bio zločin iz strasti?

– Samo kažem da postoji ta mogućnost. – Usledila je napeta pauza pre nego što je nastavio. – Postoje i druge mogućnosti, međutim. Čitavog života, od dolaska u Veliku Britaniju, Bek je imao jednu ideju u glavi, a to je bilo da pronađe onoga ko je izdao njegovu majku i njega vlastima i dojavio graničarima kad će on i ona pokušati da prebegnu. Čuo sam od svojih izvora da je u tom naturističkom kampu bilo mnogo Nemaca. Pitam se da li je otišao tamo namerno, tražeći nekog koga je sumnjičio, i ta osoba je, ili neki pomagač, odlučila da ga ubije umesto da rizikuje otkrivanje.

Morao sam da se zapitam ko bi mogli biti njegovi „izvori" koji znaju toliko o *Odmaralištu*, ali zasad sam ignorisao to. Nemačka veza je bila zanimljiva i sigurno nov pravac istrage. Da li je moguće da je Bekovo ubistvo izazvano događajima od pre trideset godina? To je, naravno, ostavljalo malo motiva za drugo ubistvo, osim ako, kao što sam mislio, to nije urađeno da bi se eliminisao potencijalni svedok prvog ubistva. Naravno, koliko sam mogao da vidim, Oven Grifits nije bio povezan s britanskim obaveštajcima.

Ili jeste? Napokon, nesimpatični gotovo šezdesetogodišnjak koji putuje svetom kao turista, verovatno je prilično dobra maska. Čim sam pomislio to, palo mi je na pamet da sam ja gotovo šezdesetogodišnjak i da se i dalje bavim detektivskim poslom, tako da je možda ta stvar s turizmom stvarno bila maska za Grifitsa, špijuna. Nisam mogao da pitam „Boga" za to, jer su nam tad doneli predjelo.

To je bio zadatak za dva konobara. Spustili su po poslužavnik pred svakog od nas, prekriven blistavom, srebrnom kupolom, a onda, savršeno usklađenim pokretima, oba poklopca su teatralno podignuta i jedan od konobara je ozbiljno rekao: *Araignée de mer avec asperges vertes truffées*, pre nego što se vratio u senku.

Začudo, moj francuski od pre mnogo godina omogućio mi je da prevedem prilično dobro naziv, iako na početku nisam mogao da se setim šta su *morski paukovi*. Srećom, moj sagovornik je više bio upoznat s francuskom hranom nego ja.

– Sjajno, volim velike rakovice. A špargle su mi uvek bile omiljene.

Jeo sam velike rakovice pre mnogo godina, kad sam bio u Grčkoj, na godišnjem odmoru s bivšom ženom, i sećam se kako sam potrošio sat vremena koristeći razne alatke, od čekića do metalne igle da bih razbio dugačke, tanke noge i izvadio ono malo mesa koje se u njima nalazi. To je bilo ukusno ali iscrpljujuće. Večeras je glavni kuvar već obavio teži deo posla umesto nas i dobio sam tanjir s dve savršeno simetrične, okrugle gomilice, veličine zemičke, od kojih je jedna bila žućkasta a druga jarkozelena. Malo nekog smeđeg sosa – ne onog koji se nalazi u boci u jeftinim restoranima – dopunjavalo je izgled tog jela, koje je bilo mnogo prefinjenije od mog napora da ga opišem.

Mislim da je to posledica mog plebejskog porekla, ali nikad nisam bio oduševljen fensi hranom, ali uzdržao sam se i krenuo da jedem rakovo meso i špargle i moram priznati da je ta mešavina bila veoma ukusna. Možda je ipak bilo nečeg zanimljivog u toj otmenoj hrani. Po ko zna koji put te večeri, ponadao sam se da neću dobiti račun na kraju obroka. Verovatno bih morao da upotrebim svaki cent od sveže odštampanih evra kojima mi je Bjanka Moreti platila.

Nekoliko puta sam oprezno pokušao da skrenem razgovor na temu dvostrukog ubistva, ali brzo sam stekao utisak da je moj sagovornik bio protiv mešanja posla i zadovoljstva, i uskoro sam odustao. Uprkos mojim možda potpuno neosnovanim predrasudama, obrok je bio ukusan. Nakon izvrsnog predjela usledilo je glavno jelo od karamelizovanih pačjih prsa s potočarkom i prilogom od zelene kruške. Nakon nekoliko komada sira sa ogromnog tanjira na kojem se nalazilo tridesetak vrsta, koji se nalazio na nečem nalik velikim kolicima za kupovinu, završili smo obrok palačinkama punjenim sosom od madagaskarske vanile i najneverovatnijih hrskavih kockica grejpfruta.

Na kraju, dok smo sedeli i ispijali *lavaca* kafu – jedini znak da je Italija bila desetak kilometara dalje – uspeo sam da vratim sagovornika na glavnu temu.

– Da li vam ime Oven Grifits nešto znači? Velšanin, star oko pedeset pet godina.

Odmahnuo je glavom. – Ne, da li bi trebalo?

– Ne obavezno. Samo, došlo je do drugog ubistva u kampu i pokušavam da pronađem vezu između njih dvojice.

– Bojim se da ne mogu da vam pomognem. Sigurno nije bio jedan od naših. Možda je ubijen jer je video nešto u subotu uveče.

– To sam i ja počeo da mislim. Ako sam vas dobro razumeo, mislite da možda postoji više mogućih motiva za Bekovo ubistvo. Zasad, imamo ili ljubomoru koja uključuje neku ženu ili neku vezu s događajima iz 1987. Pomenuli ste *veći broj* mogućih scenarija. Da li bi moglo da bude još nešto? Smem li da vas pitam čime se bavio u poslednje vreme? – Brzo sam dodao: – Znam da mi ne možete otkriti pojedinosti, ali da li biste mi mogli reći svoje mišljenje o tome je li bio uključen u nešto posebno osetljivo zbog čega je neko poslat da ga ukloni?

Pre nego što je odgovorio, podigao je prst i, tek tako, konobar se pojavio kraj stola. – Moram da priznam, pije mi se neki dobar brendi. Hoćete li mi se pridružiti?

Odmahnuo sam glavom. – Hvala vam ali, koliko god to želeo, moram kasnije da vozim i bolje je da ne pijem, ali ne dozvolite da to vas spreči.

Čuo sam ga kako naručuje dvadeset godina star *napoleon* i konobar je nestao tiho kako je i došao. Tek tad je domaćin odgovorio na moje pitanje. – Sasvim ste u pravu, to je drugi mogući motiv. Kao što ste rekli, ne mogu da vam kažem pojedinosti, ali mogu da vam kažem da je Bek blisko sarađivao s našim američkim rođacima na složenoj operaciji u vezi s narko-kartelom vrednim više milijardi dolara, koji deluje širom Evrope i u Sjedinjenim Državama. Nažalost, to je sve što mogu da vam kažem. Naravno, to podrazumeva neke vrlo gadne ljude koji imaju velike uloge u tome, i ne bi prezali da pošalju plaćenog ubicu za njim, ali koliko znamo, njegov identitet nije bio otkriven, tako da je to malo verovatno. Nadam se da vam to pomaže, ali da sam čovek koji voli da se kladi – a volim – rekao bih da je, kako kažu u Francuskoj, najbolje da *cherchez la femme.*

14.

Petak ujutro

Oskar me je probudio u sedam, gurajući me njuškom, i ustao sam i sišao u prizemlje s njim, da ga odvedem u jutarnju šetnju. U dnevnoj sobi sam zatekao Lea kako radi nešto na laptopu i zapitao sam se da li je uopšte spavao. Kad sam se vratio u toranj sinoć, gotovo u ponoć, i dalje je bio budan i zatekao sam ga kasnije kako sedi i gleda televiziju, kad sam se vratio sa Oskarom iz noćne šetnje. Nisam mu rekao gde sam bio niti sam mu otkrio identitet osobe s kojom sam večerao, a on je bio vrlo oprezan, pitao me je samo kako je protekao sastanak. Odgovarajući mu, rekao sam da mi sve više izgleda kako je prvo ubistvo izvršila ili neka prezrena žena ili ljubomorni partner. Nisam pomenuo Nemce niti dilere droge. Što se tiče ubistva Ovena Grifitsa, rekao sam Leu da je najverovatnije to bio pokušaj da se ukloni potencijalni svedok prvog ubistva.

Leo je izgledao zainteresovanije za to šta sam jeo i zadovoljno je klimnuo glavom kad sam mu preneo spisak jela. Primetio sam da labrador kraj mojih nogu upija svaku moju reč. Kao što je već utvrđeno, kad govorimo o hrani, Oskarovo razumevanje je bez premca. Kad me je Leo pitao za ime restorana, odlučio sam da ga obmanem i kazao sam mu da je to bio neki francuski restoran u San Remu i da ću pronaći ime i reći mu, ali nisam nameravao to da uradim. Na kraju sinoćnjeg obroka nije donet račun i „Bog" je odbio moju ponudu da platim pola... na moje olakšanje. Bio sam sve više uveren da bi to moglo da znači kako je gost tu sa svojim telohraniteljem i možda drugim pripadnicima službi bezbednosti, i bilo je pametnije ne otkrivati njihovu lokaciju nikom, čak ni Leu. I dalje nisam zaboravio utisak da je Bjanka znala više nego što mi je rekla kad je došla u moju kancelariju i, shodno tome, to je bacalo senku i na njenog oca, čiji su odgovori na moja pitanja bili nedovoljno uverljivi. U mutnom svetu obaveštajaca, diskrecija je uvek najbolja politika.

Kad sam otišao do *Odmarališta* tog petka ujutro, policija je već bila tamo. Preneo sam inspektoru Sartoriju malo detaljniju verziju sinoćnjeg sastanka – i dalje bez pominjanja imena mog domaćina – mada sam održao obećanja da neću otkrivati više od osnovnih pojedinosti našeg razgovora. – Moj izvor je potvrdio da je Bek stvarno radio za MI6, britansku obaveštajnu službu, i postoji mogućnost da je to povezano sa izvesnim događajima iz Istočne Nemačke od pre trideset pet godina. S druge strane, rekao mi je da je Bek nedavno bio uključen u veliku istragu dilera droge, tako da je to možda bilo plaćeno ubistvo, ali on misli, znajući kakav je čovek bio Bek, kako su veći izgledi da je to bio zločin iz strasti.

Luka mi se zahvalio i izneo mi svoje planove za danas. Rekao mi je kako je dobio informacije od nemačkih vlasti o Nemcima koji trenutno borave u *Odmaralištu* i brz pregled nije otkrio ništa što bi, po njegovom mišljenju, dodalo nove sumnjivce na naš spisak. Shodno tome, nameravao je da ponovo razgovara tokom jutra sa onima koji su izgledali potencijalno sumnjivo, u nadi da će, uz dodatni pritisak, moći da izvuče više informacija od jednog ili više njih. Dok se to bude događalo, organizovaće pretres smeštaja svakog od njih i uzeće im otiske prstiju i uzorke DNK. Zamolio me je da prisustvujem ispitivanjima i pomognem mu oko prevođenja, kao i da postavim sopstvena pitanja ako želim. Rado sam pristao i pitao sam ga smem li prvo da pogledam izveštaje iz Nemačke.

Kad je otišao do bazena da bi razgovarao s vodnikom Rosijem, seo sam za jedan sto i otvorio fasciklu iz Nemačke. Srećom, sve je bilo napisano na engleskom i, mada nije bilo mnogo pojedinosti, dobio sam prilično dobru sliku o svakom od gostiju. Kao što je Luka rekao, nije bilo nikog sa značajnim krivičnim dosijeom. Prisetivši se šta je moj sinoćni sagovornik rekao o nemačkoj vezi, proverio sam da li se negde pominje Kemnic ili Karlmarksštat, ali nisam ništa pronašao. Posebno sam obratio pažnju na tri Nemca s kojima je trebalo da razgovaramo po drugi put tog jutra.

Hans i Petra Miler bili su iz Frankfurta, gde je on radio kao veterinar, a ona kao njegova asistentkinja. Bili su u braku četrnaest godina, nisu imali dece, i izgledali su kao idealan par. Oboje su imali preko četrdeset pet godina i oboje su juče izgledali kao da su u dobroj formi, ali sećam se i da su oboje izgledali neočekivano uznemireno. Mužu su se na čelu pojavljivale graške znoja koje su tekle niz obraze i stalno je brisao lice dlanovima. Još jedna mana naturizma je što nemate gde da držite papirne maramice. Pitao sam šta je, osim nedostatka papirnih maramica, toliko zabrinulo taj par. Nečista savest, možda?

Drugi Nemac koji je pozvan na drugi razgovor bio je Klaus Šinken. Prema izveštaju, rođen je u nekom malom gradu nedaleko od Drezdena... koji je nekad bio deo DRN-a. Imao je šezdeset pet godina i bio je trgovac. Tokom prvog ispitivanja izgledao je relativno opušteno i stekao sam utisak da ga inspektor ispituje samo zato što je putovao sam. Što se tiče veze sa Džozefom ili Jozefom Bekom, godine 1987. Šinken je imao tridesetak godina, tako da je možda bio policajac ili graničar. Činjenica da nije pomenuto kako je radio u policiji ili državnoj službi, navela me je da pomislim kako su izgledi da je bio umešan u taj tragični pokušaj bekstva bili vrlo mali, ali ipak sam odlučio da ga proverim.

Kad su se Luka i vodnik vratili, doneli su vesti.

– Bravo, Dene. Naravno, kad su moji ljudi osvetlili suncobran ultraljubičastim svetlom, brzo su pronašli krvave mrlje. Poslao sam ceo suncobran u laboratoriju, u nadi da će pronaći DNK počinioca. Čim dobijemo uzorke od svih ljudi s kojima ponovo razgovaramo ovog jutra, možemo pokušati da ih uporedimo. Treba se nadati.

Bio sam oduševljen, ali odlučio sam da ostanem uzdržan. – Problem je što nema otisaka ni na jednoj čeličnoj šipki, tako da je počinilac ili nosio rukavice ili je pronašao neki drugi način da drži oružje ubistva i prebaci ga preko ograde. – Nešto mi je palo na pamet. – Možda je dobra ideja da kažete svojim ljudima da pretraže sobe svih sumnjivaca i provere svaki komad odeće i svaki peškir ultraljubičastim svetlom, za slučaj da je ubica poneo nešto sa sobom čime je držao oružje. Sećam se jednog slučaja gde je ubica upotrebio čarapu da prekrije dršku čekića kad je ubijao žrtvu, a onda je bacio čekić u Temzu, a zadržao čarapu. Sasvim glupo ju je ponovo obuo, i kad smo ga uhvatili kasnije te noći, tragovi krvi na čarapi su ga inkriminisali.

Luka je dao znak vodniku Rosiju, koji je otišao da prenese uputstva. Vratio sam Luki nemački dosije i pitao ga za ostale sumnjivce ovog jutra. – Jeste li dobili neke informacije od mađarskih ili čeških vlasti, ili možda iz Velike Britanije?

– Da, da, i začudo ne. Obično su vaši zemljaci vrlo brzi kad odgovaraju na zahteve za informacije.

– To *jeste* čudno. Možda postoji neki problem. Smem li da vidim izveštaje iz Mađarske i Češke?

Luka mi je dodao dva papira i pogledao sam ih. Čeh, Adam Novotni, rođen u Karlovim Varima na zapadu Češke Republike imao je četrdeset dve godine, a kad smo ga ispitivali juče izgledao nam je pomalo neobično. To nije obavezno značilo kako mislimo da je ubica, ali ponašanje mu je bilo sumnjivo i povremeno smo primećivali na njegovom licu nešto što je ličilo na krivicu. S druge strane, možda je samo imao probleme s varenjem ili prirodnu zabrinutost što ga ispituju u vezi sa ubistvom. U koloni „zanimanje“, pisalo je samo „državni službenik“. To je moglo da bude bilo šta, od poštara do plaćenog ubice, tako da smo morali da otkrijemo šta tačno radi.

Mađarski par, Laslo i Marija Farkaš, imali su oko trideset pet godina i bili su sedam godina u braku. Za njega je pisalo da je fitnes trener, za nju da je službenica. Ponovo, morali smo da saznamo više o njima, mada je, na osnovu njegovog izgleda, koji je inspektora podsetio na Arnolda Švarcenegera, izgledalo logično da radi kao fitnes trener.

Spisak potencijalnih sumnjivaca počinjao je s dva engleska para, i inspektor je vrlo razumno odlučio da razgovara sa svakom osobom pojedinačno. Džeremi Smit je pozvan prvi i stigao je izgledajući malo manje izgorelo od sunca nego juče, ali i dalje više ružičast nego preplanulo. Stekao sam utisak da ne boravi često napolju. Sad kad sam ga video u opuštenijoj atmosferi nego tokom jučerašnjih maratonskih preliminarnih ispitivanja, bilo je nečeg poznatog u vezi s njim. Ne radi se o tome da sam ga upoznao ranije, ali pripadao je tipu ljudi koji sam video više puta tokom policijske karijere. Pridev koji mi je prvi pao na pamet bio je „mutan". Nije izgledao nimalo zbunjen činjenicom da je pozvan na drugi razgovor u istrazi ubistva i seo je naspram nas s naznakom drskog osmeha na licu. Nekako sam znao da mu ovo nije prvi razgovor s policijom.

Kad ga je inspektor pitao čime se bavi, odgovorio je neodređeno.

– Menadžer.

– Čega?

– Jednog kluba. – Očigledno, neće biti lako dobiti informacije od njega.

– Kakav je to klub?

– Klub kao klub, znate, mesto gde ljudi piju i sastaju se s prijateljima. – Zvučao je podrugljivo.

Ta definicija mogla je da se primeni na širok spektar lokala od konzervativnog mesnog kluba do najraskalašnijeg striptiz-kluba. Kad je dao adresu u jugoistočnom delu Londona, gde sam proveo početak karijere, zahtevao sam da bude precizniji, i kad mi je nevoljno dao ime i adresu kluba, prepoznao sam ga odmah.

– *Zeleni papagaj?* Mislio sam da je to mesto zatvoreno pre mnogo godina.

Prvi put je izgledao pomalo zabrinuto. – Znate za taj klub?

– Znao sam dok ga nismo zatvorili zbog višestrukih prekršaja povezanih s točenjem pića i prodajom droge. Da li to znači da ste ga ponovo otvorili?

– Kad kažete „mi" smo ga zatvorili, ko ste to vi? Jeste li i vi policajac? – Zvučao je manje sigurno u sebe i odlučio sam da bi nedužna laž mogla da mi pomogne.

– Da, ja sam iz Odeljenja za ubistva londonske policije. – Videvši da je to postiglo željeni utisak i izbrisalo mu osmeh s lica, nastavio sam. – Vrlo ozbiljno shvatamo ova ubistva. – Ako je mogao iz toga da zaključi kako sam poslat iz Londona da pomognem, to bi moglo da mu razveže jezik.

Inspektor Sartori mi je potajno namignuo i ponovo nastavio ispitivanje. – Molim vas, recite mi kako ste odabrali ovo mesto za godišnji odmor? Da li redovno idete u naturističke kampove?

Smit je odmahnuo glavom. – Ne, ovo je prvi put. Jedan prijatelj iz Londona je preporučio kako treba da probamo to, i kad sam rekao Lorejn, ona je rado pristala.

– Da li je i dalje oduševljena?

Klimnuo je glavom. – Oboje smo oduševljeni. Ovo je sjajno mesto.

Gotovo sam pitao zašto, ako joj se toliko sviđa, njegova devojka ima izraz lica kao da joj je neko umro, ali odlučio sam da to pitam nju kad je budemo ispitivali. Inspektor je postavio još nekoliko pitanja, da li je poznavao ijednu žrtvu, ali Smit je samo odmahnuo glavom i porekao da je imao kontakt i sa jednim od njih. Na kraju ga je inspektor pustio i, nakon što su se vrata zatvorila, pogledali smo jedan drugog.

– Mislim da slobodno mogu da kažem kako ga je vaša bajka o tome kako i dalje radite za londonsku policiju zabrinula. Samo se nadam da ćemo dobiti podatke o njemu od vaših ljudi iz Londona što je pre moguće, jer me ne bi iznenadilo da ima dosije.

Klimnuo sam glavom. – I ja tako mislim. Pozvaću još jednog starog prijatelja u Londonu i proveriti klub *Zeleni papagaj*. To je nekad bila prava rupčaga, i redovno smo hapsili osoblje kao i goste, uglavnom zbog dilovanja droge, ali i za znatno ozbiljnije prekršaje. Možda su okrenuli novi list, ali ako nisu, mislim da našeg prijatelja Smita treba pažljivo motriti.

Zatim smo razgovarali sa Smitovom devojkom, Lorejn Hikson. Izbliza je bila zgodna žena, bujne plave kose. Međutim, bilo je zanimljivo što je, iako je bila sasvim gola, ipak izdvojila vreme da stavi debeo sloj šminke. Posledica toga bila je da je njeno bledo lice s jarkocrvenim usnama izgledalo kao zakačeno na pogrešno telo. Izgledala je nervoznije od svog momka, ali stekao sam utisak da to nema veze s tim što nema odeću. U stvari, ako joj je to bilo prvo iskustvo s naturizmom, izgledala je izuzetno smireno, iako je bila u prisustvu tri odevena muškarca.

Luka je postavio ista pitanja koja je postavio njenom momku i ispostavilo se, mada je prvo kazala da je konobarica, da je zapravo plesačica, i to posebna vrsta plesačice. Odsustvo nelagode zbog golotinje objašnjen je kad je otkrila da pleše oko šipke. Pitao sam je gde nastupa i nisam se iznenadio kad sam čuo ime kluba. U moje vreme, *Zeleni papagaj* je bio disko, ali sad je izgleda napredovao ili propao – u zavisnosti kako gledate na to – i postao je striptiz-klub. Kazala nam je da je radila tamo tri godine, ali kad smo je pitali koliko je dugo u vezi s Džeremijem Smitom, odgovor je zvučao neuverljivo.

– Baš dugo.

– O kom periodu pričamo, Lorejn? Dani, nedelje, meseci?

Očigledno je morala da razmisli i odgovor joj je zvučao neuverljivo: – Šest meseci, godinu dana, zaboravila sam.

– I vas dvoje se dobro slažete?

Klimnula je glavom ali bila je to loša gluma. Pokušao sam da je pitam o tome kakav je njen odnos sa Džeremijem, ali iznenada je postala ćutljiva i kad je otišla znali smo vrlo malo pojedinosti o njihovoj vezi osim utiska da stvari među njima ne samo što nisu sjajne nego sam imao osećaj da ga se ona možda i boji.

Zašto, pitao sam se?

15.

Petak ujutro

Zatim smo ispitali drugi britanski par. Oliver Harkort je ušao i seo, prav kao strela, prekrstio je ruke na grudima. Izgledao je prilično smireno i odgovarao je na sva pitanja naizgled opušteno, sa otmenim naglaskom. Ne, ni on niti njegova žena nisu upoznali prvu žrtvu, a kontakt s drugom žrtvom svodi se na pozdrav u nekoliko prilika. U subotu i sredu uveče on i žena su jeli u restoranu i onda otišli na spavanje nakon deset. Mada je na prvi pogled izgledalo da sarađuje i pomaže, i dalje nisam mogao da se oslobodim osećaja da nam ne govori celu istinu, ali možda sam imao predrasude zbog njegovog nadmenog ponašanja.

Pitao sam ga za vojničku prošlost, i potvrdio je da je bio u grenadirima dvadeset pet godina, i penzionisao se pre pet godina, u činu potpukovnika. Na levoj podlaktici imao je tetovažu koja je izgledala kao oznaka padobranske jedinice, a imao je jednu svežiju crveno-plavu tetovažu na desnoj ruci. Dodirnuo ju je prstima i ponosno nas je pogledao.

– Najbolji puk na svetu.

On i žena su sad živeli blizu Haslmira u Sariju i bavio se baštovanstvom i golfom. Zvučao je kao tipičan pripadnik više srednje klase, Englez plave krvi. Možda previše tipičan... mada je potpukovnik s tetovažama bio neočekivana pojava. Nekako sam uvek mislio da nadležni ne odobravaju takve stvari, ali možda sam samo bio staromodan. Sigurno su policajcima u moje vreme bile zabranjene tetovaže... ili su makar morali dobro da ih sakrivaju.

Njegova žena, Fler, imala je prenaglašen, sladunjav naglasak od koga mi se ježila koža. Sigurno je izgledala kao pripadnica višeg

staleža, i pošto sam takav kakav sam, odmah mi je postala anti-
patična. Jasno je rekla da nije razgovarala ni sa jednom žrtvom, a
nepomenuti razlog bio je što ih je smatrala nedostojnim. Kad sam je
pitao čime se bavi, izgledala je iskreno zaprepašćena pre nego što je
nadmeno odgovorila kako joj ne treba posao. Zašto je došla u natu-
rističko odmaralište? Da bi probala nešto novo, naravno. Da li bih
kupio polovna kola od nje? Ni za živu glavu. Da li sam verovao da
su ona i njen muž sposobni za ubistvo? Sve je moguće.

Zatim je ušao mađarski čovek-planina, Laslo Farkaš. Kad je
ušao, čak se i Oskar zagledao u njega. Taj tip je bio nenormalno mi-
šićav i kunem se da sam čuo kako mu se butine dodiruju dok hoda,
toliko su mu mišići nogu bili razvijeni. Seo je naspram nas – stoli-
ca je zaškripala, ali nije se slomila – i inspektor ga je ispitao, a tad
smo saznali da Laslo nije samo fitnes instruktor u jednoj teretani u
Budimpešti nego je i bivši olimpijski dizač tegova. Rekao nam je da
je njegova žena, Marija, takođe bivša sportistkinja – trkačica – ali
ispostavilo se da nikad nije dosegla njegove vrtoglave visine. Kad
smo razgovarali s njom, kazala nam je da je radila na recepciji iste
teretane tako da smo ovde, na prvi pogled, imali još jedan par koji
radi zajedno, kao gospodin Smit i njegova pratilja. Ni ona niti muž
nisu izgledali sumnjivo, mada sam stekao utisak da možda nešto
skrivaju, ali uprkos našem trudu, nisu rekli ništa važno. Međutim,
kad sam je pitao da li je poznavala neku od žrtava, Marija je otkrila
zanimljivu, mada teško proverljivu, informaciju.

– Nikad nismo razgovarali s njima, ali kad smo se Laslo i ja
vraćali u naš kamper u sredu uveče, sigurna sam da sam čula neki
ženski glas u bungalovu starog Engleza. Laslo je rekao da nije ništa
čuo, ali prilično sam sigurna da *ja* jesam. Sećam se jer je to bio prvi
put da sam ga čula kako razgovara s nekim. – Zakolutala je očima.
– Mislili smo da je pomalo čudan...

Kad sam čuo da Ovena Grifitsa, koji mi je bio gotovo vršnjak,
opisuje kao „starog", samopouzdanje mi je malo opalo, ali dao sam
sve od sebe da se izdignem iznad toga dok sam razmišljao kako je
ova informacija možda važna za slučaj. Pokušao sam da izvučem
više informacija od nje, ali tvrdila je da je samo čula muški i ženski

glas, nije ih videla jer su bili u bungalovu. Kad sam je pitao da li je čula šta su govorili, odmahnula je glavom. – Zvučalo je kao engleski, ali nisam razaznala reči.

Nakon što je otišla, Luka i ja smo nakratko porazgovarali. Bilo je zanimljivo što je i on stekao utisak da njih dvoje nisu sasvim iskreni, ali nismo mogli da tvrdimo o čemu se radi. Ona, sigurno, nije izgledala kao ubica – ne samo zato što je verovatno bila tridesetak centimetara niža od obe žrtve i imala bi problem da ih udari šipkom u glavu. Njen muž je, s druge strane, mogao da im slomi vratove jednom rukom. Nakon svega sam stavio znak pitanja kraj njihovih imena na spisku.

Obojica smo se saglasili da nadmeni engleski par nije bio previše simpatičan, ali nismo mogli da ih zamislimo kao nasilne ubice, mada je i dalje postojalo nešto neuverljivo u vezi s njima. Možda će pretres njihovih stvari koji je obavljen jutros dati neki nov trag.

Sledeći na spisku bio je Adam Novotni iz Češke Republike. Setio sam ga se od juče kao vrlo povučenog, vrlo ćutljivog i pomalo čudnog, ali kad je ušao i seo ispred nas, izgledao je normalnije. Imao je četrdeset dve godine i svetloriđu kosu, a celo telo mu je bilo prekriveno pegicama. Govorio je engleski izuzetno dobro, i to je objasnio činjenicom da je bio nastavnik nemačkog i engleskog u osnovnoj školi. Morao sam da se setim nekih svojih nastavnika, kao što je „Golfer" Brajs, koji je na sebi imao tri četvrt pantalone i nosio je palicu za golf po učionici, vežbajući zamah dok nas ispituje. Udarao je njome jako po stolovima učenika koje je smatrao nepažljivim, i jednom prilikom je prepolovio jedan drveni sto. I u poređenju s „Golferom", Adam Novotni je bio oličenje normalnosti, i ne samo zato što je objasnio svoje jučerašnje nekomunikativno stanje.

– Moram da se izvinim zbog svog jučerašnjeg ponašanja, gospodo. Nažalost, bio sam veoma mamuran. Igrao sam *Grand teft auto* do dva ujutro, i popio sam više nego što je trebalo. – Tužno je odmahnuo glavom. – Nisam pobedio.

Inspektor je nastavio s pitanjima. – Juče, kad sam vas pitao šta ste radili između devet i ponoći u sredu, kazali ste kako ne možete da se setite. Kako to da ste promenili priču?

Izgledao je prikladno prekoreno. – Kao što sam rekao, popio sam previše i tek juče uveče sam se setio svega. Izvinite, nisam hteo da vas obmanem.

Detaljno nam je opisao svoju onlajn igru i vodnik je dobio zadatak da proveri da li se neko seća da je otišao u pomenuto vreme, ali taj alibi je bio neuverljiv. Nije bio u video-komunikaciji s nekim i znao sam za najmanje tri nedavna slučaja gde su dovitljivi počinioci – znatno veštiji s kompjuterima nego ja – pokušali da smisle alibije koji su uključivali onlajn igranje. Ipak, porekao je da je poznavao žrtve i nisam na prvi pogled video kako bi jedan češki nastavnik mogao da bude povezan s jednim špijunom ili milionerom dangubom.

Sledeći ispitani bili su ljudi iz modnog sveta. Razgovarali smo prvo s Melindom Barker, ali uspeli smo da izvučemo vrlo malo od nje, osim što je rekla kako nije imala nikakav kontakt sa Ovenom Grifitsom, mada je priznala kako je razgovarala sa Džozefom Bekom nekoliko puta. Pitali smo je o čemu su razgovarali, ali ona je samo neodređeno odmahnula rukom i odgovorila: – O raznim stvarima... vremenu, i tako to. – Kad smo je pitali da li je njena cimerka bila u nekakvoj vezi s Džozefom Bekom, odmahnula je glavom, ali ne pre nego što joj se na licu pojavila grimasa koja mi je izgledala gotovo kao ljubomora. Inspektor ju je dodatno pitao o tome, ali ona se nije dala i tvrdila je kako je to bilo nemoguće. Da bi naglasila to, pogledala je pravo u nas i obavestila nas tonom koji nije dozvoljavao raspravu: – Kim nikad ne spava s takvim muškarcima.

Za njom je ušla visoka, prelepa Kim i tu su stvari postale zanimljivije. Kad joj je inspektor rekao šta je Melinda kazala, ona je klimnula glavom, i uspela je da izgleda prilično uverljivo. Sad smo imali dosta dokaza da su ona i Bek bili bliski i, mada je bilo potrebno dosta vremena i ubeđivanja, ona je konačno popustila i priznala je da su ona i on imali nekakvu „vezu" tokom prethodne nedelje, ali mnogo se potrudila da naglasi kako tu nije bilo ničeg fizičkog. U stvari, čak sam stekao utisak da sam čuo žaljenje u njenom glasu. Da li možda taj nedostatak intimnosti nije bio njen izbor? Mada je provela mnogo vremena s njim u danima pre ubistva, tvrdila je kako su bili samo prijatelji i da je bila u bungalovu s Melindom čitave noći u subotu, kad je on ubijen. Pitao sam je da li je Melinda znala za njenu vezu s Bekom, a ona je odmahnula glavom... mada ne previše uverljivo.

– Ne, ne bih rekla.

– Šta mislite, kako bi reagovala da je otkrila da ste bili bliski s njim?

– Ne bi joj smetalo. Pored toga, kao što sam rekla, ništa se nije dogodilo između mene i njega.

To nije uspelo da odagna naše sumnje da su ona ili njena cimerka možda ubile Beka, ali nismo mogli da je navedemo da otkrije ništa više... zasad.

Kad je napustila prostoriju, inspektor je zatvorio beležnicu i ustao. – Hajde da napravimo pauzu. Moram da pozovem stanicu i vidim da li je bilo nekih vesti, na primer izveštaj od britanske policije. Da se nađemo ovde za pola sata?

I ja sam ustao, a Oskar je, odmah, uradio isto. Pogledao sam ga. – Zašto ti i ja ne bismo otišli u kratku šetnju?

Umesto odgovora, krenuo je ka vratima.

Kad smo stigli do brežuljka, izvadio sam telefon i okrenuo broj svog starog šefa u Luišamu, od pre mnogo godina. Sad je imao više od sedamdeset godina, ali pamćenje mu je i dalje bilo veoma dobro. Kad sam pomenuo *Zelenog papagaja*, potvrdio je da je to sad striptiz-klub, ali ime Džeremi Smit mu nije ništa značilo. Pomislio sam da pozovem Pola iz Skotland jarda i pitam ga, ali već sam ga dovoljno gnjavio i odlučio sam da sačekam da zvanični izveštaj iz Londona stigne na Lukin sto.

Dok smo Oskar i ja lutali naokolo, uhvatio sam sebe kako razmišljam o Džozefu Beku. Svi su izgleda bili uvereni kako je bio nepopravljivi ženskaroš, ali još nisam pronašao ženu koja je imala fizički odnos s njim. Šta bi to moglo da znači? Setio sam se jednog ozloglašenog slučaja od pre pet-šest godina, dok sam još bio glavni inspektor Armstrong. Uključivao je jednog narodnog poslanika koji je, kako bi prikrio činjenicu da je gej, uspešno izgradio sebi ugled ženskaroša, ali se kasnije ispostavilo da je to bila samo dimna zavesa.

Da li je Bek to radio? Ako je tako, da li to znači da je „Bog" lagao kad mi je kazao da je taj čovek ženskaroš, ili je Bek uspešno zavarao i svog šefa? Pored toga, gejevi danas nisu stigmatizovani u većini zemalja sveta – mada ne u svim – i nisam video zašto bi pokušavao da sakrije to. Nezadovoljno sam odmahnuo glavom. Možda sam previše razmišljao. Moja bivša žena me je često optuživala za to.

Nakon kratke šetnje, vratio sam se u *Odmaralište* i ispitivanje se nastavilo. Prvi na spisku bio je Klaus Šinken.

Baš kao i juče, Nemac je izgledao opušteno i jedina nova informacija koju smo izvukli iz njega bila je tvrdnja da je video Ovena Grifitsa s nekom ženom u sredu oko deset uveče. Te dve osobe su hodale u smeru Grifitsovog bungalova, ali Šinken nije mogao da kaže njihov identitet. Samo je rekao da je ona imala plavu kosu i lepu zadnjicu. To poslednje zapažanje pratio je širok osmeh i još se kezio kad je napustio prostoriju. Pogledao sam u Luku.

– Ili je dobar glumac ili je potpuno nedužan. Ako govori istinu, to potvrđuje ono što je Marija Farkaš rekla o Grifitsovom društvu. Opkladio bih se da je ta plavuša trebalo da namami Grifitsa do bazena i smrti.

Luka je klimnuo glavom. – I ja mislim tako i već smo videli tri plavuše danas, četiri ako uključimo nadmenu gospođu Harkort, zar ne? – Tužno se osmehnuo. – Zbog toga je makar manje izvesno da je manekenka uključena. Kosa joj je crna kao gar.

Trudeći se uvek da iznesem suprotno mišljenje, mislio sam kako treba da osporim to. – Osim ako njena plavokosa cimerka nije bila mamac, a Kim izvršila ubistvo.

Naša sledeća ispitanica bila je takođe plavuša. To je bila Petra Miler iz Frankfurta, veterinarska pomoćnica, i potvrdila je našu pretpostavku da radi u muževljevoj veterinarskoj ordinaciji. Kao i juče, izgledala je vrlo nervozno i primetio sam kako dobuje prstima po butini dok razgovara s nama. Da, policijsko ispitivanje može da bude loše za živce, ali bio sam sve više uveren da ona skriva nešto. Inspektor i ja smo pokušali nekoliko puta da otkrijemo šta se nalazi iza te zabrinutosti, ali nismo ništa saznali. Na kraju joj je Luka rekao da je slobodna i sve nade smo položili u njenog muža, veterinara.

Kao i juče, Hans Miler je izgledao uznemireno. Ne samo što mu se znoj slivao niz obraze nego sam video da se presijava na njegovom torzou i sliva niz ostatak tela. Palo mi je na pamet kako bi bilo pametno da obrišemo stolicu nakon razgovora, jer bi sledeći ispitanik mogao da sklizne s nje. Ne znam da li je to bilo zbog nekog urođenog životinjskog šestog čula, ali kad je ušao, Oskar, obično ljubazan prema neznancima, odmah je ustao i stao iza mene, kako bi bio zaštićen mojim telom. Ne voli veterinare.

Luka je počeo od jednostavnih pitanja. – Da li ste vi ili vaša supruga imali ikakav kontakt sa žrtvama?

Miler je odmah odmahnuo glavom i nisam video ni tračak krivice na njegovom licu kad je odgovorio. – Ne, ni sa jednim od njih. Video sam prvu žrtvu kako pliva u bazenu nekoliko puta, ali nikad nismo razgovarali. A što se tiče drugog tipa, nisam siguran ko je bio, valjda još jedan Englez.

To je zvučalo prilično uverljivo, ali ako nije imao šta da krije, zašto se znojio kao lud? Pokušao sam da mu postavim svoje pitanje. – Da li vam je ovo prvi put u *Odmaralištu*?

– Ne, dolazim treći put.

To je bilo zanimljivo. Luka je tražio od menadžera spisak gostiju koji su bili i ranije ovde, ali nisam ga video. Mada sam u mislima bio sklon da isključim ljude koji su dolazili više puta, palo mi je na pamet da su njih dvoje bili ovde prošle godine, u isto vreme kad i Džozef Bek, i možda se dogodilo nešto što se nastavilo ove godine.

Što se tiče noći prvog ubistva, Miler nam je rekao da su se on i žena odvezli do obale, gde su večerali i onda otišli u neki noćni klub, sve do posle ponoći. Dao nam je ime tog kluba i inspektor je naredio vodniku Rosiju da proveri postoji li snimak nadzornih kamera koji bi mogao da potvrdi njihov alibi. Međutim, što se tiče srede uveče, kad je Grifits ubijen, Miler je tvrdio da su on i žena bili sami, i niko nije mogao da potvrdi to.

Inspektor i ja smo mu postavili još pitanja, i nismo dobili nikakve zanimljive odgovore, mada je ovog puta znoj u potocima tekao s Milerovih grudi. Na kraju sam promenio tok ispitivanja.

– Zanimljivo mi je što je ovo odmaralište u kojem je zabranjen dolazak deci. Izgleda da ima dosta zgodnih parova i pitao sam se šta ih je dovelo ovamo. Da li dolaze samo zbog odmora ili ima tu i nečeg drugog? Da ovo nije mesto na kojem se parovi druže sa istomišljenicima? Postoji engleska reč „svingeri". Jeste li je čuli ranije?
– Ta misao me je mučila otkako sam stigao ovamo, mada nisam primetio ništa neprikladno. Mislio sam da vredi proveriti, ali nisam bio spreman na utisak koje će to pitanje ostaviti na Nemca.

Poskočio je kao oparen i inspektor i ja smo se pogledali. Miler je dao sve od sebe da odgovori, ali prvo je morao nervozno da se nakašlje. – Koristimo istu reč u nemačkom.

– Da li ste zato došli ovamo? Da li ste vi i vaša žena svingeri? – Sad je bio crven u licu, i iskreno sam se zabrinuo za njegovo zdravlje, pa sam pokušao da ga ohrabrim. – Ovo je istraga ubistva, gospodine Mileru, tako da moramo da postavljamo pitanja. Sve što nam kažete, a nema veze sa istragom, ostaće između nas, jasno? Ponovo vas pitam, da li ste vi i vaša žena došli ovamo iz tog razloga? Kao što rekoh, imate pravo da živite kako želite i nismo ovde da vas osuđujemo. Pokušavamo da pronađemo ubicu.

Namerno sam naglasio tu poslednju reč i ostavio sam ga da razmisli o tome. Nakon desetak sekundi, iako se činilo da je prošao minut ili dva, Miler je podigao pogled sa svojih šaka i klimnuo glavom.

– Da. – Nekoliko puta je duboko udahnuo. – Ali ako se ikad pročuje za to u Frankfurtu, to bi moglo da me uništi. Imam mnogo starijih i vrlo staromodnih ljudi koji mi dovode svoje životinje. Siguran sam da bi takvo otkriće moglo da mi uništi ugled i potencijalno zatvori moju veterinarsku ordinaciju. – Pogledao nas je zabrinuto. – Ali još gore, ja sam ugledan član gradskog veća i takav skandal bi ne samo pokvario moje šanse za reizbor nego i šanse čitave partije. Molim vas, ne dozvolite da se sazna za ovo... preklinjem vas.

– U svetlu tog priznanja, da li biste promenili svoju izjavu da ste vi i žena bili sami u sredu uveče? – Inspektor je prihvatio ton pun razumevanja. – Alibi bi vam koristio.

Miler je odmahnuo glavom. – Voleo bih da mogu, ali bili smo sami.

Svingovanje i njegov strah za ugled objasnili su zašto su on i žena bili toliko nervozni. Ostalo je pitanje, međutim, da li je to bio jedini uzrok njihove napetosti, ili neka mračnija tajna leži ispod površine.

Nakon što je izašao, pogledao sam Luku. – E, to je bilo zanimljivo, zar ne? Pitam se ko je ovde iz istog razloga. Možda su zato Mađari izgledali nervozno i, uistinu, zbog čega su se Smitovi svađali. Možda se ona protivila njegovom predlogu.

Inspektor je klimnuo glavom. – Ili je bilo obrnuto. Možda ste u pravu i, naravno, ako je bilo mnogo seksualno neprihvatljivog ponašanja, to povećava izglede da su naša ubistva zločini iz strasti... ili požude.

16.

Petak kasno prepodne

Nakon razgovora s gostima s našeg spiska, ostala su nam dva potencijalno sumnjiva člana osoblja. Počeli smo od čoveka na kapiji, Darija Dolčeda. Zanimljivo, kad je došao odeven u uobičajeni šorts i majicu s kragnom bio sam iznenađen. Toliko sam bio naviknut da gledam gole ljude – osim policije – da je prizor nekog u odeći izgledao gotovo čudno. Potvrdio je da on i njegova žena, Rita, rade ovde nekoliko godina i da je bio ovde prošlog leta, kad je Džozef Bek bio gost. Ponovo, kad smo ga pitali da li zna za neku vezu između Džozefa Beka i svoje žene, odmahnuo je glavom i izgledao je prilično iznervirano.

– Rita i ja se volimo. Nikad mi ne bi bila neverna, a ja nikad ne bih bio neveran njoj. Ne znam u kakvom prljavom svetu vi policajci živite, ali ne uključujte nas u svoje prljave misli. – Dok je to govorio, nije mi promaklo zlatno raspeće na tankom lancu oko njegovog vrata. Možda je primetio u šta gledam, jer je podigao krst i okrenuo ga ka nama. – Oboje redovno idemo u crkvu i znamo razliku između ispravnog i pogrešnog. Rita je čestita, a i ja sam, i mrske su mi vaše sumnje.

Luka je pokušao malo da ga umiri dajući mu standardno objašnjenje kako u istrazi ubistva moramo da postavljamo neprijatna pitanja i da nismo nameravali da ga uvredimo. Dario je nevoljno prihvatio to opravdanje i ponovio je da on i žena nisu uključeni ni u kakve vanbračne igrice, kao ni u bilo kakvu pomisao o ubistvu.

Kad je izašao, pogledao sam u Luku.

– Zvučao je prilično uverljivo.

Luka nije bio tako siguran. – Ne znam. Iz mog iskustva, krivci često pokušavaju da zvuče moralno superiorno, tako da ga ne bih još isključio. Mislio sam da je to s raspećem previše teatralno. – Pogledao je u vodnika. – Dobro, Rosi, da vidimo šta njegova žena ima da kaže.

Baš kao i muž, Rita je porekla bilo kakvu romantičnu vezu s Džozefom Bekom ove ili prethodne godine. Kad smo joj rekli da je nekoliko ljudi pomenulo kako su ona i Englez viđeni zajedno, ona to nije porekla. – Da, naravno da su nas ljudi videli zajedno. Bio je redovan posetilac teretane svakog jutra i večeri i, neizbežno, često smo razgovarali. Bio mi je drag i provodila sam mnogo vremena s njim, ali to je sve. Volim svog muža i bračni zaveti su mi važni... za razliku od većine ljudi na ovom mestu. – U glasu joj se čulo otvoreno neodobravanje, pa sam odlučio da saznam više.

– Čuli smo da su neki gosti došli da bi imali seks s drugim parovima. Da li ste na to mislili?

Klimnula je glavom. – Upravo na to. To je odvratno.

– Naravno, ljudi žive onako kako žele. Odakle nam pravo da im sudimo?

Na licu joj se pojavilo gađenje. – To je odvratno, ponižavajuće i protiv je Božje volje. – I ona je nosila zlatno raspeće i prekrstila se iznad njega. – Dario i ja mislimo da je to odvratno.

– Zašto onda i dalje radite ovde?

– Danas nije lako pronaći posao. Pored toga, nema mnogo naturističkih kampova u Italiji i sviđa mi se činjenica da ovde mogu da izgledam onako kako je Bog hteo, gola i nedužna, baš kao u Rajskom vrtu.

Video sam kako vodnik kraj vrata koluta očima i nastavio sam s biblijskim temama. – Sve dok nije došla zmija. Izgleda da Džozef Bek nije delio vaša moralna načela. Kako ste mogli da se družite s takvom osobom?

– Tek nedavno sam saznala kakav je čovek. – Pogledala me je i video sam bes na njenom licu. – Prvo je bio s Leovom ćerkom, onda s tom manekenkom. Samo je mislio na seks. To je odvratno.

– Da li ste rekli Leovom ćerkom? – To je bio grom iz vedra neba. Pa, razmišljao sam, možda ne u potpunosti. Sve vreme sam imao utisak da Bjanka Moreti nije bila sto odsto iskrena, ali šta je to značilo za istragu? Umirio sam stotine misli koje su mi jurile kroz glavu i ponovo pitao Ritu. – Mislite na Bjanku? Da li je ona bila u vezi sa Džozefom Bekom?

Na licu joj se pojavio oprezniji izraz. – Naravno, vi ste Leov prijatelj, zar ne? Da, sigurna sam da je bila, ali niste to čuli od mene, u redu? Kao što rekoh, teško je naći posao.

– Pretpostavljam da je dobro poznajete? Da li vam je Bjanka ikad pomenula Džozefa Beka.

– Ni reč, ali videla sam ih zajedno i znala sam da se nešto događa.

– Mislite li da se nešto događalo prošle godine, ili skorije?

– Oboje su bili ovde prošle godine, i sigurno sam ih videla zajedno ove godine, ali ona je dolazila i odlazila poslednje dve nedelje. – Pogledala me je u oči i pogled joj je bio mračan. – I zato je pronašao sebi manekenku. A njih dve nisu jedine, sigurna sam. To je odvratno...

Nije mogla ili nije htela da pruži nikakav konkretan dokaz niti imena ostalih seksualnih partnerki koje je Bek možda imao, ali jedno je bilo jasno: njena osećanja prema žrtvi bila su drugačija nego što smo zamišljali. Nije ga volela, gnušala ga se.

Da li je stvarno tako?

Nakon što je otišla, dao sam sve od sebe da objasnim Luki kako bi ova nova informacija o Bjanki mogla da utiče na istragu ako je istinita. Već sam mu ukratko ispričao kako sam došao u *Odmaralište*, ali sad sam mu dao više pojedinosti i, posebno, pomenuo sam svoje sumnje u istinitost onog što mi je Bjanka rekla na sastanku u Firenci.

– Kad sam je uhapsio pre dve godine, vrlo brzo je postalo jasno da neće sarađivati. Ona je inteligentna žena i bilo je jasno kako nam govori najmanje što može. Kad sam je video u Firenci u ponedeljak, stekao sam utisak – pa, bila je to više slutnja – da zna više nego što govori, ali sigurno nisam očekivao ovo. Pretpostavljam da dolazi ovde svakog leta da bude sa ocem, tako da ako se zabavljala u *Odmaralištu*, nije iznenađenje što je upoznala Beka. Ali ako jeste, zašto to nije pomenula? Moramo da otkrijemo koliko je ozbiljna bila njena veza s njim i da li su stvari bile toliko loše da bi je naterale na ubistvo. – Mada mi je bilo teško da je zamislim kao ubicu, pomislio sam kako ona ne bi bila prvi sumnjivac koji je zavarao nekog detektiva.

Luka je izgledao zbunjeno koliko i ja. – Ali ako kažete da su stvari krenule loše među njima, do te mere da je odlučila da ga ubije, zašto bi, zaboga, upetljala *vas*? Kao što znate, mi smo smatrali da je prva smrt bila nesrećan slučaj, i zašto bi ona želela da kopa po tome?

Klimnuo sam glavom. – Znam na šta mislite; to nema smisla. – Palo mi je na pamet nešto uznemirujuće. – Možda je namerno odabrala da dođe kod mene jer je mislila da nisam sposoban da dođem do istine. – Video sam kako se Luka široko osmehuje, ali nije ništa rekao. Nemoćno sam frknuo i Oskar je podigao nos s poda i zabrinuto me pogledao. Sagnuo sam se i počeškao ga po ušima, a onda nastavio. – Jedno je sigurno: moramo da sednemo i popričamo s Bjankom Moreti. Rekla mi je da će se vratiti danas. Tu ima stvari koje ne znamo.

Luka je ustao i pogledao na sat. – Prošlo je dvanaest i ogladneo sam. Blizu plaže se nalazi izvrsna picerija. – Pogledao me je. – Hoćete li s nama? Imaju letnju baštu, tako da možete da povedete psa.

Vozili smo se s vodnikom u policijskoj alfi. Gosti u piceriji *Tonino* videli su neobičan prizor policijskih kola s tri muškarca i psom kako dolaze na parking. Vlasnik je očigledno poznavao Luku i odveo nas je do stola na suprotnom kraju terase, gde smo mogli da razgovaramo na miru. Picerija se nalazila pored crkve, a terasa je bila iznad krovova kuća pored mora. Odatle je pucao pogled preko zaliva i pored peščane plaže s paralelnim linijama šarenih suncobrana, tako tipično italijanske, i u vazduhu se osećao duh godišnjeg odmora. Bilo je gotovo nepristojno razgovarati o dva surova ubistva, ali znali smo da moramo to da uradimo. Nakon što smo naručili tri specijaliteta kuće, a konobar nam doneo boce s vodom i belim vinom, Luka je započeo razgovor.

– I, šta ćemo da radimo? Idemo od početka; jesmo li uvereni da je oba ubistva izvršio isti počinilac, a druga žrtva je ubijena da ne bi progovorila? – Rosi i ja smo klimnuli glavom i on je nastavio, brojeći na prste. – Dobro, imamo Ritu i Darija Dolčeda. Oboje tvrde kako nije bilo ničeg između nje i Beka, ali to je u suprotnosti sa izjavama nekih svedoka. Šta kažete na ovaj scenario? Rita i Bek su bili u vezi, muž je saznao i ubio Beka. A može i ovako, Rita je bila u vezi, ali otkrila je da je Bek bio s Bjankom Moreti i Kim Rasel, i onda je poludela i osvetila se. – Pogledao je nas dvojicu. – Šta mislite?

Rosi je odgovorio prvi. – Ne znam za vas dvojicu, ali poverovao sam joj kad je rekla da nije bilo ničeg između nje i Beka. Ako je tako, onda nema ljubomore ni ubistva. – Upitno me je pogledao. – Šta vi mislite... Dene?

– I ja sam sklon da joj poverujem, ali različite su stvari u šta smo *mi* poverovali i u šta je muž poverovao. Možda stvarno nije imala vezu, ali njen muž je bio uveren da jeste. Zbog toga je ubio Beka iz osvete za nešto što se nije dogodilo. A što se tiče ostalih, stekao sam utisak da je Kim Rasel govorila istinu i da je njena veza s prvom žrtvom bila tek nešto više od prijateljstva. Sasvim sigurno, nisam osetio takvu vatrenu strast koja bi dovela do ubistva. Njena drugarica, Melinda, s druge strane, izgleda kao odlučnija osoba, a ljubomora je jak motiv.

Luka je klimnuo glavom i nastavio, i dalje brojeći na prste. – Dario Dolčedo i Melinda Barker, to su dvoje mogućih ubica. Šta je s Milerovima? Muž nam je rekao da su on i žena svingeri, a svi kažu da je Bek bio promiskuitetan, tako da je možda bio višak u njihovoj vezi? Možda ga je muž ubio u naletu ljubomornog besa?

Vodnik je odgovorio. – Ili ih je Bek ucenjivao, preteći im da će proširiti glas u Frankfurtu da su svingeri, i oni su ga ubili da ga ućutkaju?

Nisam bio potpuno uveren ni u šta od toga, zato sam samo slegnuo ramenima i Luka je nastavio. – Dobro, to je troje ljudi i zadržaćemo ih na spisku. Šta je sa Šinkenom, drugim Nemcem? Dovoljno je star da je mogao biti aktivan u vreme kad je Bek upucan. Možda je ubio Beka da bi sprečio da ga otkrije kao osobu koja je izdala njega i njegovu majku?

Ispričao sam im skraćenu verziju Bekove priče i mnogo sam razmišljao o mogućnosti da je to ubistvo bilo povezano s prošlošću.

Nešto mi je palo na pamet i uzeo sam telefon. – Nikad nisam bio dobar iz geografije. Samo želim da proverim nešto.

Pronašao sam mapu Nemačke, na kojoj sam brzo pronašao Kemnic. Kao što sam pretpostavio, Drezden, rodni grad Klausa Šinkena bio je udaljen sedamdesetak kilometara odatle. Dok sam gledao mapu pogledao sam prema Češkoj Republici, i primetio sam da su Karlove Vari, s druge strane granice, podjednako blizu Kemnicu. Ponovo sam pogledao dva policajca i gurnuo telefon preko stola ka njima.

– Ako tražimo vezu s Bekovim rodnim gradom, i Šinken i Adam Novotni žive u blizini. To je prava slučajnost, a ja ne volim slučajnosti.

Razgovor je privremeno prekinuo dolazak tri velike pice. Nisam se iznenadio što su, u samoj blizini luke, specijaliteti kuće bili prekriveni morskim plodovima. Mešavina kozica, komada hobotnice i lignji bila je predivna, istopljeni sir je bio sjajan i podsetio sam sebe da dovedem Anu ovamo za dve nedelje... pod pretpostavkom, naravno, da pristane da pođe nakon moje greške od prekjuče.

Dok smo jeli, potražio sam dodatne informacije o Karlovim Varima i otkrio nešto zanimljivo. Ta značajna banja ranije se zvala Karlsbad i bila je deo Sudeta, nemačke oblasti u okviru bivše Čehoslovačke. Godine 1938. Nemačka je tu oblast anektirala, a sledeće godine je Adolf Hitler poslao vojsku na Poljsku, pokrećući događaje koji su doveli do izbijanja rata u kojem su stradali milioni. Na kraju rata, ta oblast je vraćena Čehoslovačkoj i mnogi Nemci su se vratili preko granice ili su nasilno izbačeni. Možda je porodica Novotnog imala nemačke korene i bliže veze s Kemnicom ili sa Štazijem nego što sam prvobitno pomislio.

Preveo sam taj članak dvojici policajaca dok smo jeli i obojica su zapisala ponešto. Pred sâm kraj obroka, Luka je ponovo počeo da govori o ubistvima. – Nemačka veza je sigurno vredna dodatne istrage. Rosi, pozovite naše nemačke kolege i zamoli ih da temeljno provere Klausa Šinkena, posebno da potraže neke veze sa službama bezbednosti ili Štazijem. Koliko dugo radi kao trgovac? Kakva je to prodavnica? Šta je radio pre toga? Gde je bio 1987? A što se tiče

Novotnog, bio je tek dete kad je Bek pobegao iz Istočne Nemačke, ali pitajte Čehe da provere njega i njegove roditelje. Nikad se ne zna.

Klimnuo sam glavom i pogledao u vodnika. – Šta je sa izveštajem o Britancima? Da li je stigao?

– I da i ne. Upravo sam dobio poruku da je stigao deo izveštaja. Poslali su podatke o gospodinu i gospođi Harkort, Melindi Barker i Kim Rasel, ali ne o drugo dvoje. Poslali su imejl sa izvinjenjem zbog kašnjenja i rekli da imaju probleme da pronađu podatke o Džeremiju Smitu.

Luka i ja smo se pogledali, a on je progovorio prvi. – Pitam se šta li to znači. Da i Smit nema neke veze sa službama bezbednosti, ili je posredi nešto drugo? Bilo kako bilo, mislim da to potvrđuje ono što svi mislimo o njemu. Sigurno sam stekao utisak da nam ni on ni njegova prijateljica nisu rekli celu istinu. Radujem se čitanju pojedinosti. Dene, možda biste bili toliko ljubazni da pročitate izveštaj o Harkortovima i Barkerovoj i Raselovoj kad završimo obrok? – Podigao je čašu i popio veliki gutljaj. – U svakom slučaju, osim Britanaca, šta mislimo o Mađarima? Možda postoji neka veza s Bekovom prošlošću? Uostalom, Mađarska je tad bila deo Istočnog bloka.

Bila je to zanimljiva ideja, ali niko od nas nije mogao da pronađe vezu između gospodina i gospođe Farkaš i obe žrtve osim, možda, nečeg povezanog s menjanjem partnera koje se odigravalo u kampu. Pomislio sam na ono što mi je na kraju rekao čovek iz MI6. Nema sumnje da je prvi ubijeni bio nepopravljivi ženskaroš, a u okruženju gde vlada seksualna napetost, kao što je ovo, bilo je lako videti kako emocije – ili makar požuda – mogu da se uzburkaju. Da li je Beka ubio neki ljubomorni muž ili momak, kao Dario Dolčedo, ili ljubomorna prijateljica, u liku Melinde Barker? S druge strane, da li ga je ubila ostavljena žena kao što je Rita Dolčedo, Kim Rasel ili čak Bjanka? Jedno je bilo sigurno: čim se Bjanka danas vrati, gde god da je bila, hteo sam da sednem i ozbiljno porazgovaram s gospođicom Moreti.

Pojeo sam ostatak pice... pa, da budem iskren, ne baš sve. Oskar i ja imamo dogovor da on uvek dobije poslednji komad korice. Uzeo sam veliki gutljaj hladnog, belog vina i zatim popio pola čaše mineralne vode, pre nego što sam se nagnuo preko stola da uzmem vodnikov telefon. Izveštaj britanske policije o Oliveru i Fler Harkort bio je vrlo kratak. Nije bilo osuda, ničeg neprikladnog, izgledali su sasvim ispravno. Pisalo je da su u penziji i adresa je bila Orkid haus, Litl Daklington. To je zvučalo kako treba, ali nešto me je mučilo, ali to je možda samo zbog moje sumnjičave prirode. A onda, setio sam se nečeg i izvadio svoj telefon.

Setio sam se crveno-plave tetovaže na Harkortovoj podlaktici i na *Guglu* potražio „grenadire", i video da njegova tetovaža odgovara grbu tog puka, sve do natpisa *Honi Soit Qui Mal y Pense* – Neka se stidi ko nešto loše pomisli – sa strane. Iz radoznalosti, proverio sam i grb s padobranom i krilima, koji sam primetio na njegovoj drugoj ruci, i iznenadio sam se kad sam video da izgleda upravo tako: kao par krila. Nisam mogao da se setim tačno, ali bio sam siguran da sam uočio nešto iznad Harkortovih krila. Neku reč? Logo? Sliku? Možda je to beznačajno, ali odlučio sam da bolje pogledam kad ga budem video sledeći put.

Izveštaj o Melindi i Kim, s druge strane, bio je zadivljujuće štivo.

Melinda Barker je opisana kao vrlo uspešna poslovna žena. Bila je nakratko u braku pre petnaestak godina, ali brzo se razvela. Zanimljivo, muž je podneo zahtev za razvod zbog fizičkog i verbalnog zlostavljanja. To je očigledno ukazivalo da ispod spoljašnjosti *Ljubavi* i *Mira*, Melinda ima grublju stranu i, makar petnaest godina ranije, zanimala se za muškarce. Da li to ukazuje da ju je Bek možda stvarno privukao i, kad je odbio njeno udvaranje, ona ga je ubila? S druge strane, možda ga je ubila jer se zainteresovao za njenu prijateljicu Kim?

Kim Rasel je imala izrečenu meru zbog upotrebe droge, ali ne i zbog dilovanja, a nisu bile preduzete dalje mere. Osim toga, i tri poena skinuta s vozačke dozvole zbog prebrze vožnje u naselju, dosijc joj je bio čist. Osoba koja je spremila izveštaj dodala je neverovatnu belešku na dnu, koja je ukazivala na to kako trenutno postoji mnogo medijskih spekulacija o njoj i američkom glumcu Niku Pulu. Izgleda da su viđeni zajedno, a on je nedavno primećen kako kupuje prstenje u *Tifaniju* u Njujorku. Bilo je jasno da, ako išta oseća prema Melindi, to nije nešto ekskluzivno.

Brzo sam preveo izveštaje za dvojicu policajaca i Luka mi se za-hvalio. Nas trojica smo se saglasili da gospodin i gospođa Harkort verovatno nisu naše ubice, mada sam podsetio sebe da pitam Pola iz Londona da malo detaljnije proveri taj naizgled klasičan engleski par. Možda je to bila dobra stara predrasuda, ali morao sam da se uverim da li su stvarno tako dobri kako izgledaju.

Luka je popio espreso i sva trojica smo ustali. – Nadam se da će nam, tokom popodneva, iz Engleske javiti nešto za gospodina Smita i njegovu prijateljicu, a iz Nemačke i Češke za ostale. Čim se Bjanka Moreti pojavi, Dene, pozovite nas. – Pogledao je na sat. – Dva sata, Rosi, možete li da odvezete Dena u *Odmaralište*? Mislim da ću otići peške do stanice da razbistrim glavu. Ovo je bilo dugo jutro.

17.

Petak popodne

Vratio sam se u toranj baš kad je Leo izlazio iz dvorišta svojim kamionetom. Zaustavio se da mi kaže kako ide u kupovinu i da uzmem sve što želim. Ne pokušavajući da zvučim previše zainteresovano, pitao sam ga kad očekuje Bjankin povratak i rekao je da malo kasni, ali trebalo bi da bude ovde oko četiri ili pet. Kad se kapija zatvorila za njim, a Oskar i ja krenuli prilazom do tornja, izvadio sam telefon. Dok je Oskar nastavljao da obeležava ono što je sad smatrao svojom teritorijom, seo sam na zgodnu klupu u hladu i pozvao London. Javila se jedna od Polovih koleginica, detektivka Simor, koja mi je rekla da je Pol na sastanku. Zamolio sam je da mu prenese poruku. Rekao sam joj ono što sam znao o gospodinu i gospođi Harkort i pitao može li dodatno da istraži. Mora da je prepoznala moje ime, mada ja nisam prepoznao njeno, i vrlo ljubazno je ponudila da proveri sama. Zahvalio sam joj se srdačno i prekinuo vezu.

Sedeo sam tamo, s telefonom u ruci, znajući da sam suočen s dilemom u privatnom životu, koja je bila podjednako ozbiljna kao ova dva ubistva u *Odmaralištu*.

Rekao sam Ani da ću se vratiti večeras, i ako želim da uradim to, znao sam da moram da krenem do pet sati, ako želim da stignem kući usred noći. Deo mene je znao da ćemo, što se pre vratim i sastanem s njom, pre imati priliku da razgovaramo o utorku uveče i rešimo sve nesuglasice. Problem je bio što je drugi deo mene želeo da ostane, makar dok ne dobijemo sve informacije o potencijalnim sumnjivcima. Ideja da ostavim nedovršenu istragu ubistva – iako to nije bila moja istraga – bila mi je nezamisliva. Sedeo sam u hladu bora neko vreme, pre nego što sam doneo odluku koja ne bi iznenadila moju bivšu ženu.

Odabrao sam kukavički izlaz i poslao sam Ani SMS umesto da je pozovem, jednostavno govoreći da sam zadržan i da se nadam kako ćemo se videti sutra. Bio je to jadan izgovor, ali pretpostavljam da sam, duboko u duši, znao da bi istina o tome zašto sam odabrao da ostanem bila smrtna presuda našoj vezi.

Nakon toga, otvorio sam ulazna vrata i Oskar i ja smo ušli u predivno rashlađenu unutrašnjost tornja. Na spratu sam mu dao zakasneli ručak, skuvao sebi čaj, a onda seo da razmislim. Trenutno zaboravljajući na ličnu dilemu, usredsredio sam se na moguće sumnjivce. Dario Dolčedo je sigurno bio vredan razmatranja, a nemačka veza je bila ubedljiva – svejedno da li je to Šinken, Miler ili čak Novotni. Da li stvarno postoji veza s događajima na nemačkoj granici od pre mnogo godina? Džeremi Smit je izgledao kao propalica, a njegova devojka je bila sumnjiva. Nadao sam se da ćemo, kad stignu izveštaji o njima, saznati nešto više. Melinda Barker, koja je možda počinila zločin iz strasti, ili bar ljubomore, takođe je morala da ostane na spisku. Nisam video Kim, prelepu manekenku, kao ubicu i ignorisao sam je zasad, i osim ako Pol ne pronađe nešto zanimljivo o gospodinu i gospođi Harkort, to nam je davalo sedmoro sumnjivaca s kojima smo već razgovarali, ali sad je tu bila i osma osoba: Bjanka.

Pošto sam bio sâm u kući, ostavio sam Oskara na kuhinjskom podu, da leži strateški smešten između frižidera i šporeta, i otišao na gornji sprat, gde mi je Leo rekao da se nalazi Bjankina soba. Znao sam da je na suprotnom kraju od moje sobe, tako da sam pokucao na vrata, za slučaj da se Bjanka vratila bez očevog znanja i, kad niko nije odgovorio, otvorio sam ih i pogledao unutra. Nekako sam očekivao prostoriju punu ličnih stvari, odeće, možda nakita, možda i nekoliko fotografija, ali soba je bila sumorna i prazna kao hotelska soba. U njoj se nalazio bračni krevet, baš kao onaj u mojoj sobi, i čaršav je bio savršeno zategnut, opet kao u hotelskoj sobi. Da li je to značilo da ipak ne boravi ovde?

Ušao sam i pažljivije pogledao. Na brzinu sam pregledao fioke i makar sam nešto otkrio. Pronašao sam nekoliko besprekorno složenih džempera, zimsku jaknu, čarape i donji veš. U velikom plakaru, šest bluza i haljina visilo je sa šipke, uz još nekoliko majica, šortseva i sitnica na policama pored, ali pošto je to bila kuća njenog oca, a ona je tu povremeno boravila, bilo je vrlo malo odeće. Na podu se nalazio par japanki sličan onima koje sam upravo kupio i jedan par sandala. U stvari, verovatno je sve stvari iz ove sobe mogla da smesti u jedan veliki kofer. Kratak pregled kupatila otkrio je da je gotovo potpuno prazno, ali verovatno je ponela svoje stvari tamo gde je provela prethodna dva dana, uz makar još malo odeće. I pored toga, to mesto je više ličilo na napušteni brod nego na žensku spavaću sobu.

Vratio sam se do vrata sobe i poslednji put pogledao oko sebe. Ono što mi je privuklo pažnju bilo je potpuno odsustvo ličnih stvari, nije bilo čak ni zgužvane papirne maramice ili stare avionske karte. Zapitao sam se da li ona možda pati od neke vrste opsesivno-kompulzivnog poremećaja, ili se odvikla od ličnih stvari tokom boravka u zatvoru. Znao sam, iz razgovora s bivšim zatvorenicima, da stroga oskudnost zatvorske ćelije može da deluje depresivno na ljude, i na trenutak sam osetio krivicu što sam bio odgovoran za to što joj se dogodilo. Trudeći se da podsetim sebe kako je sama kriva za to, pažljivo sam zatvorio vrata i vratio se dole.

Oskar je podigao glavu kad me je čuo na stepeništu, ali spustio ju je na pod sa uzdahom. Seo sam na jednu sofu i razmišljao šta da uradim. Čim se Bjanka vrati, ona će mi biti na vrhu spiska, ali u međuvremenu sam se pitao mogu li saznati još nešto ako ponovo obiđem *Odmaralište*. Pogledao sam kroz jedan od malih prozora na osunčanu okolinu. Jedna od mana života u srednjovekovnoj tvrđavi bilo je što su graditelji namerno napravili prozore suviše uskim da horde napadača ne bi mogle da prođu kroz njih – posebno prozore koje je lako dohvatiti sa zemlje – tako da je pogled bio ograničen. Dobra strana toga bila je činjenica da su zidovi bili debeli najmanje jedan metar, to što je temperatura unutra bila savršena i bez klima-uređaja, iako je napolju bilo više od trideset stepeni. Oskar je čak prestao da dahće. Nije bilo prijatno biti crn pas na vrelom suncu ako ste rođeni ovde, kao on.

Pogledao sam na sat i video da imam dovoljno vremena da ponovo obiđem *Odmaralište* pre Bjankinog povratka, tako da sam pozvao psećeg pratioca i krenuo u tom smeru, nakratko prolazeći kroza žbunje, kako bi Oskar protegao noge, ali bilo je prevruće za ozbiljnu šetnju i čak ni on nije izgledao previše oduševljeno. Mogućnost osvežavajućeg plivanja za obojicu je bila vrlo primamljiva i uskoro sam bio u svlačionici. Dosad mi je delovalo gotovo prirodno da se svlačim, ostanem samo u japankama i, noseći kesu s novčanikom, telefonom i beležnicom, hodam stazom kroz žbunove ruzmarina. Ljubitelji odbojke su vrlo razumno odlučili da ne trče po ovoj vrućini i video sam da se većina ljudi nalazi kraj bazena. Oskarove oči su zablistale kad je video vodu i pretrčao je poslednjih nekoliko metara i bacio se spektakularno na stomak, dižući kapljice vode i zaslužujući aplauz zabavljenih gledalaca.

Ostavio sam stvari na obližnjoj klupi i pridružio mu se u vodi – na manje spektakularan način – i zahvalno sam plivao naokolo. Na moje iznenađenje, nekoliko minuta kasnije, dok sam plivao i gledao svoja posla, čuo sam neki glas kraj sebe.

– Možemo li da porazgovaramo, policajče?

Okrenuo sam se i video manekenku Kim kako pliva prema meni. Kao i obično, izgledala je zabrinuto.

– Više nisam policajac, Kim. Sad sam samo Den.

– Ali sarađujete s policijom, zar ne?

Namerno sam umanjio svoju uključenost. – Samo im malo pomažem oko prevođenja. – Okrenuo sam se prema njoj i pobrinuo se da Oskar bude na bezbednoj udaljenosti, za slučaj da pokuša svoj omiljeni bazenski trik i popne se Kim na ramena. – Kako mogu da vam pomognem?

Video sam je kako zabrinuto gleda oko sebe, ali bili smo na relativno izolovanom mestu i videla je da nas niko ne prisluškuje. I pored toga, progovorila je tiho. – Mislim da moram da objasnim svoje ponašanje. Ovde sam s Melindom, ali imam dečka.

Pitao sam se da li je to onaj američki glumac pomenut u britanskom policijskom izveštaju, ali zasad, samo sam je upitno pogledao.

– Da li je taj dečko ovde? Neko ko je ranije bio ovde, kao Džozef Bek?

Odlučno je odmahnula glavom. – Ne, nipošto. Već sam vam ispričala za njega. Da, sviđao mi se, ali to je bilo sve. Ne, to je drugi tip. Viđam se s njim nekoliko meseci i stvari su postale ozbiljne; u stvari, toliko ozbiljne da ćemo preći na viši nivo. Naravno, on zna da sam ovde s Melindom, ali nadam se da niko drugi ne zna. Samo sam se pitala možete li da razgovarate s policijskim inspektorom i zamolite ga da se pobrine da vesti o mom boravku ovde ne procure u javnost. Ja sam prilično poznata osoba, a moj momak je još poznatiji, i bojim se da bi ljudi mogli da steknu pogrešan utisak i osramote nas oboje.

– Pogrešan utisak? O čemu?

– Nije ono što mislite. – Gotovo sam se osmehnuo kad sam čuo da ponavlja reči Lea Moretija, ali nisam odgovorio i čekao sam da ona objasni. – Dve žene zajedno, ona mi je šefica i bilo bi prirodno da želim da joj se ulagujem i... znate... Ljudi mogu da misle šta god žele, ali ništa se ne događa. Mislim, ništa seksualno. Znam da ovde ima mnogo zamena partnera, ali ja i Melinda nismo uključene u to i samo smo dobre prijateljice. Ozbiljna sam. – Izraz lica joj je postao bespomoćniji, molećiviji. – Ali jasno vam je kako ljudi mogu da saberu dva i dva i dobiju pet, zar ne?

Bilo mi je jasno. To je upravo bio zaključak do koga sam ja došao. – Shvatam. – Pažljivo sam birao reči. – U pravu ste, jasno mi je kako ljudi mogu da pogrešno shvate vaš odnos. Naravno da ću razgovarati sa inspektorom. Osim ako se ne ispostavi da je Melinda ubica, siguran sam da se vaše ime neće pojavljivati u javnosti. Molim vas, recite mi da nijedna od vas nije ubica.

Izgledala je iskreno zgroženo. – Bože, ne.

– Ni vi, ni Melinda?

– Nipošto.

Već sam u mislima odbacio Kim kao mogućeg ubicu, ali ova vest o platonskoj prirodi njenog odnosa s Melindom – pod pretpostavkom da to nije bila dimna zavesa – bila je potencijalno veoma zanimljiva. Naš scenario u kojem Melinda ubija Beka u naletu ljubomornog besa izgledao je sve manje verovatno. Pošto je Kim bila raspoložena za priču, postavio sam joj pitanje.

– Rekli ste da ste se družili s Bekom. Da li vam je ikad govorio o svom životu, poslu, da li ima neku posebnu osobu u životu? Bilo šta? Znamo tako malo o njemu.

Video sam je kako razmišlja. – Gotovo ništa, da budem iskrena. Bio je od onih ljudi koji umeju da navedu druge da govore. Bio je izuzetno dobar slušalac, za muškarca, ali nije mnogo govorio.

Dao sam sve od sebe da joj osvežim pamćenje. – Da li vam je rekao zašto je odabrao da dođe ovamo? Da li mu je to preporučio neki prijatelj ili mislite da je bio pravi naturista?

– Rekao mi je da je bio ovde prošle godine, i to mu je bilo prvo naturističko iskustvo, ali toliko je uživao da je morao da se vrati.

– A ko mu je to uopšte preporučio?

– Stvarno ne znam.

– Osim vas, da li je bio blizak s još nekim ovde?

– Mislim da se dosta družio s nekom Bjankom. Nisam je videla dva dana, ali bila je ovde prošle nedelje i mada nisu provodili mnogo vremena zajedno, stekla sam utisak da se poznaju. – Osmehnula se. – Mogu da vam kažem ovo. Da već nisam bila u ozbiljnoj vezi, mnogo bi mi se svideo, a bila sam gotovo ljubomorna zbog načina na koji je gledao Bjanku.

Nakon što je otplivala, plutao sam nekoliko minuta, razmišljajući o onom što mi je rekla o Bjanki i Džozefu Beku. Da li je moguće da su bili u vezi? A ako jesu, da li je Bjanka imala neke veze s njegovom smrću? To nije imalo smisla. Ako ga je ubila, iz bilo kog razloga, zašto je, kao što je Luka rekao, uključila mene? Samo je trebalo da ne čačka mečku i to bi bio kraj svega. S druge strane, da li me je uključila jer je mislila da zna identitet ubice ali joj treba moja stručnost da to dokaže? Ali ako je tako, zašto nije ništa rekla policiji prošlog vikenda i zašto meni nije rekla za svoje sumnje?

Polako sam otplivao do kraja bazena, sa srećnim labradorom kraj sebe, i dok sam to radio nešto mi je palo na pamet. Ako je Bjanka bila u nekakvoj vezi s Bekom, koju niko ovde nije primetio, osim nekoliko povremenih pogleda i kratkih razgovora, kako se i gde ta veza odvijala? Odgovor nije bilo teško pronaći. Setio sam se Leovog oklevanja kad sam ga pitao da li su se Bjanka i Bek poznavali. Da li su se sastajali u Leovom tornju? Sad sam znao da moram ponovo da razgovaram s Leom i njegovom ćerkom, ali prvo sam morao da razgovaram s menadžerom *Odmarališta*.

Obuo sam japanke i krenuo prema baru. Mada mi je bilo potrebno dva minuta da stignem tamo, vrelina i jako sunce su me gotovo potpuno osušili dok sam stigao. Seo sam za uobičajeni sto pored zida klupske zgrade, a Oskar kraj mojih nogu, a onda je legao na leđa, na pločice, veselo stenjući i režeći. Nepun minut kasnije, pojavila se Sofi.

– *Ciao*, Dene, kako napreduje istraga? Jeste li blizu da otkrijete ubicu?

Slegnuo sam ramenima. – Bolje da pitate inspektora. Mislim da mogu da kažem kako je suzio spisak na nekoliko sumnjivaca, ali koliko znam, i dalje traži motiv i konačan dokaz. – Osmehnuo sam joj se. – Ne brinite, vaše ime nije na spisku.

Video sam kako se stresla. – Daleko bilo. Samo se nadam da ćete uhvatiti ubicu što pre, jer je atmosfera danas bila grozna. – Setivši se svog opisa posla, dala je sve od sebe da mi uzvrati osmeh. – U svakom slučaju, izgledate kao da bi vam prijalo hladno pivo, a sigurna sam da je i Oskar žedan.

– Uzeli ste mi reč iz usta. O, uzgred, da li je Džordž ovde?

– Idem do njegove kancelarije i reći ću mu da dođe do vas.

Dva minuta kasnije, Džordž je došao noseći posudu s vodom i bocu ledenog piva. – Zdravo, Dene. Sofi je rekla da želite da razgovarate.

Spustio je piće i objasnio sam mu šta sam hteo. – Rekli ste mi da kompjuter registruje kad bilo ko od nas narukvicom otvori pešačku kapiju. Da li je tako? – Klimnuo je glavom, pa sam nastavio. – Pitam se da li biste mogli da proverite nešto. Da li je moguće da saznam kretanje Džozefa Beka svakog dana prošle nedelje, pre njegove smrti? Zanima me da li je provodio po ceo dan u kampu ili je izlazio.

– Naravno, idem sad da proverim i reći ću Sofi da vam donese odštampan izveštaj za nekoliko minuta.

18.

Petak popodne

Naoružan odštampanim izveštajem, vratio sam se u toranj malo posle tri i video Leov kamionet parkiran tamo. Nameravao sam da uđem i razgovaram s njim, kad mi je telefon zazvonio. Bio je to vodnik Rosi.

– Inspektor je dobio izveštaje iz Nemačke i Engleske. Pita imate li vremena da dođete u grad i pregledate ih s njim. Kaže da izgledaju zanimljivo. Mogu da dođem po vas, ako želite.

Nisam oklevao. – Naravno da ću doći. Hvala vam na ponudi, ali doći ću sa Oskarom. – Znao sam da želim da razgovaram s Leom, ali to će morati da sačeka. Jedva sam čekao da pročitam šta je britanska policija napisala o Džeremiju Smitu i Lorejn Hikson, tako da sam kazao Rosiju da ću odmah doći.

Dok sam se vozio nizbrdo, gotovo sam naleteo na jedan motocikl koji je izleteo iz slepog ugla i zamalo nas isterao s puta i primetio sam dugačku, zelenu ogrebotinu na kamenom zidu, gde prethodni vozač nije imao toliko sreće. Otkako sam stigao u Italiju pre dve godine, bio sam prijatno iznenađen što se italijanski vozači – uprkos pričama o nepromišljenosti – ne razlikuju mnogo od onih u Velikoj Britaniji. Većina ljudi se ponaša razumno, ali svuda ima idiota.

Parkirao sam se blizu kvesture i kad sam ušao, zatekao sam Luku s gomilom papira u ruci. – *Ciao*, Dene. Pogledajte ovo. Zanimljivo štivo.

Brzo sam pregledao prvi, prilično dug pasus i onda mu preveo, za slučaj da mu je nešto promaklo.

– Džeremi Piter Smit, poznat kao Džeza, rođen je u Katfordu, u Južnom Londonu. Napustio je školu sa šesnaest godina, bez stečene kvalifikacije. Radio je dve godine u lokalnom kafiću i, nakon toga, počeo je da se bavi ugostiteljstvom, prvo radeći u pabovima, diskotekama i noćnim klubovima. Trenutno je menadžer *Zelenog papagaja* u Luišamu, striptiz-klubu koji je navodno bordel. Proveo je dve godine u zatvoru *Belmarš* početkom dvadeset prvog veka, zbog držanja ukradene robe i prodaje droge, i još tri godine u *Brikstonu* od 2008. do 2011, ponovo zbog droge i nanošenja teških telesnih povreda. On i saučesnik su osuđeni zbog prebijanja jednog Jamajkanca, koji je proveo tri nedelje u bolnici. Otad nije osuđivan, ali ima više opomena zbog pijanstva i remećenja reda i mira. Trenutno je pod istragom u vezi s drogom. – Pogledao sam dvojicu policajaca. – Nije baš dobar čovek.

– Trenutna istraga u vezi s drogom zvuči zanimljivo, pošto ste rekli da je Džozef Bek istraživao takve stvari. – Luka me je upitno pogledao. – Kakvi su izgledi da zamolite prijatelja iz Skotland jarda da to dodatno istraži? Ako mu se obratite, to može da ubrza stvari.

Klimnuo sam glavom. – Sigurno. Pozvaću ga. Pitam se zašto im je bilo potrebno tako dugo da pošalju ovo. Rekli su da ga je teško pronaći, zar ne?

– Možda je ta aktivna istraga usporila stvari. Ne brinite se zbog toga. Pogledajte šta piše za njegovu devojku, Lorejn Hikson.

Pogledao sam donji deo strane.

– Izveštaj o Džeremiju Smitu ne pominje suprugu ili devojku, a izveštaj o Lorejn Hikson ne pominje ništa slično, tako da su ili odskora u vezi ili je dobro kriju.

– Ili su u izmišljenoj vezi. – Zvučao je jetko.

Klimnuo sam glavom. – Tako je. Izveštaj o Lorejn samo potvrđuje ono što smo pretpostavljali. Radi kao striptizeta, ali je privođena dvaput zbog sumnje da se bavi prostitucijom. Nema osude. Šta kažete na ovo? Džeremi Džeza Smit je poslat ovamo da ućutka Beka, koji je počeo da gura nos u trgovinu drogom. Da bi dobio dodatno pokriće i koristan ženski mamac, poveo je prostitutku koja mu glumi partnerku. Da li vam to zvuči uverljivo?

Obojica su klimnuli glavom i inspektor je odgovorio. – Da, uistinu i, prikladno, njih dvoje su sedeli blizu Ovena Grifitsa kad je rekao konobarici kako je siguran da je Bek ubijen. Mislim da možemo da pretpostavimo kako je Grifits video ili čuo nešto povezano s Bekovim ubistvom i eliminisan je pre nego što je stigao da nam kaže. Mislim da to podiže Smita na vrh spiska sumnjivaca, ali ako ne pronađemo DNK dokaz koji ukazuje na njega, i dalje ne možemo da ga uhapsimo.

Klimnuo sam glavom, ali vodnik nije odustajao od mogućnosti da je to bio zločin iz strasti. – Zašto bi se Smit mučio da dođe iz Londona i ubije Beka ovde, kad su i on i žrtva bili u Londonu pre nekoliko nedelja? I dalje mislim da je Beka ubio neko odavde, iz potpuno drugih razloga... ljubomorni muž fitnes instruktorke, na primer.

Preneo sam im ono što sam čuo od Kim i video kako se na licima detektiva pojavljuje razumevanje. – I dalje moramo da proverimo, ali to sigurno čini manje verovatnim naš scenario o ljubomornoj lezbejki, ali čini Bjanku Moreti potencijalno sumnjivom.

– Mislite da je ubila Beka? – Vodnik Rosi je zvučao iznenađeno.

Odmahnuo sam glavom. – Iskreno, ne znam. Ona je odlučna osoba, ali nisam mislio da je bila sposobna za ubistvo pre dve godine, i još mi je teško da poverujem u to. Problem je u tome što sam spreman da se kladim da su ona i Bek bili u vezi. Bili su vrlo oprezni – iz ko zna kog razloga – ali ovaj izveštaj o otvaranju kapije pokazuje da je Džozef Bek napuštao *Odmaralište* gotovo svake noći prošle nedelje, negde oko pola dvanaest i vraćao se ujutru, pre dolaska čistača u pola sedam. Šta mislite, gde je provodio noći?

Na moje iznenađenje, Luka je izgledao iznervirano kad je to čuo. Brzo je objasnio. – Prokletstvo, to znači da sad moramo da smatramo i Bjanku Moreti potencijalnim sumnjivcem, mada ne znam zašto bi ubila muškarca s kojim je spavala. Problem je što ako Engleskinju Melindu Barker ražalujemo među one samo moguće ali ne i verovatne ubice, ostaju nam tri glavna kandidata: Džeremi Smit, Dario Dolčedo ili Klaus Šinken. – Kad je video zbunjen izraz na mom licu, klimnuo je glavom. – Upravo smo dobili dodatne informacije o češkim i nemačkim sumnjivcima. Ništa novo o Adamu Novotnom, ali nešto vrlo zanimljivo o gospodinu Šinkenu. Evo... – Dodao mi je još jedan list papira. – Pogledajte.

Informacija je zbilja bila neverovatna. Klaus Šinken je trenutno imao prodavnicu oružja u gradu Frajtal, deset kilometara od Drezdena u Saksoniji. Izgleda da je preuzeo prodavnicu od svog oca, Vilhelma, 1988. Nije to bio onaj zanimljivi deo izveštaja. Ono što se stvarno isticalo bila je činjenica da je radio za istočnonemačko Ministarstvo državne bezbednosti, poznato kao Štazi. Pošto nije imao univerzitetsku diplomu, ostao je podoficir, a taj nizak čin ga je verovatno spasao detaljnije istrage u godinama nakon pada Sovjetskog Saveza. Verovatno je video šta se sprema – doslovno i figurativno – i napustio je Štazi pre raspuštanja te mrske organizacije i kasnijih optužnica.

Vratio sam papir Luki i uzdahnuo. – Opa! Vidim na šta ste mislili. To bi moglo da bude veoma zanimljivo.

Luka je uzeo izveštaj i spustio ga na svoj sto. Onda je uzeo olovku i napisao četiri imena na praznom listu papira:

Dolčedo
Smit
Šinken
Moreti

Tapnuo je prstom po papiru. – Možemo li zasad da isključimo Melindu Barker? Nećemo je zaboraviti, ali mislim da su ovo četvoro sumnjiviji. – Obojica smo klimnuli glavom, tako da se zavalio i pogledao nas je. – Pa, birajte, gospodo.

Razmišljao sam nekoliko trenutaka i onda predložio još jedno ime. – To možda ne znači ništa, ali zamolio sam svog prijatelja Pola iz Skotland jarda da proveri gospodina i gospođu Harkort. Možda su potpuno nedužni, ali ima nečeg u vezi s njima što mi ne deluje istinito.

Inspektor je dodao prezime „Harkort" na spisak i onda pogledao nas dvojicu.

– Sutra je subota, dan kad treba da odu Smitovi, Šinken i... – pogledao je papir – Harkortovi. Dolčedo i Moretijeva će verovatno ostati ovde, ali ako je ubica neko od ostalih, imamo svega nekoliko sati da pronađemo dovoljno dokaza protiv njih. Imate li neke ideje?

Progovorio sam prvi. – Kako ja to vidim, postoje dve stvari koje moram da uradim. Pozvaću London da vidim da li su moji kontakti pronašli nešto novo o gospodinu i gospođi Harkort. Ako su čisti, makar ćemo njih dvoje moći da obrišemo sa spiska. Dok se bavim time, zamoliću Pola da obavi nekoliko poziva i raspita se o Smitovoj umešanosti u istragu o drogi koja je pomenuta.

Luka se saglasio. – Hvala vam, Dene. To će nam mnogo pomoći. Jasno je da moramo da razgovaramo s Bjankom Moreti, i to hitno; kad je otac rekao da će se ona vratiti?

Pogledao sam na sat. – Svakog trena. Trebalo je da se vrati ranije, ali kazao je da će malo zakasniti. Umesto da vi tračite vreme, zašto se ja ne bih vratio do tornja i pozvao vas ako se ona vrati s mesta na kojem je bila? Pored toga, voleo bih da prvo razgovaram s njenim ocem. Imam osećaj da zna više nego što govori. Ne znam da li ću uspeti da izvučem nešto od njega, ali mislim da vredi pokušati.

19.

Petak popodne

Čim sam izašao, stao sam na trotoar, u senku obližnjeg drveta, i pozvao Skotland jard. Javila mi se ista policajka s kojom sam razgovarao ranije. Kad mi je prepoznala glas, prenela mi je vesti.

– Detektivka Simor ovde, gospodine. Inspektor Vilson trenutno razgovara na drugoj liniji, ali hteli smo da vas pozovemo. Dobro sam proverila gospodina i gospođu Harkort. Da li ste kazali da je on bio potpukovnik u vojsci?

– U grenadirima, tako je rekao. Čak ima i odgovarajuću tetovažu.

– Pa, lagao je. Bio je desetar u padobranskom puku pre nego što je nečasno otpušten u aprilu 2002. Tražila sam pojedinosti od Ministarstva odbrane, ali zasad nisu ništa javili.

Iznenada sam shvatio šta je bilo neobično u vezi s krilatim logom, kao i činjenicom da je izgledao starije od grenadirske tetovaže. Pretpostavljao sam da je to bila oznaka njegovog pravog puka.

Detektivka Simor je nastavila. – Otad Harkort nema poznato zanimanje, mada je provera računa u banci otkrila redovne uplate, velike, koje dolaze preko Ostrva Man, ali potiču s Bahama. Nikad nije bio pod istragom zbog prevare, ali inspektor Vilson je preneo njegove podatke Odeljenju za finansijski kriminal, jer misli da bi mogao da ih zanima.

Bilo mi je potrebno neko vreme da razmislim o ovim novim informacijama. Ako je Harkort bio spreman da laže o svojoj prošlosti, i da čak napravi lažnu tetovažu, onda moramo da sumnjamo u sve što je rekao. – Vidi, vidi, vidi, to *jeste* zanimljivo. Pitam se ko li je taj tajanstveni dobročinitelj i, važnije, šta on mora da uradi da bi zaslužio taj novac. – Takođe sam se setio da je Viko Karnevale, ubica albanskog dilera droge, koji je započeo sve ovo, uhapšen na aerodromu na putu za Bahame. Nikad nisam voleo slučajnosti, ali u ovom slučaju, sve je počinjalo da ima smisla.

Detektivka Simor je nastavila. – Ne zna se mnogo o njegovoj ženi, osim da se ne zove Fler. Rođena je kao Flora, ali promenila je ime u Fler kad se udala. Pretpostavljam da je mislila da to zvuči otmenije. Udala se 2003, i otad ne radi. Pre toga je radila u restoranu brze hrane u Bermondsiju. O, samo malo, inspektor Vilson je završio razgovor. Daću vam ga. – Zahvalio sam joj se na pomoći i onda sam čuo Polov glas.

– Zdravo, Dene. Da li ti je Simorova prenela vesti o sumnjivom engleskom paru?

– Zdravo, Pole, jeste, hvala. Vrlo zanimljivo.

– Kako napreduje istraga?

– Postaje sve zanimljivije. Bojim se da opet moram da te gnjavim. Da li ti ime Džeremi ili Džeza Smit nešto znači?

– Ne na prvu loptu. – Čuo sam ga kako kuca po tastaturi. – Sačekaj malo da pogledam. O da, vidim da je bio u zatvoru nekoliko puta: droga i teške telesne povrede. Izgleda kao prava propalica.

– Hvala ti na tome; već smo dobili izveštaj o njemu od tvojih ljudi, ali pominje da je trenutno sumnjivac u istrazi u vezi s drogom. Ima li šanse da pozoveš nekog od svojih drugova iz Odeljenja za droge i vidiš ima li nečeg zanimljivog tu? Posebno nečeg što bi ga povezalo s dilerima koje smo pohapsili pre tri godine u Pekamu. Sećaš se?

– Albanac je ubijen, a neki tip italijanskog imena je uhapšen zbog toga, ako se dobro sećam.

– Tako je, Viko Karnevale, a žena čiji me je otac unajmio da ispitam smrt Džozefa Beka je niko drugi do Bjanka Moreti.

– Zgodna brineta s diplomom savremenih jezika sa Oksforda. Nje se svakako sećam. Vidi, vidi, kako je svet mali.

– Sigurno jeste. Da li bi mogao da mi učiniš još jednu uslugu kad smo već kod toga? Da li bi mogao da proveriš šta je Bjanka Moreti radila po izlasku iz zatvora? Kazala mi je da je na postdiplomskim studijama na Kings koledžu, ali voleo bih da to potvrdim. U suštini, imamo vremena do sutra ujutro, pre nego što nam troje glavnih sumnjivaca otputuje, tako da bi mi čak i najmanja informacija mogla biti korisna.

Dodao sam izvinjenje zbog dodatne gnjavaže i zahvalio sam mu se najsrdačnije. Nakon što sam prekinuo vezu, držao sam telefon i razmišljao o onome što je upravo rekao. Setio sam se da je Bjanka imala diplomu, ali nisam znao da je išla na isti univerzitet kao Bek. Na trenutak sam se zapitao da li ga je tamo upoznala, ali onda sam se setio da ona ima svega trideset šest godina, a on je bio deset godina stariji, tako da je odavno bio završio kad je ona stigla tamo. Druga veza je mogla da bude, naravno, to što je ona, pre dve godine, bila umešana u krijumčarenje droge, a prema rečima čoveka iz MI6, Bek je istraživao trgovinu drogom pre svoje smrti, što bi moglo da znači da je ona ponovo uključena u prodaju droge. Situacija je postajala sve zamršenija.

Oskar je bio vrlo strpljiv danas, i za nagradu sam ga odveo do poslastičarnice i kupio mu još jedan sladoled sa ukusom jabuke. Kao i pre, nestao je u njegovom grlu pre nego što je i počeo da se topi i bio sam nagrađen glasnim mljackanjem sve do *Odmaravališta*, dok se on oblizivao. Parkirao sam se na Leov parking i bilo mi je drago što mu je kamionet i dalje tu, mada nije bilo ni traga od njegovog drugog vozila, za koje mi je rekao da ga je pozajmio ćerki. Nadao sam se da će ona uskoro stići.

Ušao sam i otišao na prvi sprat. Kad sam stigao, Leo je podigao pogled s moje knjige i osmehnuo se. – Odakle vam ove ideje, Dene? Ubica koji se krije na drvetu i telo u presi za masline? Jeste li sigurni da vas godine u policiji nisu obeležile za ceo život?

Uhvatio sam sebe kako mu se osmehujem, mada sam znao da će se to promeniti čim počnem s pitanjima. – Samo plod moje mašte. To je sve. – Dok je Oskar išao ka njemu za maženje, seo sam na sofu naspram njega i prešao pravo na stvar.

– Slušajte, Leo, moram da vas pitam nešto.

Mora da je prepoznao nešto u mom tonu, i primetio sam da mu je izraz lica postao ozbiljniji... možda i zabrinutiji?

– Naravno, izvolite.

– Kad sam vas pitao da li je Bjanka dobro poznavala Džozefa Beka, rekli ste da nije. Razgovarao sam s mnogim ljudima i sad moram da vas pitam želite li da promenite odgovor. Dobro razmislite. Da li su on i Bjanka bili u vezi?

Ponovo sam, na trenutak, video na njegovom licu nešto nalik na krivicu, ali je, kao i pre, odlučno odmahnuo glavom. – Ne, kao što sam rekao, jedva su se poznavali. Dođavola, ja sam ga verovatno poznavao bolje nego ona.

To je bio dobar pokušaj, ali dosad sam ga prilično dobro upoznao i bio sam siguran da mi ne govori celu istinu i ponovo sam pokušao. – Dolazim iz kvesture. Inspektor je upravo dobio informaciju koja možda povezuje Bjanku s velikom istragom o prodaji droge. Ako je to istina, to možda znači da se uplela s nekim vrlo neprijatnim ljudima, ljudima koji ne prezaju od ubistva. – Dodao sam malo začina. – Ljudima koji mogu da narede drugim ljudima da izvrše ubistvo.

Užasnut izraz pojavio mu se na licu i morao sam da priznam da je bio ili vrlo dobar glumac ili je bio iskren. – Da li pokušavate da kažete da je moja Bjanka ubila Džoa Beka? Čoveče, to je nemoguće. Da, ne ume da izabere muškarce; da, upetljala se u neke gadne stvari u Engleskoj, ali to je sad gotovo. Platila je cenu i nikad u životu ne bi bila umešana u ubistvo.

– Čujem vas, Leo, ali vi ste joj otac i normalno je da pričate tako, zar ne? – Pre nego što je stigao da odgovori, nastavio sam. – Važno je ono što *ja* mislim. Ono što inspektor misli. Pitaću vas još jednom pre nego što on dođe. Možete li me pogledati u oči i reći da Bek nikad nije dolazio ovamo? Vidite, ispostavilo se, na osnovu Džordžove evidencije, da je Bek napuštao *Odmaralište* gotovo svake noći prošle nedelje, oko pola dvanaest, i vraćao se rano ujutro. Gde mislite da je bio? Ja mislim da je bio ovde.

Podigao je pogled sa svojih šaka i, na trenutak, pogledao me u oči, ali je skrenuo pogled. – Slušajte, Dene, star sam i pomalo gluv. Ne primećujem stvari kao nekad. Bolje je da pitate Bjanku. Ona je dobra devojka. Ona će vam reći istinu.

To mi je bilo dovoljno. Očigledno mu je ćerka naredila ili ga je preklinjala da ne otkrije njenu vezu s Bekom. Trudio se, ali nije otvoreno porekao i, još važnije, nije naterao sebe da me pogleda u oči dok je govorio. Leo mi je stvarno bio drag i video sam da je između čekića i nakovnja i nisam navaljivao. Međutim, ako njegova ćerka ne bude iskrena, imao sam osećaj da će inspektor Luka Sartori biti uporniji. Naravno, bila je velika nepoznanica zašto je, ukoliko je bila u vezi s Bekom, želela da ga ubije?

I ako je tako, zašto je uključila mene?

Promenio sam temu... pa, otprilike. – Da li vam se Bjanka javila? Kad se vraća?

– Pozvala me je pre nego što ste ušli. Nešto je iskrslo, ali kazala je da će biti ovde posle pet.

– Hoćete li me pozvati kad stigne, molim vas? Moram hitno da razgovaram s njom.

Pogledao sam na sat i video da nije još četiri, i rekao sam Leu da ću odvesti Oskara u šetnju. Napolju je bilo i dalje vruće i zato smo, kao i pre, otišli u kratku šetnju kroza žbunje, a onda sam ga opet odveo na bazen, kako bismo se obojica rashladili. Mahnuo sam Biliju, koji je sad sedeo ispod izbledelog *martini* suncobrana, dok mu ne vrate crveni iz laboratorije, i palo mi je na pamet da nisam saznao šta su, i da li su išta otkrili na njemu. DNK jednog od naših glavnih sumnjivaca bio bi dobar, ali činjenica da Luka nije ništa rekao činila je da to izgleda kao uzaludna nada.

Nakon kratkog plivanja, Oskar i ja smo se vratili do bara i seo sam za uobičajeni sto. Izvadio sam telefon iz kese i odmah sam video da sam dobio SMS od Ane. Uprkos vrućini, oblio me je hladan znoj dok sam ga čitao.

Molim te, obavesti me kad ćeš imati vremena da se vratiš i razgovaraš sa mnom.

Bespomoćno sam sedeo tamo nekoliko minuta, pitajući se kako da odgovorim na nešto ovako oštro, a onda sam se opametio i znao sam da nemam drugog izbora. Poslao sam joj podjednako kratak odgovor.

U pravu si. Moramo da razgovaramo. Vratiću se večeras.
Verovatno neću stići pre ponoći, i doći ću pravo do tvog stana.
Poslaću ti poruku kad krenem.

Nisam imao drugog izbora. Moguće je da je u pitanju bila moja buduća sreća, i ma koliko želeo da vidim zaključenje ove istrage, dugovao sam njoj – i sebi – da odlučim šta mi je važnije.

20.

Petak kasno popodne

Nisam imao vremena da dugo razmišljam pre nego što se Sofi pojavila kraj mene, izgledajući i zvučeći uznemireno. – Dene, nadala sam se da ću videti vas ili inspektora. Setila sam se ko je bio za stolom pored tog francuskog para u sredu uveče, kad je gospodin Grifits rekao da zna nešto o ubistvu. Bio je to Nemac, gospodin Šinken.

– Mnogo vam hvala. To je sjajno. – Pokušao sam da ne zvučim previše uzbuđeno. – Pretpostavljam da ne možete da se setite ko je bio za stolom s druge Grifitsove strane? Zar niste rekli da su i oni možda mogli da čuju nešto?

– Bio je to neki par, i što više razmišljam o tome, gotovo sam sigurna da su to bili Harkortovi. – Pogledala me je u oči. – Ali ne bih mogla da se zakunem na sudu. Prilično sam sigurna da su to bili oni, i pretpostavljam da su mogli da čuju šta je rečeno. Žao mi je što ne mogu da budem određenija, ali bila sam veoma zauzeta. – Ispravila se i vratila svojoj konobarskoj dužnosti. – Hladno pivo i posuda s vodom?

– To zvuči sjajno, ali neka bude bezalkoholno pivo. Moram večeras da vozim do Firence.

– Jao, to je duga vožnja. Ipak, grad je divan, zar ne?

Čim je otišla, pozvao sam Luku da mu prenesem šta je Sofi rekla i šta Leo nije rekao, ali možda je nagovestio. Takođe sam preneo informaciju da bi Bjanka trebalo da se vrati posle pet i da je Leo obećao da će me pozvati kad se ona pojavi. Luka mi je rekao da će on i Rosi krenuti gotovo trenutno i, ako se Bjanka ne bude vratila, po treći put će ispitati glavne sumnjivce, Smita, Dolčeda, Šinkena i Harkorta.

Nakon što smo se Oskar i ja osvežili pićem, otišao sam do tornja, istуširao se i obukao čistu odeću. Ako ću videti Anu večeras, makar mogu da pokušam da izgledam pristojno. Ubacio sam svoje stvari u torbu i odneo je do kombija, kako bih bio spreman za brz polazak čim završimo sledeću turu ispitivanja. Samo sam se nadao da ćemo uhvatiti ubicu dotad. Telefon mi je zazujao, i to nije bila Ana; bila je to kratka Polova poruka.

Izvini, ništa novo o Smitu. Iz Odeljenja za droge kažu da je sitan diler, i verovatno ništa više. Proveravam zašto je Harkort izbačen iz vojske. Javljam se uskoro.

Ostavio sam Lea da sedi na sofi u istom položaju, i otišao do *Odmarališta*. Na parkingu su bila dva policijska automobila i zatekao sam vodnika Rosija kraj vrata klupske zgrade. Pozvao me je da priđem kad me je video. – Ponovo smo ispitali Darija Dolčeda, ali bez vidljivih rezultata. I dalje se kune da ga žena ne vara i, čak i da ga je varala, vera bi ga sprečila da počini takav greh kao što je ubistvo. – Slegnuo je ramenima. – Moram da priznam da je zvučao prilično ubedljivo.

Klimnuo sam glavom. – Ko je sledeći na spisku?

– Englez, Smit.

Luka je ponovo bio u Đorđovoj kancelariji i potrudio se da postavi stvari tako da sve izgleda zvanično i preteće. Policajka Pelegrinova, strogog pogleda, sedela je s jedne strane s beležnicom, na stolu je bio diktafon, a drugi policajac je stajao kraj vrata. Rosi i ja smo seli sa obe inspektorove strane, a kad je Džeremi Smit ušao i seo s druge strane stola, jasno sam video povećanu nervozu na njegovom licu. Po dogovoru s Lukom, ja sam uglavnom govorio i onda obezbeđivao kratak prevod razgovora za italijanske policajce.

– Dobar dan, gospodine Smite, ili više volite da vas zovem Džeza? Tračak nesigurnosti prešao mu je preko lica.

– Kažite nam, koji vam je zatvor draži, *Belmarš* ili *Brikston*?

Svi ostaci drčnosti su nestali i na licu mu se pojavilo mirenje sa sudbinom. – Bojao sam se ovog. Proverili ste moj dosije i videli ste da sam robijao, ali to me ne čini ubicom. – Pogledao me je prkosno. – Dobro, nekoliko puta sam pogrešio, ali nikad nisam ubio nikog i nikad neću.

I dalje ga gledajući ledenim pogledom, nastavio sam oštrim tonom. – Nisam siguran da bi se jamajkanski gospodin koga ste premlatili složio s vama. Na osnovu vašeg dosijea, imali ste sreće što ste se izvukli s nanošenjem teških telesnih povreda, a nije vam suđeno za pokušaj ubistva. – Oborio je glavu i počeo sam da mu postavljam prava pitanja. – Zašto ste poveli Lorejn, Džeza? Da li vam je ona saučesnica? Da li vam je bila potrebna žena da biste namamili žrtve u smrt?

Lice mu je izgubilo ružičastu boju kad je krv napustila obraze. – Ne, ne, ne, ništa slično. Htela je kratak odmor, kao i ja, i došli smo ovde da se malo zabavimo. To je sve.

– A vaša ideja zabave je udaranje dvojice nedužnih ljudi dok ih ne ubijete?

– Ne, zaboga, nikad nisam uradio ništa slično i nikad neću.

– Pričajte nam o drogi, Džeza. S kim sad radite? Znate da će izgledati vrlo loše ako vas ponovo uhvate da dilujete.

Izgledao je zaprepašćeno. – Ne dilujem, kunem se. Da, popušim povremeno džoint, ali ko ne radi to? Da, ima ljudi u klubu koji verovatno diluju, ali ja se ne bavim time. Stvarno.

Zvučao je uverljivo, ali nastavio sam da ga pritiskam. – Vidite, ljudi koji diluju drogu su vrlo neprijatni, ljudi koji ubijaju druge ljude. Mogu čak da ubiju i vas.

– Zašto mene? Nisam ništa uradio. – Glas mu je zvučao prilično tugaljivo.

– Zašto *ne* vas?

Luka i ja smo nastavili ispitivanje nekoliko minuta i kad je konačno izašao iz prostorije, imao sam osećaj da smo ga nasmrt uplašili. Nadao sam se da bi to moglo da mu koristi, ali nisam imao velika očekivanja.

Kad su se vrata zatvorila za njim, pogledao sam inspektora.

– Šta mislite?

– Nisam uveren da je nevin, ali nisam uveren ni da je kriv. Zvučao je prilično uverljivo dok je poricao, to moram da priznam. Činjenica je, međutim, da njegov dosije govori mnogo toga: petljanje s drogom, nasilno ponašanje, ko zna? Možda je poslat ovde da ubije Beka, uprkos poricanju. U iskušenju sam da ga uhapsim i pustim da prenoći u ćeliji. To bi mu možda razbistrilo misli.

Bio sam sklon da se saglasim sa inspektorom, mada sam sad bio manje uveren da je Smit naš čovek. Pre svega, problem je bio dokazati njegovu krivicu – ili bilo čiju. Zasad nismo imali konkretne dokaze ni protiv koga. Pitao sam za rezultate analize spasiočevog crvenog suncobrana, ali vodnik je odmahnuo glavom.

– Krvave mrlje su pripadale prvoj žrtvi, ali nije bilo tragova DNK.

– A dve boce viskija su takođe obrisane?

– Baš kao i čelične šipke.

Sledeći na spisku bio je Klaus Šinken, i stigao je, kao i pre, sa opuštenim osmehom na licu. To je trajalo samo do mog prvog pitanja.

– Čuli smo da ste bili službenik Štazija do 1988. Da li je to tačno?

Promenilo mu se ne samo lice nego i čitavo ponašanje. Izgledalo je da se smanjio pred našim očima i veselost je nestala u trenu, a zamenio ju je zabrinut izraz. Morao je da se nakašlje nekoliko puta pre nego što je odgovorio.

– Da, bio sam samo niži službenik.

– Samo ste sledili naređenja? – Dozvolio sam da mi se u glasu čuje prezir. Sad kad je bio vidno uzdrman, hteo sam da ostane tako. – Sve što su vam naredili da uradite, uradili ste, zar ne?

Klimnuo je glavom. – Da, naravno, morao sam.

– A da li je to uključivalo pucanje na nenaoružane civile?

Na trenutak je izgledao iskreno iznenađeno. – Pucanje? Mislite iz oružja? Nikad nisam pucao ni na koga.

– Nikad niste radili u graničnoj policiji?

– Ne, bio sam stacioniran u Drezdenu. To je daleko od granice.

– Šta ste radili u Drezdenu?

Znoj mu se sad slivao s lica. – Arhiv, radio sam u arhivu. Znate, kopirao, zavodio, takve stvari.

– Da li vam ime Hajnrih Bek nešto znači?

Gledao je belo. – Ne, da li bi trebalo? – Tračak razumevanja pojavio mu se na licu. – Samo malo, čovek koji je ubijen u subotu uveče prezivao se Bek, zar ne? Da li na njega mislite? Ali čuo sam da ga zovu Džozef.

Zvučao je uverljivo, ali morao sam da podsetim sebe da, koliko znam, možda sedim pred uvežbanim Štazijevim ispitivačem i mučiteljem. Bez sumnje je, ako je to ono čime se bavio, stekao dosta iskustva, pa sam pokušao ponovo.

– Hajnrih Bek je bio otac čoveka koji je ubijen ovde u subotu uveče. Sa ženom i sinom, Jozefom, živeo je u gradu koji se tad zvao Karlmarksštat. Godine 1987, vaši prethodni poslodavci su ga prebili nasmrt, a njegovu ženu su upucali i ubili granični policajci kad su ona i dečak pokušali da pobegnu na Zapad. Jeste li sigurni da niste čuli to ime?

Obrisao je znojavo lice i odmahnuo brzo glavom. – Ne, nikad. Kao što sam rekao, živeo sam u Drezdenu. Nisam bio uključen u takve stvari. Da sam bio, sećao bih se, ali nisam, morate da mi verujete.

Nastavili smo da ga ispitujemo dok se nije potpuno slomio. Maltretiranje šezdesetpetogodišnjaka nije nešto u čemu uživam, ali nisam imao mnogo saosećanja za nekog ko je pripadao zloglasnom Štaziju. Na kraju, nakon gotovo dvadeset minuta, Luka ga je pustio da ode. Čekao je dok se vrata nisu zatvorila za Nemcem, a onda se okrenuo prema meni.

– Šta mislite?

– Ne znam šta da mislim. Zvučao je uverljivo, ali i Smit je.

U tom trenutku, telefon mi je zazvonio. Bio je to Leo iz tornja.

– Bjanka se vratila.

21.

Petak kasno popodne

Luka je odlučio da odloži razgovor s gospodinom i gospođom Harkort dok ne razgovaramo s Bjankom. Nadali smo se da ću dotad dobiti vesti iz Londona o razlogu zbog kojeg je Oliver Harkort izbačen iz vojske. Nas trojica smo napustili *Odmaralište* i otišli do tornja. Na drugoj strani svog kombija, uočio sam srebrni mercedes. Bjanka je, očigledno, vratila očeva kola. Ušli smo i odveo sam dvojicu policajaca do prvog sprata. Bjanka i njen otac su sedeli jedno kraj drugog na sofi, izgledajući ozbiljno. Oskar je otišao da se pozdravi s njima, a Bjanka se čak osmehnula, mada je njen otac izgledao napeto. Pošto je razgovor vođen na italijanskom, Luka je postavljao većinu pitanja, a Rosi je zapisivao. Seo sam i slušao.

– Zovete se Bjanka Moreti? – Klimnula je glavom i on je nastavio. – Ovaj razgovor će biti snimljen, pa vam savetujem da dobro razmislite pre davanja odgovora. – Samo je slegnula ramenima i on je spustio diktafon na stočić između nas i pritisnuo je dugme za snimanje. – Bjanka Moreti, živite u Engleskoj, zar ne?

– Da, tako je.

– Molim vas, kažite mi koliko dugo boravite kod oca?

– Negde oko dve nedelje, bila sam odsutna dve noći ove nedelje, inače sam bila ovde sve vreme. – Njen italijanski je bio besprekoran – mnogo bolji od mog – a ton joj je bio miran. Zvučala je kao da ima potpunu kontrolu.

Luka je na trenutak usmerio pažnju na njenog oca. – Možete li da potvrdite to, sinjor Moreti?

– Mogu. – Glas mu je zvučao napeto i video sam kako ga Bjanka hvata za ruku, kad je inspektor ponovo počeo da je ispituje.

– Dakle, sinjora Moreti, proveli ste prošlu nedelju kod oca i bili ste ovde u subotu uveče, kad je Džozef Bek ubijen?

– Tako je. – I dalje nije bilo nervoze.

– Kažite mi, molim vas, jeste li bili u nekoj vezi sa žrtvom?

Odmahnula je glavom. – Ne, razgovarali smo nekoliko puta, ali nije bilo ničeg među nama.

Luka se obratio njenom ocu. – Možete li da potvrdite to, molim vas, sinjor Moreti?

Nakašljao se i odgovorio: – Mogu.

Čuo sam kako mu glas podrhtava i bio sam siguran da je i inspektor to čuo. Ćerka možda uspešno izgleda i zvuči potpuno otvoreno i nedužno, ali njen otac očigledno nije bio tako vešt lažov. Luka je pokušao ponovo, namerno pritiskajući Lea. – Sinjor Moreti, moram da vas podsetim da je ovo istraga ubistva i laganje policije je vrlo ozbiljan prekršaj. Da li ste potpuno sigurni da nam govorite celu istinu?

Bjanka je odgovorila umesto oca. – Moj otac je hteo da kaže da, iskreno, nije mogao da zna ništa o mom privatnom životu. Mogla sam da budem u vezi sa žrtvom a da moj otac ne zna za to. – Video sam je kako gleda direktno u inspektora. – Ali nisam. Da budem potpuno jasna, nisam bila ni u kakvoj vezi sa Džozefom Bekom.

Možda sam se samo previše nadao ili sam imao jedan od starih pandurskih predosećaja, ali na trenutak, delić sekunde, učinilo mi se da sam čuo nešto u njenom glasu kad je pomenula žrtvino ime. I dalje sam razmišljao šta sam čuo, kad je Oskar, koji je srećno ležao na hladnom podu, ustao na noge i otišao da sedne kraj nje. Spustio je svoju veliku, dlakavu glavu na njeno koleno i pogledao ju je s divljenjem. Možda je samo želeo da mu počeška uši, ali obično je radio takve stvari kad je neko nesrećan i on želi da mu pruži malo pseće podrške. Da li je moguće da je moj četvoronožni prijatelj postao detektor laži? Da li je moj pas verovao da je Bjanka stvarno volela Džozefa Beka? Gotovo sam se osmehnuo na pomisao kako pričam to sudiji na suđenju. Verovatno bi me poslali u ludnicu za moje dobro.

Luka je nastavio. – Iznenađen sam što ste rekli to, sinjora Moreti, jer su mi različiti ljudi u *Odmaralištu* rekli nešto sasvim suprotno.

Nastavila je da izgleda neuznemireno. – Ljudi mogu da misle šta god žele, inspektore, ali sigurno samo ja znam istinu o svojim vezama.

Luka je pokušao još nekoliko puta da je navede na priznanje da su ona i žrtva bili bliski, ispitujući je gde je on provodio noći kad je napuštao *Odmaralište* ali, baš kao i pre dve godine, ona je odbijala da odgovori. Pomenuo je njenu osudu za slučaj u vezi s drogom u Londonu i ona je prihvatila da je pogrešila, ali insistirala je da više nije u kontaktu s tim ljudima i nema ništa s drogom. Inspektor ju je pitao da li bi imala nešto protiv da vodnik pretraži njene stvari – mada po spartanskom uređenju njene sobe, verovatno neće biti rezultata – i ona je odmah pristala, a Leo je otišao na sprat da pokaže Rosiju put. Dok je njen otac bio van sobe, iskoristio sam priliku da postavim Bjanki svoje pitanje.

– U tim prilikama kad ste razgovarali sa žrtvom, da li vam je pomenuo čime se bavi?

– Nisam ga poznavala dovoljno dobro za takav razgovor. – Zvučala je potpuno uverljivo. – Bilo je samo zdravo-zdravo, lepo vreme. Takve stvari.

– Ako vam kažem da je radio za britansku obaveštajnu službu, da li biste se iznenadili?

Oborila je pogled i usmerila pažnju na Oskara, koji je i dalje bio pored nje. Pomilovala ga je po ušima i odgovorila ne podižući pogled. – Mislim da nisam upoznala nijednog obaveštajca. Pretpostavljam da bi bilo ko mogao to da bude. – Konačno me je pogledala i u očima joj se video sjaj. – Možda ste i vi, Dene, špijun, a meni to nije palo na pamet.

Nastavili smo s pitanjima, ali nismo ništa saznali. Baš kao dve godine ranije, nisam mogao da se oslobodim sumnje da je znala mnogo više nego što je priznavala, ali bilo je jasno da nam je rekla sve što je nameravala i ništa više od toga. Kad su se vratili Leo i vodnik Rosi, koji je odmahnuo glavom, Luka je ustao, a ja za njim.

– Hvala vam, sinjora Moreti, javićemo vam se ponovo. – Isključio je diktafon i nas trojica smo sišli niza stepenice i izašli na popodnevno sunce. Luka je čekao dok nismo došli do kapije, pre nego što se zaustavio i pogledao prema tornju. – Ona je hladna kao led, zar ne? Retkost je sresti nekog tako bezizraznog. Ne znam za vas, Dene, ali i dalje imam jak osećaj da se *događalo* nešto između nje i Beka, ali imam podjednako jak osećaj da ona to neće priznati. Ili je vrlo uplašena ili potpuno posvećena. Da li je to i vaš utisak?

– To i ja mislim. Naravno, ostaje veliko pitanje: ako pretpostavimo da je bila u vezi sa žrtvom, da li to znači da ga je ubila i, ako jeste, zašto? Šta bi moglo u trenu da pretvori ljubav u mržnju? Nije ovo *Otelo*, pobogu.

Obojica smo pogledali Rosija, koji je slegnuo ramenima. – Prilično je nedokučiva, a stvari su joj vrlo oskudne. Podsetila me je na tog Kineza koga smo uhapsili pre dve godine, s vrećom punom delova tela u prtljažniku automobila. Koliko god da smo se trudili, samo je sedeo i poricao sve. Takva je i sinjora Moreti. Kao da cediš suvu drenovinu.

Luka je klimnuo glavom. – Mada nam nije ništa rekla, meni taj nedostatak odgovora ukazuje na moguću krivicu. Većina normalnih ljudi tokom istrage ubistva pokazuje mnogo više emocija. Kao njen otac, na primer. Lagao je da bi je podržao, i siguran sam da smo sva trojica videli to na njegovom licu, ali njegova ćerka? Ništa. U svakom slučaju, ostaje na spisku glavnih sumnjivaca. Neko tako hladan i proračunat mogao bi biti ubica mada, kao i vi, Dene, i dalje ne znam zašto bi to uradila.

Telefon mi je zapištao i oduševio sam se kad sam video da je to Polova poruka.

Bjanka Moreti je sigurno na postdiplomskim studijama na Kings koledžu. Samofinansirajući je student i navodno joj dobro ide. Desetar Oliver Harkort je izbačen iz vojske zbog mogućih ratnih zločina, zlostavljanja, mučenja i ubijanja avganistanskih zarobljenika. Sve je zataškano. Nadam se da ti ovo pomaže.

Sigurno je pomagalo. Bilo mi je drago što je Bjanka govorila istinu o studijama, a činjenica da sama plaća školovanje nije me iznenadila. Možda je to ostatak novca od droge, od pre dve godine, a ako nije, bio sam siguran da joj otac pomaže. Uprkos kriminalnoj prošlosti, nisam bio spreman da poverujem kako bi mogla da bude umešana u nešto tako grozno kao što je ubistvo, ali nisam mogao da zanemarim činjenicu da nam nije rekla sve. Nema sumnje da će Luka ponovo razgovarati s njom, možda u policijskoj stanici, i tad će možda razvezati jezik. Međutim, što se tiče Harkorta, ova informacija je sigurno zakucavala još jedan ekser u njegov sanduk. Kako mi se činilo, bio je dokazani ubica i sadista do koske. Upravo osoba kakva bi umlatila Beka nasmrt i onda ubila bezazlenog Velšanina, za svaki slučaj.

Kad sam se vratio u *Odmaralište*, ponovo smo seli u Đorđovu kancelariju i pozvali smo Olivera Harkorta. Ušao je izgledajući relativno opušteno, uz tu nadmenost koju su on i žena iskazali ranije. Zanimljivo, iako sam sad znao da nije nadmeni snob iz više klase, i dalje mi je bio mrzak. Možda to ipak nije bilo klasno pitanje. Baš kao što Oskar može da onjuši zadnjicu nekog psa i počne da maše repom, a onda onjuši drugu i nakostreši se i pomeri dva koraka unazad, tako sam i ja reagovao kad sam ponovo video Harkorta. Bilo je nečeg neprijatnog u vezi s tim tipom. Odmah sam prešao u napad.

– Zanima nas, gospodine Harkorte, kako ste uspeli da budete ubrzano unapređeni od desetara do potpukovnika, iako ste izbačeni iz vojske. Da li biste nam objasnili to?

Taj čovek se ukočio i nadmena pojava odmah se pretvorila u nešto prevrtljivije. – Kako to mislite? Ne razumem... – Bespomoćno se praćakao.

– Da li ste bili pripadnik Padobranskog puka? – Provera na internetu nekoliko minuta ranije otkrila je da su na grbu tog puka bila dva krila s krunom iznad, a sad sam upravo gledao u takvu tetovažu.

– Ovaj, da.

– I da li je vaše napuštanje puka 2002. bilo svojevoljno, ili su vas izbacili? – Video sam kako očajnički pokušava da se izvuče iz ove nevolje, ali nisam imao saosećanja. – Zlostavljanje, mučenje i ubijanje zatvorenika, to nije lepo.

Njegovo lice, koje je postajalo sve crvenije, sad je bilo bordo. – Kako to znate? To su poverljive informacije. Pored toga, protiv mene nije podignuta optužnica. Bila je to moja reč protiv reči gomile propalica.

– A vaši nadređeni su poverovali tim propalicama umesto desetaru Harkortu. Mora da ste bili vrlo nesrećni zbog toga.

Oborio je glavu i nije pokušao da odgovori, ali čuo sam ga kako mrmlja: – Prokletnici.

Pretpostavio sam da misli na ljude koji su ga izbacili iz vojske, ali možda je govorio o nama. Bilo kako bilo, sad je bio vidno zaprepašćen i uznemiren i, nadao sam se, dovoljno ranjiv da počne iskreno da odgovara na pitanja.

– Ispričajte nam o velikim uplatama koje dobijate s Bahama.

Užasnut izraz mu je prešao preko lica i bukvalno je poskočio na stolici, a kad nas je pogledao, u očima smo mu videli nevericu.

– Kako to znate? To je lično, to je privatno.

Bio sam odlučan da mu ne popuštam. – Nema ničeg ličnog i privatnog u istrazi ubistva. Da li sam u pravu ako pretpostavim da ste zavoleli povređivanje i ubijanje ljudi kad ste bili u vojsci i nastavili ste da radite to otkako ste je napustili... za određenu cenu? Koliko košta ubistvo danas, desetaru?

– Ne znam... ne znam na šta mislite. – Video sam kako neuspešno pokušava da izgleda uvređeno. – To je kleveta. Mogao bih da vas tužim za takve stvari.

Ignorisao sam tu praznu pretnju. – Inspektora zanima ko vas je poslao ovamo da ubijete Džozefa Beka.

– Šta? Ja, ubica? Nikad. – Sad je imao više uspeha u pokušaju da zvuči uvređeno ali, činilo mi se da glumata. Zanimljivo, iako je bio vidno uznemiren, Oskar nije pokušao da ustane i ponudi mu podršku. Ohrabren sumnjom svog psa, pokušao sam da iskoristim prednost.

– Šta je s vašom ženom, Olivere? Da li je i ona umešana?

– Ne, naravno da nije. – Zvučao je neuverljivo.

– Hoćete da poverujemo da ste uspeli da ubijete dvojicu ljudi a da vaša žena ne vidi, ne čuje i ne posumnja ni u šta? Da li mislite da smo toliki idioti? Sad ćemo je dovući ovamo i pitati je o tome. Mogao bih da se kladim da vas dvoje radite kao tim. Napokon, odakle bi ona mislila da dolazi novac kojim ste kupili otmenu kuću i učlanili se u lokalni golf-klub?

Izgleda da je vojna obuka sad počela da izlazi na površinu, i video sam kako je duboko udahnuo nekoliko puta. – Ako vas baš zanima, novac dolazi od investiranja. Nisam ubica i prezirem takve optužbe.

To je bio bolji pokušaj, ali i dalje me nije uverio, i bio sam prilično siguran da nije uverio ni Luku. Nastavili smo da ga ispitujemo, pokušavajući da utvrdimo njegovo kretanje u noćima ubistava, ali nastavio je da poriče svako učešće. Na kraju, Luka je dao nalog policajcu kraj vrata da uvede suprugu. Rosi i Pelegrinova su izveli Harkorta iz prostorije, uz stroga uputstva da ne sme usput da komunicira sa svojom suprugom.

Pojavila se minut kasnije, veoma uvređena, sva ogorčena. – Šta se, zaboga, događa? Zašto sam privedena kao kriminalac? To je nedopustivo. – Koristila je svoj najizveštačeniji naglasak.

Luka joj je dao znak da sedne na stolicu na kojoj je doskora sedeo njen muž i sačekao je dok se dvoje policajaca nisu vratili, pre nego što je počeo. Prevodio sam, dok je on bespoštedno postavljao pitanja. – Kažite mi, gospođo Harkort, kad ste otkrili da vam je muž ubica? Da li je to bilo pre ili posle vašeg posla u restoranu brze hrane?

Doslovno je otvorila usta od zaprepašćenja. Nije odmah odgovorila, ali to je možda bilo zato jer nije mogla da diše. Luka joj nije dao vremena da se smiri.

– Vaš muž je poslat ovamo da ubije Džozefa Beka. – To nije zvučalo kao pitanje i dao sam sve od sebe da oponašam taj smrtno ozbiljni ton kad sam prevodio. Gledao sam izraz na njenom licu, dok je shvatala optužbu. Njena reakcija je bila neverovatan niz izraza, od zaprepašćenja, neverice i, onda, zakasnelog besa.

– Nikad u životu nisam čula toliko gluposti. – Zanimljivo, njeni naglasak i rečnik su od *Dauntonske opatije* prešli na *Istenderse*.

– Hoćete da kažete da niste radili u restoranu brze hrane?

– Ne... da, mislim, to je nevažno. Protivim se zbog insinuacija da je Oliver ubica. Šta vi mislite ko ste?

Luka je bio sjajan. Odgovorio joj je gotovo srdačno, ali uz dosta skrivene pretnje. – To je dobro pitanje. Ja sam policajac, ali šta *vi* mislite ko ste?

– Zovem se Fler Harkort, gospođa Fler Harkort. Znate to vrlo dobro.

I dalje zvučeći uljudno, Luka je nastavio da je napada i dao sam sve od sebe da ponovim taj ton u prevodu. – Priznajem vam, Flora... – Posebno sam naglasio pravo ime, baš kao i Luka – ... da ste vi i vaš muž smislili kako da lepo zarađujete obavljajući tuđe prljave poslove. Ono što me zanima jeste ko vas je poslao da ubijete Džozefa Beka.

– To je smešno. Naravno da nismo došli ovamo da ubijemo nekog. Na odmoru smo i nismo uradili ništa loše. Verujem da, iako smo u Italiji, zakon i dalje kaže da su ljudi nevini dok se ne dokaže suprotno. – Pogledala nas je i bilo je stvarne mržnje u njenim očima. – Ali vi nemate dokaze, tako da vam predlažem da potražite svog ubicu negde drugde. – Skočila je na noge i ovoga puta, u očima joj se video pobedonosni bes. – Dokazi, budale, potrebni su vam dokazi, a vi ih nemate.

Nakon toga se okrenula i pošla prema vratima. Pozornik je ostao na mestu i sprečavao ju je da izađe, a onda je pogledao u inspektora, koji je oklevao na tren a onda klimnuo glavom. Policajac se pomerio i Flora, poznata kao Fler Harkort, izašla je iz prostorije.

22.

Petak predveče

Nakon što su se vrata za gospođom Harkort zatvorila, svi smo pogledali jedni druge. Luka je progovorio prvi. – Mislim kako sa sigurnošću mogu da kažem da su to dvoje kao stvoreni jedno za drugo. Najneprijatniji ljudi na svetu, ali da li su ubice?

Odgovorio sam prvi. – Kako ja to vidim, imamo tri sumnjivca s mogućim motivom. Ovaj poslednji par poslat ovamo kao plaćene ubice, Smit i njegova devojka koji su možda umešani u prodaju droge i, možda takođe poslati da eliminišu Beka, jer je gurao nos u njihova posla, a tu je i Nemac. Klaus Šinken je pravih godina i prave nacionalnosti i dolazi iz prave oblasti da bi bio umešan u smrt Bekove majke i oca, i mogao je da ga ubije da bi zaštitio svoj ugled.

Luka je klimnuo glavom. – A šta je s Bjankom Moreti? Da je uključimo na taj spisak? Rosi, šta vi mislite?

Polako je klimnuo glavom. – Za razliku od ostalih, ona je bila potpuno mirna, naizgled nimalo zabrinuta, tako da je ne bih isključio još. Smatram njeno odsustvo emocija prilično uznemirujućim.

Luka se okrenuo prema policajki. – Šta je s vama, Pelegrinova? Da li vam iko od ljudi s kojima smo danas razgovarali izgleda kao ubica?

Pozornica je izgledala zadovoljno što je uključena. – Nisam čula šta je rekla Bjanka Moreti, ali od onih koje sam videla ovde, poslednji par mi deluje kao najsumnjiviji.

Luka se okrenuo prema meni. – Koja je vaša presuda, Dene?

Nisam morao mnogo da razmišljam. – Koliko god nemačka veza bila zadivljujuća, stvarno nisam stekao utisak da bi Šinken imao petlju da izvrši jedno, a kamoli dva surova ubistva. Bjanka Moreti je nesumnjivo hladna kao led ali, opet, ne vidim je kao ubicu i ne mogu da pronađem uverljiv motiv za nju. Džeza Smit je možda sposoban za ubistvo, ali sklon sam da poverujem njegovoj priči tako da, od svih njih, slažem se s policajkom Pelegrinovom, i moj izbor bio bi bivši desetar Harkort, uz pomoć supruge.

Luka je nekoliko puta klimnuo glavom. – I ja mislim tako, ali kao što je ljupka gospođa Harkort upravo rekla, potrebni su nam dokazi a mi ih nemamo. Da, on je lagao o svojoj vojnoj službi i činu, ali to nije dokaz da je ubica. Što više gledam oba ubistva, sve više mi izgledaju kao delo profesionalca. U stvari, da nije bilo Bjanke Moreti, Bekovo ubistvo bi bilo dosad zaboravljeno, kao obična nesreća. Oba ubistva su bila profesionalna i slažem se da je najverovatniji izvršilac Oliver Harkort, gotovo sigurno uz pomoć svoje žene. Ali imam li dovoljno dokaza da ih uhapsim? Ako nemam, oni mogu da odu sutra, i to će mi biti poslednja prilika da ih uhvatim. – Razočarano je uzdahnuo i ustao. – Hajde da odemo na kafu.

Svi smo otišli do bara i seli za jedan sto. Mnogi drugi stolovi su bili zauzeti i primetio sam Džezu Smita i Lorejn za jednim, a Olivera i Fler Harkort za drugim. Nisam video Klausa Šinkena, ali verovatno je otišao da prilegne nakon ispitivanja. Naručili smo piće – ja sam uzeo dupli espreso da bih ostao budan tokom vožnje do Firence – i svi smo ćutali. Na trenutak ili dva, pogledao sam gospođu Harkort u oči i od njenog samozadovoljnog pogleda prošla me je jeza. Njen muž je ispred sebe imao čašu brendija, uz plastičnu kesu u kojoj su verovatno bile vredne stvari. Očigledno je da nisam bio jedini koji je uočio korist od kesa za kupovinu. Pored se nalazila prazna čaša, tako da je izgledalo da mu je bila potrebna alkoholna podrška. Kad sam pogledao njegovu plastičnu kesu, izgledala mi je nekako poznato i nešto mi je palo na pamet. Da li je moguće? Pogledao sam vodnika Rosija.

– Kad su vaši ljudi pretraživali smeštaj sumnjivaca, da li su pregledali novčanike i telefone? Mislim da bi trebalo da proverimo sve, koliko god bilo beznačajno, kod bračnog para Harkort i možda Džeremija Smita i njegove devojke.

Vodnik je pogledao svog šefa, koji je klimnuo glavom. – Telefone smo pregledali, ali ne i novčanike, koliko mi je poznato. Dobra ideja. Idite i skupite ih, Rosi, i pregledaćemo ih.

Minut kasnije, na stolu ispred nas nalazile su se četiri torbe, dve ženske, jedna kožna koja je pripadala Smitu i plastična kesa koja je pripadala Oliveru Harkortu. Oči su mi zasijale kad sam je video. To je bilo upravo ono što sam mislio da sam prepoznao i pogledao sam natpis na kesi: *Getvik djuti fri*. Na osnovu veličine, dve boce *džoni vokera* s crvenom etiketom mogle su da stanu sasvim lepo. Izručio sam sadržaj na sto i pregledao sam ga, uzaludno tražeći neki trag, sve dok nisam uzeo njegov novčanik. U njemu su se nalazile uobičajene kreditne kartice, vozačka dozvola i nekoliko stotina evra u gotovini, kao i svežanj računa. Ovde u Italiji, da bi se smanjila siva ekonomija, vlada je uvela zakon koji obavezuje sve vlasnike prodavnica i ostale trgovce da izdaju štampani račun za svaku transakciju. Posledica toga bila je da su mi džepovi brzo postajali puni starog papira. Možda ako bih pio manje kafe i piva... Pregledao sam račune dok nisam našao ono što sam tražio. Izvadio sam jedan iz hrpe i dao ga Luki.

– To je bilo vrlo aljkavo s njihove strane. Pogledajte ovo: dve boce *džoni vokera* sa crvenom etiketom kupljena u frišopu u Londonu. To bi trebalo da pruži dovoljno dokaza da oboje budu uhapšeni i zadržani dok se ne provere podaci iz banke i istorija telefonskih poziva. Mislim da imamo pred sobom dvoje profesionalnih ubica. Ako želite, mogu da popričam sa svojim prijateljem iz londonske policije i zatražim da proveri nerešene sumnjive smrti u Velikoj Britaniji u poslednjih dvadeset godina, koje je izvršio ubica koji ne ostavlja tragove. Pitaću London da li se neka od tih ubistava poklapaju s većim uplatama na Harkortov račun. Nadam se da mogu da uporede uplate i smrti s pečatima u njegovom pasošu, za slučaj da je neka ubistva obavio u inostranstvu. – Mada bi to uključivalo znatno više posla za Pola i njegove kolege, ako bude dovelo do rešavanja niza nerešenih ubistava, bio sam siguran da neće naškoditi njegovoj karijeri. Serviranje ovog para na poslužavniku bilo je najmanje što sam mogao da uradim nakon sve pomoći koju mi je pružio.

Luka se nagnuo i potapšao me je po leđima. – Genijalno, Dene, uradite to, molim vas. – Osmehivao se od uva do uva. – U pravu ste, uz ovaj papirić sredićemo Harkorta. Siguran sam da će *pubblico ministero*[2] rado podići optužnicu. – Bilo je vidljivog zadovoljstva na njegovom licu dok je davao uputstva svojim policajcima. – Rosi, Pelegrinijeva, uhapsite gospođu i gospodina Harkorta zbog sumnje za ubistvo. Odvedite ih u kvesturu – u dva automobila, bez razgovora. – Okrenuo se prema meni i široko se osmehnuo. – Hvala, Dene, na pomoći. Ne bih uradio to bez vas.

– Ne verujem u to. Išlo vam je sasvim dobro. Samo sam imao sreće na kraju.

– Smem li makar da vas častim večerom? To je najmanje što zaslužujete.

Sa žaljenjem sam odmahnuo glavom. – To je vrlo ljubazna ponuda, Luka, ali moram da se vratim večeras u Firencu. Imam problema s devojkom i moram da pokušam da sredim stvari. U stvari, moram da krenem što pre mogu.

– Zar niste rekli da se vraćate u Alasio za dve nedelje, na proslavu rođendana? Uradićemo to tad.

Zahvalio sam mu se na ponudi, ali imao sam neprijatan osećaj da možda neću doći tu za dve nedelje, ili možda ne sa Anom.

Nakon što sam dugo razgovarao s Londonom i preneo Polov kontakt Luki, kako bi njegovi ljudi mogli da mu pošalju sve važne informacije, ustao sam i rukovali smo se. Nadao sam se da će otkrivanje Harkortovih izgledati dobro u njihovim karijerama. Poželeo mi je *buon viaggio* i zamolio sam ga da pozdravi svoje policajce, kojima sam bio zadivljen. Ostavio sam ga za stolom i ušao da se pozdravim sa osobljem. Nakon što su me zagrlile dve nage žene i nag – i vrlo maljav – muškarac, poveo sam Oskara kroz kapiju poslednji put, zastajući nakratko da porazgovaram s Dariom.

– Dario, odlazim sad. Žao mi je što su poslednja dva dana bila teška za vas, ali dobra vest je da je inspektor uhvatio ubicu.

Izraz velikog olakšanja pojavio mu se na licu i obema rukama me je uhvatio za ruku i rukovali smo se. – Mnogo vam hvala. Bilo

---

[2] It.: javni tužilac. (Prim. prev.)

je zabrinjavajuće, ali drago mi je što ste uhvatili ubicu. Smete li da mi kažete ko je to?

Baš u tom trenutku, dva policijska automobila izašla su s parkinga i prošla kraj nas. Dok su to radili, lica Olivera i Fler Harkort bila su jasno vidljiva na zadnjim sedištima, po jedno u svakom vozilu. Sačekao sam dok nisu prošli i namignuo sam Dariju. – Možda možete da pogodite.

Pre nego što sam se vratio u toranj da vratim Leu ključeve i saopštim njemu i ćerki dobre vesti, poveo sam Oskara u šetnju kako bi mogao da protegne noge pre dugačke vožnje kući. Mada je put ispred mene izgledao naporno, nisam mogao da se žalim na vreme. Veče je bilo predivno i dobra vest je bila da sam išao na istok, i imaću sunce iza sebe, umesto da mi sija u oči. Ustao sam i poslednji put uživao u pogledu, gledajući dva glisera kako se trkaju preko ravne površine Ligurskog mora. Pogled je bio divan i uhvatio sam sebe kako se nadam da će, kad ga ponovo budem video, Ana biti kraj mene. Ali hoće li biti?

Kad sam se vratio u toranj, ušao sam i otišao na prvi sprat. Bjanka i njen otac su sedeli gotovo na istom mestu, a on je izgledao posebno napeto.

– *Ciao.* Doneo sam vam ključeve, Leo. I doneo sam vam dobre vesti. Inspektor je upravo uhapsio ubice.

Izraz velikog olakšanja preplavio mu je lice, a njegova ćerka mi se prijatno osmehnula i odmereno odgovorila. Stvarno je bila hladna kao led. – Drago mi je što to čujem, Dene. Kažite mi, da li je stvarno inspektor uhvatio ubicu, ili ste to bili vi?

Uzvratio sam joj osmeh. – To je bio timski rad, Bjanka.

– Ko je to bio? – Leo je konačno uspeo da povrati moć govora.

– Vrlo neprijatan engleski par, Harkortovi. Mislimo da je on profesionalni ubica, mada je sasvim moguće da je ona sve organizovala.

– Ko bi poslao ubicu ovamo? – Leo je zvučao sasvim zbunjeno.

– Sve ukazuje na povezanost sa istragom o drogi u koju je Džozef Bek bio upleten. Verovatno je prišao previše blizu i tipovi na vrhu su odlučili da ga uklone. – Pogledao sam Bjanku i, prvi put, uočio prave emocije na njenom licu, pa sam iskušao sreću. – Žao mi je, Bjanka. Znam da vam nedostaje.

Video sam je kako guta knedlu pre nego što je odgovorila. – Vi *znate* to, zar ne?

Osmehnuo sam joj se. – To je samo moj osećaj. Bilo kako bilo, mnogo vam hvala, Leo, na gostoprimstvu, i drago mi je što ste me pozvali. Bilo mi je zadovoljstvo.

Prišao je i uhvatio mi ruku obema. – Bez vas, siguran sam da ne bismo ostvarili ovo. Mnogo vam hvala, prijatelju. Obećajte mi da ćete me pozvati kad sledeći put budete ovde. Ovde će uvek biti mesta za vas i dobrog starog Oskara. Sledeći put povedite svoju devojku.

Bjanka me je tad iznenadila kad je prišla i srdačno me zagrlila. Kad su joj usta bila blizu mog uva, osetio sam kako mi dodiruje vrat usnama i šapuće: – Hvala, Dene.

Osmehnuo sam joj se. – Nadam se da će vam studije biti uspešne. Sve najbolje. – I mislio sam to.

Nameravao sam da odem, kad se okrenula i uzela moju knjigu sa sofe. – Hoćete li da mi se potpišete? Tako mogu svima da govorim kako poznajem čuvenog pisca.

Osećajući se prilično postiđeno, uzeo sam olovku i napisao preko unutrašnje naslovne strane:

Mojim dobrim prijateljima Leu i Bjanki.
Sve najbolje u budućnosti.
Den Armstrong.

Nakon što su oboje pomazili Oskara, a Leo mu odsekao veliki komad šunke, otišao sam do ulaznih vrata. Njih dvoje su pošli sa mnom i stajali na vrhu stepeništa dok sam smeštao Oskara u zadnji deo kombija. Otišao sam do vozačkih vrata i, dok sam to radio, zadivljeno sam pogledao Leov automobil koji je Bjanka vozila. Bio je to vrlo otmen, srebrni mercedes, a jedino što mu je kvarilo izgled bila je gadna pukotina na staklu bočnog retrovizora. Kad sam video to, nešto mi je sinulo. Poslednji put sam ta kola video na parkingu ispred otmenog hotela na rtu iznad Mentona.

Sve je konačno imalo smisla: Bjankina veza sa Džozefom Bekom bila je objašnjena, kao i njeno odbijanje da progovori kako bi odbranila sebe ili mi rekla više od onog što mora. Sad sam znao kako to da je moj sagovornik iz MI6 bio tako dobro obavešten o *Odmaralištu* i takođe sam shvatio gde je Bjanka bila poslednja dva dana. Pitao sam se da li je sedela negde u senci i posmatrala dok sam ja uživao u vrhunskoj hrani s „Bogom"... njenim šefom.

Pomislio sam da kažem nešto, ali odlučio sam da ćutim. Špijuni žive u vrlo tajnom svetu i razumeju vrednost anonimnosti. Mahnuo sam njoj i tati i odvezao se do kapije, koja se otvorila za mene. Uhvatio sam sebe kako razmišljam da je gotovo sigurno razlog što je Bjanka odbijala da govori pre dve godine, čak i u svoju korist, taj što je njen zadatak bio toliko tajan da je bila spremna da ode u zatvor zbog uverljivosti u očima nekih stvarno groznih ljudi. Izašao sam na put i ubrzao, nadajući se da će istraga dilera droge biti uspešno okončana pre nego što se i njoj dogodi isto što se dogodilo njenom momku. Pogledao sam Oskara pozadi, koji je stajao njuške oslonjene na naslon moga sedišta.

– Volim svoj posao, Oskare, ali nisam siguran da bih bio spreman da idem u zatvor zbog njega. Bože!

Upravo sam to rekao, kad se jedan motocikl, koji je vozio neverovatnom brzinom, pojavio u krivini ispred mene, na mojoj strani puta. Okrenuo sam volan da ga izbegnem, ali je udario prednji deo mog vozila i razbio staru metalnu masku. Poslednje sećanje pre nego što sam se onesvestio bilo je da padam gotovo vertikalno.

23.

Petak noć/subota

– Dene, čuješ li me?

Plivao sam u ovsenoj kaši. Oskar je plivao pored mene, ali je uglavnom jeo ovsenu kašu i zbog toga je počeo da zaostaje. Iza nas je bila tama, ispred svetlo. Taj glas se ponovo začuo i počeo sam da shvatam kako ga poznajem. S mukom sam naterao kapke da se podignu nekoliko milimetara i čuo sam glasan uzdah. Prvi put sam shvatio da me neko drži za ruku i da je sad steže tako jako, da me je to trglo iz transa. Otvorio sam oči malo više i pogledao sam je.

– Ana, to si ti. – To nisu najoriginalnije reči na engleskom jeziku, ali na osnovu reakcije na njenom licu, to je bilo ono što je želela da čuje. Na moje oduševljenje, nagnula se napred i zasula mi je lice poljupcima, pre nego što se uspravila, suznih obraza, gledajući me u oči.

– Kako se osećaš?

To je bilo zanimljivo pitanje. Imao sam užasnu glavobolju i kapci su mi bili teški, tako da sam polako proverio ostatak tela. Očigledno je da sam ležao u bolničkom krevetu i prvo što sam primetio bilo je da mi iz leve ruke vire dve cevčice. Monitor za praćenje rada srca bio mi je prikačen za mišicu i čuo sam ujednačene otkucaje negde kraj sebe. Pokušao sam da pomerim prste na rukama i nogama, i sa olakšanjem sam shvatio da još rade. Zatreptao sam nekoliko puta i pogledao Anino lice.

– Dobro sam. Šta radiš ovde? – Glas mi je zazvučao kao kreštanje.

– Šta misliš da radim, idiote? – Glas joj je bio ljubazan.

Ovsena kaša u mom mozgu postepeno je počela da se bistri. – Ali ti si u Firenci...

– Sad nisam, i pre nego što pitaš, ti si u bolnici u San Klementeu. – Ali išao sam da te vidim... – Ovsena kaša je polako isparavala. – Koliko čujem, onda si pao sa litice. Inspektor Sartori je pozvao Linu, a ona je pozvala mene i došla sam ovamo da budem s tobom. – Ali to mora da je trajalo satima. – Podigao sam levu ruku da pogledam na sat, ali zglavak mi je bio go – osim ako se ne računaju dve plastične cevi. – Koliko je sati?

– Gotovo je ponoć. Kažu mi da si povremeno gubio svest otkako su te doveli pre nekoliko sati. – Izraz lica joj je postao ozbiljniji. – Mnogo si nas uplašio. – Ponovo se osmehnula. – Ali sad si budan i zvučiš razborito... makar koliko idiot može da bude razborit.

Pružio sam desnu ruku i spustio joj prste na obraz. – Ja *jesam* idiot, i drago mi je što znaš to. Slušaj, Ana, bio sam tako glup; naravno da želim da budem s tobom...

Nagnula se i nežno mi poljubila usne. – Tiho, nema potrebe da sad pričamo o tome. – Ponovo me je poljubila. – Rešićemo to. – Onda mi je pustila ruku i ustala. – Sad moram da idem i kažem doktorima da si budan.

Nova misao mi je prošla kroz bolnu glavu. – Oskar? Da li je dobro? Kaži mi da je dobro. Ako sam ja završio ovde, šta se dogodilo s njim? – Ideja da se nešto loše dogodilo mom najboljem prijatelju izazvala mi je jezu. Ana mi je umirujuće spustila ruku na mišicu na kojoj nisam imao cevčice.

– On je žilav pas. Nema ni ogrebotinu. Dobro je i uverićeš se i sâm. Čeka ispred vrata.

– Dozvolili su mu da uđe u bolnicu?

– Vratiću se.

Deset sekundi nakon što je napustila sobu, vrata su se ponovo otvorila i dlakavo, crno lice se pojavilo, osmehujući se od uva do uva. Vukao je povodac, i gotovo se udavio dok se trudio da stigne do kreveta, dahćući kao parna lokomotiva. Na drugom kraju povoca bila je poznata figura inspektora Luke Sartorija, sa osmehom širokim gotovo kao kod mog psa.

– *Ciao*, Dene. Drago mi je što vas vidim otvorenih očiju. Oskare, žao mi je, ali ne! Nema penjanja na krevet. Lekar je tako naredio.

Dok se Luka svojski trudio da zadrži povodac, Oskar je morao da se zadovolji pokušajem da mi lizne slobodnu šaku, kao da je najsočnija kost. Pogledao sam ga i video sam da je izašao iz nesreće u znatno boljem stanju nego ja. Pogledao sam Luku.

– *Ciao*, Oskare, drago mi je što vas vidim, Luka. – Glas mi je sad zvučao malo snažnije. – Hvala vam što ste mi doveli četvoronožnog prijatelja. Kako ste uspeli da uvedete psa ovde?

Namignuo mi je. – Pokazao sam im značku i rekao da je to policijski pas, ali nisam rekao šta bi trebalo da nanjuši.

– Žao mi je što ste morali da ustanete u ovo doba noći.

Odmahnuo je glavom. – Nema problema. Uzgred, Leo Moreti kaže da će se brinuti za Oskara i vašu devojku – s kojom sam proveo pola sata u prijatnom razgovoru – dok vas ne otpuste. – Široko se osmehnuo. – Mora da vas mnogo voli kad je ostavila sve i vozila trista kilometara dovde.

Sećanje na nesreću počelo je da mi se vraća. – Tamo je bio neki motocikl. Šta se dogodilo s vozačem?

– On je u krevetu, u susednoj sobi, s dve slomljene noge. Preživeće, nadam se, i naučiće se pameti. Dobra vest je da je potpuno osiguran, jer je vaš kombi sad samo za staro gvožđe, nažalost. – Vrata iza njega su se otvorila i on me je potapšao po ramenu. – To je doktor. Rekao sam mu da moram da proverim sobu s psom tragačem i onda ćemo ga ostaviti da radi. Videćemo se kad izađete. Šta kažete da sutra odemo na taj ručak koji sam vam obećao?

– Hvala mnogo, Luka. Pravi ste prijatelj. – Sagnuo sam se ponovo da počeškam svog psa po ušima. – A i ti si, Oskare.

Repom, kojim je mahao otkako je onako oduševljeno ušao, sad je počeo da maše još jače.

Otpustili su me iz bolnice u subotu ujutro. Traumatolog me je pregledao i rekao da izgleda kako nisam imao teže posledice nakon povrede koju sam zadobio udarivši glavom u stub vrata kombija, nakon što se stari vazdušni jastuci nisu aktivirali. Rekao mi je da povedem računa nekoliko dana i da ne radim ništa nepromišljeno.

Kazao sam mu kako imam najozbiljniju nameru da se odmaram. Sve različite cevčice i žice otkačene su s mog tela i oprezno sam ustao iz kreveta. Osetio sam olakšanje kad sam video da mi je ravnoteža ostala neoštećena i mogao sam oprezno da se obučem. Jedini problem imao sam sa čarapama i cipelama. Kad sam se sagnuo napred, zavrtelo mi se u glavi i morao sam da se ponovo ispravim i naslonim na zid. Srećom, u tom trenutku, Ana se pojavila i posadila me je na stolicu pored, a onda kleknula pred mene i pomogla mi kao da sam dete. Pružio sam ruku i pomilovao sam je po obrazu.

– Hvala ti, *carissima*. Ne znam šta bih radio bez tebe.

Uputila mi je tako topao osmeh da sam se gotovo sagnuo i poljubio je – ali sprečila me je samo glavobolja.

Sinoć su bolničarke oterale moje posetioce – dvonožne i četvoronožne – gotovo odmah nakon što sam se probudio i pregledala su me dva lekara. Ponoć je bila uveliko prošla pre nego što su sva ispitivanja bila završena i rekli su kako su zadovoljni mojim stanjem. Nakon toga, utonuo sam u čvrst, šestočasovni san – verovatno pomognut lekovima – i probudio sam se kad je jedna bolničarka došla ujutru da me obiđe. Ana je stigla posle doručka, hvaleći Leovo i Bjankino gostoprimstvo i, konačno smo imali priliku da razgovaramo na miru.

Ponovio sam da sam bio idiot i ona se nije protivila, ali bila je veoma ljubazna i kazala mi je kako potpuno razume moje oklevanje u vezi sa zajedničkim životom i odlučila je kako je najbolje da zasad ne pričamo o tome. Sa zakašnjenjem sam joj rekao kako mislim da je zajednički život sjajna ideja i nakon što smo se malo natezali, postigli smo zadovoljavajući kompromis. Bio je početak juna i naredna tri meseca u Firenci verovatno će biti paklено vruća, tako da će se ona preseliti u moju kućicu u brdima, gde će uvek biti povetarca i vazduh je čistiji i svežiji nego u prenaseljenom, prometnom gradu. Septembar će biti vreme kad ćemo proceniti kako je prošlo leto i onda doneti odluku gde ćemo živeti – u mojoj kući na selu ili u njenom divnom gradskom stanu u renesansnoj zgradi, nedaleko od mosta Vekjo. Ili možda pomalo od oboje.

Spustili smo se liftom i pogledao sam se u ogledalu. Leva strana čela bila mi je neverovatne ljubičaste boje, ali Ana mi je rekla kako

je čula od Luke da sam imao mnogo sreće. Kad je kombi pao s go-
tovo vertikalne litice, jedno sudbinsko – i vrlo jako – maslinovo
stablo zaustavilo je njegov pad, i kombi je ostao da nesigurno visi
iznad jedne znatno strmije litice. Bio je potreban mobilni kran da
podigne oštećene ostatke kombija pre nego što su bolničari uspeli
da me bezbedno izvuku iz vozila. Sve to vreme dok sam bio u ne-
svesti, Oskar, koji je izleteo preko sedišta bez ijedne povrede, bio je
kraj mene, odbijajući da me napusti.

On je stvarno dobar pas.

Kako se ispostavilo, ručak je obezbedio Leo Moreti, uz pomoć
svoje ćerke. Ostali gosti bili su Luka Sartori – koji se i dalje žalio
kako je *on* trebalo da časti ručkom – kao i Đorđo iz *Odmarališta*,
gotovo neprepoznatljiv u odeći... i njegova vesela žena, Džini, koja
je očigledno dobro poznavala Lukinu ženu, Barbaru. Pili smo šam-
panjac i jeli jastoga termidor – prvi put sam ga probao. Leo je otkrio
da je to podrazumevalo vađenje mesa iz oklopa, kuvanje u bogatom
vinskom sosu i onda vraćanje u polovine oklopa, pre nego što se
zapeče u rerni. Tajna je bila, rekao nam je, u mešavini žumanaca i
brendija s malo dižonskog senfa i grijer sira. Rezultat je bio izvrstan
i, mada sam seo za sto slabog apetita, obradovao sam se kad sam
video da sam bez problema ispraznio tanjir. Po Aninom uputstvu, a
ona je sedela kraj mene i motrila me, dozvolio sam sebi samo jednu
čašicu šampanjca i pio mineralnu vodu.

Dok smo jeli, Luka nam je preneo najnovije vesti o slučaju i ni-
sam se iznenadio kad sam čuo da su Oliver Harkort i njegova žena
davali sve od sebe da prebace krivicu na ono drugo. Žena je glasno
tvrdila da je bila bespomoćna žrtva u nasilnom braku, dok je Oliver
nju opisao kao zlu vešticu koja ga je naterala da pristane na njene
bolesne kombinacije. Kakva god istina bila, bilo je jasno da smo si-
gurno uhvatili ubice Džozefa Beka i Ovena Grifitsa – i sasvim mo-
guće dugog spiska prethodnih žrtava tih hladnokrvnih ubica.

Na kraju obroka, nakon neverovatnog suflea od jagode i pavla-
ke, s drobljenim puslicama i domaćim sladoledom, insistirao sam
da Ana odrema nakon grozničave vožnje prethodne noći i stresa
nakon moje nesreće, dok sam ja izveo četvoronožnog prijatelja u

šetnju. Na moje iznenađenje, Bjanka je ponudila da nam se pridruži, i Oskar je izgledao oduševljeno što ima žensko društvo. Dok smo se šetali, ona mi je ispričala nešto više o istoriji očevog tornja i saznao sam da je na početku bio utočište za stanovnike sela duž obale, tokom srednjeg veka, kad su pirati iz Severne Afrike redovno pljačkali, silovali, harali, ubijali ili porobljavali sve ljude koje bi pronašli. U skorijoj istoriji služio je kao zatvor u vreme Napoleona. Kad smo se zaustavili ispod stare akacije, pokrenuo sam temu zatvora.

– Šta nameravate kad doktorirate? Nadam se da to neće uključivati nove posete zatvoru.

Pogledala me je na tren u oči, a onda skrenula pogled. – I dalje pokušavam da odlučim. Moj mentor na fakultetu pokušava da me ubedi da se okušam kao predavač, ali nisam sigurna da je to ono što želim.

Pružio sam ruku i kratko je potapšao po nadlanici. – Život je kratak, Bjanka. Mislite na svog prijatelja Džozefa Beka. Imam osećaj da ste već iskoristili dosta od svojih devet života. Ako želite moj savet, ja bih se opredelio za akademsku karijeru. – Sačekao sam nekoliko trenutaka i dodao, malo ozbiljnije: – Siguran sam da će „Bog" razumeti.

Naglo me je pogledala, ali onda podjednako brzo oborila pogled. Nastavila je tek minut kasnije i, uprkos izuzetnoj glumačkoj veštini, video sam da su je obuzela jaka osećanja.

– Shvatili ste. Znala sam da ste vi dobri, ali nisam znala koliko. To znači da *ja* nisam dobra koliko sam mislila da jesam, tako da ste možda u pravu i vreme je da sve napustim. – Nije čekala da se zahvalim na komplimentu. – Volela sam Džozefa. I on je voleo mene. Stekao je ugled velikog ženskaroša, ali nakon što smo se upoznali i zavoleli, sva njegova očijukanja sa ženama bila su maska da bi zaštitio mene. Znao je da mu je život ugrožen i trudio se da ja budem bezbedna. Znam da ste uhvatili ubice, ali dugujem mu da uhvatim tipove koji su izdali naređenje. Sigurna sam da znam ko su, ali potrebni su mi dokazi.

– To je vaša odluka, Bjanka, ali rekao bih da previše rizikujete. Ne dugujete Džozefu da budete ubijeni. Neka neko drugi okonča

to. Dajte otkaz i promenite nešto. – Ohrabrujuće sam joj se osmeh-
nuo. – To sam ja uradio, i ne žalim. – Mahnuo sam neodređeno
prema plaži ispod i plavom moru iza. – U vreme kad sam radio u
Skotland jardu mogao sam samo da sanjam o ovakvim mestima.
Otkako sam se preselio u Italiju, pronašao sam nova uživanja u ži-
votu i predivnu partnerku. – Osetio sam neki pokret kraj svojih
nogu i jedna crna njuška mi se spustila na koleno. – Dva partnera. –
Nekoliko trenutaka sam češkao Oskarove uši. – U svakom slučaju,
vi ste velika devojka i znam da možete sami da donosite odluke, ali
to je moje mišljenje.

Pogledala me je i osmehnula se, a onda se nagnula i nežno me
poljubila u obraz. – Hvala vam na svemu, Dene. Možda ste u pravu.
Možda je život na univerzitetu ono što mi je potrebno. – Pogledala
je Oskara s ljubavlju. – A možda i ja nabavim labradora.

– Svi treba da imaju labradora kao što je Oskar.

Samo je mahnuo repom. Već je znao to.

Zahvalnice

Najsrdačniju zahvalnost dugujem svojoj divnoj urednici, Emili Raston, i čitavom timu u izuzetnoj izdavačkoj kući *Boldvud buks*, posebno Su Smit, čijem sokolovom oku malo toga promiče, i Emili Rider, vrhunskoj korektorki. Veoma sam zahvalan talentovanom Sajmonu Mataksu na savršenom glumljenju Dena u audio-verziji knjige. I na kraju, srdačno se zahvaljujem Sili i Gvidu što su me upoznali s Ligurijom i ponudili divno gostoprimstvo. Ako neko traži prijatno i lepo mesto za odmor – s najboljom hranom na svetu – zašto ne bi otišao na Italijansku rivijeru?

Beleška o autoru

T. A. Vilijams je napisao preko dvadeset ljubavnih bestselera i sad se posvetio opuštenim krimićima, smeštenim u njegovu voljenu Italiju. Glavni junak te serije je bivši glavni inspektor Armstrong, sada privatni istražitelj, i njegov labrador Oskar. Trevor živi u Devonu, sa suprugom Italijankom.

Knjige T. A. Vilijamsa u izdanju Izdavačke kuće TEA BOOKS d.o.o. (digitalna i/ili štampana izdanja)

Serijal Armstrong i Oskar

1. Ubistvo u Toskani
2. Ubistvo u Kjantiju
3. Ubistvo u Firenci
4. Ubistvo u Sijeni
5. Ubistvo na Materhornu
6. Ubistvo kod Krivog tornja
7. Ubistvo na Italijanskoj rivijeri
8. Ubistvo u Portofinu